AVANT LE LABYRINTHE

LA BRAISE

L'auteur

James Dashner est né aux États-Unis en 1972. Après avoir écrit des histoires inspirées du *Seigneur des anneaux* sur la vieille machine à écrire de ses parents, il a suivi des études de finance. Mais, très vite, James Dashner est revenu à sa passion de l'écriture. Aujourd'hui, dans les montagnes où il habite avec sa femme et ses quatre enfants, il ne cesse d'inventer des histoires inspirées de ses livres et de ses films préférés.

Du même auteur chez Pocket Jeunesse

Le labyrinthe

1. *Le labyrinthe*
2. *La terre brûlée*
3. *Le remède mortel*

Prequel – *L'ordre de tuer*

Le jeu du maître

1. *La partie infinie*
2. *La révolution*
3. *Fin de partie*

JAMES DASHNER

AVANT LE LABYRINTHE

LA BRAISE

Traduit de l'anglais (États-Unis)
par Guillaume Fournier

POCKET JEUNESSE
PKJ·

Directeur de collection :
Xavier d'Almeida

Titre original :
The Fever Code

Publié pour la première fois en 2016
par Delacorte Press, an imprint
of Random House Children's books, New York

Loi n° 49-956 du 16 juillet 1949 sur les publications
destinées à la jeunesse : septembre 2017.

ISBN 978-2-266-26330-6

Dépôt légal : septembre 2017

Pour tous les joueurs irréductibles du Labyrinthe.
Vous êtes aussi cinglés que passionnés, et je vous adore.

Prologue

Newt

Il neigeait le jour où ils tuèrent les parents du garçon.

Un accident, lui racontèrent-ils beaucoup plus tard, mais il était présent ce jour fatidique et savait bien que cela n'avait rien eu d'accidentel.

La neige s'était mise à tomber peu avant leur arrivée, tel un mauvais présage blanc et froid, dégringolant du ciel gris.

Il se rappelait encore la confusion de cette époque. La chaleur accablante avait brutalisé leur ville pendant des mois, puis des années, période interminable marquée par la sueur, la souffrance et la faim. Sa famille et lui avaient survécu. Aux matins pleins d'espoir succédaient les après-midi de pillage, de bagarres et de bruits terrifiants. Puis les soirées d'hébétude à l'issue des journées brûlantes. Assis avec sa famille, il regardait le soir descendre et le monde s'effacer lentement sous ses yeux, à se demander s'il réapparaîtrait le lendemain.

Les cinglés venaient parfois, indifférents au jour ou à la nuit. Mais sa famille n'en parlait jamais. Ni sa mère, ni son père ; et certainement pas lui. Comme si le fait d'admettre leur existence à voix haute risquait de les attirer, à la manière d'une incantation maléfique. Seule Lizzy, deux ans plus jeune mais deux fois plus courageuse, avait assez de cran pour les mentionner. Peut-être était-elle la seule assez lucide pour ne pas prendre au sérieux ce genre de superstition.

Et puis, ce n'était qu'une gamine.

Le garçon savait que ç'aurait dû être à lui de faire preuve de courage, ç'aurait dû être son rôle de rassurer sa petite sœur. « Ne t'en fais pas, Lizzy. Le sous-sol est fermé à clé ; les lumières sont éteintes. Les méchants hommes ne sauront même pas que nous sommes là. » Mais il ne trouvait jamais les mots. Il se contentait de la serrer fort contre lui, comme un gros ours en peluche. Il l'aimait tellement que c'en était presque douloureux. Il la serrait encore plus fort, se jurant en silence qu'il ne laisserait jamais les cinglés lui faire du mal.

Souvent, ils s'endormaient comme cela, recroquevillés dans un coin du sous-sol, sur le vieux matelas que leur père avait descendu au bas de l'escalier. Leur mère les recouvrait d'une couverture en dépit de la chaleur – sa propre rébellion contre la Braise qui avait tout ravagé.

Ce matin-là, un spectacle merveilleux les attendait au réveil.

— Les enfants !

C'était la voix de leur mère. Le garçon était encore à moitié dans son rêve, une histoire de match de football américain où le ballon tournoyait en direction des poteaux dans un stade désert.

— Les enfants ! Réveillez-vous ! Venez voir !

Il ouvrit les yeux et vit sa mère devant le soupirail, seule fenêtre du sous-sol. Elle avait retiré la planche que leur père avait clouée la veille, comme il le faisait tous les soirs au crépuscule. Une lueur grisâtre tombait sur son visage émerveillé, dévoilant ses yeux brillants. Et un sourire comme le garçon ne lui en avait plus connu depuis longtemps réchauffait ses traits.

— Qu'y a-t-il ? marmonna-t-il en se levant.

Lizzy se frotta les yeux, bâilla, puis le rejoignit auprès de maman sous le soupirail.

Il se souvenait de plusieurs détails concernant ce moment. Quand il avait regardé au-dehors, plissant les yeux sous la lumière, son père continuait à ronfler comme un sonneur.

On ne voyait pas le moindre cinglé dans la rue et le ciel était masqué par des nuages, chose rarissime à cette époque. Il se figea en découvrant les flocons. Ils tombaient de la grisaille, flottaient et tourbillonnaient. Défiant la gravité, ils remontaient parfois avant de redescendre.

De la neige.

De la neige.

— Qu'est-ce que c'est que ce foutoir ? marmonna-t-il à voix basse, empruntant l'expression à son père.

— Comment ça se fait qu'il neige, maman ? demanda Lizzy, tout à fait réveillée, avec une joie qui faisait chaud au cœur.

Le garçon lui ébouriffa les cheveux, espérant qu'elle avait conscience de la respiration qu'elle lui apportait dans sa misérable existence.

— Oh, tu sais ce qu'on raconte, répondit leur mère. Les éruptions solaires ont mis le bazar dans le climat. Alors profitons-en, c'est quand même formidable, vous ne trouvez pas ?

Lizzy poussa un soupir de ravissement.

Il contempla la neige en se demandant s'il la reverrait un jour. Les flocons se mettaient à fondre dès qu'ils touchaient le sol. Certains formaient des taches humides sur la vitre.

Ils restèrent là, collés au soupirail, jusqu'à ce qu'une ombre l'obscurcisse. Elle disparut aussitôt. Le garçon tendit le cou pour mieux voir, mais trop tard. Quelques secondes plus tard, des coups sourds retentissaient à la porte d'entrée au-dessus d'eux. Réveillé en sursaut, leur père bondit sur ses pieds, tous les sens en alerte.

— Vous avez vu quelque chose ? demanda-t-il d'une voix légèrement enrouée.

Toute trace de gaieté avait disparu du visage de leur mère, remplacée par des plis d'inquiétude plus familiers.

— Juste une ombre, répondit-elle. On va ouvrir ?

— Non, dit papa. Sûrement pas. Ils finiront par s'en aller.

— À moins qu'ils ne cherchent à entrer, objecta maman. À leur place, c'est ce que je ferais. Pour voir si je peux trouver des boîtes de conserve ou autre chose.

Papa la dévisagea un long moment, réfléchissant en silence. Puis on entendit d'autres coups frappés à la porte. Les chocs contre le battant ébranlaient toute la maison. À croire que leurs visiteurs avaient apporté un bélier.

— Reste là, souffla papa. Reste avec les petits.

Maman ouvrit la bouche pour protester, puis baissa les yeux sur ses enfants. Ses priorités paraissaient évidentes. Elle les attira contre elle, comme pour leur faire un rempart de ses bras, et le garçon se laissa envelopper dans sa chaleur. Elle les serra fort tandis que papa montait l'escalier, puis gagnait l'entrée en faisant grincer le plancher au-dessus de leurs têtes. Il y eut un silence.

L'atmosphère devint lourde, oppressante. Lizzy allongea le bras pour prendre la main de son frère. Il trouva finalement quelques mots de réconfort à lui glisser :

— Ne t'en fais pas, lui chuchota-t-il dans un souffle. Ce sont sans doute des gens qui ont faim. Papa va leur donner quelques conserves et ils nous laisseront tranquilles. Tu verras.

Il pressa les petits doigts avec tout l'amour dont il était capable. Il ne croyait pas un mot de ce qu'il venait de dire.

Des bruits précipités leur parvinrent alors.

On entendit le claquement de la porte d'entrée.

Des voix fortes, chargées de colère.

Puis un grand fracas, suivi d'un choc sourd sur le plancher.

Et enfin des pas, lourds et menaçants.

Les visiteurs dévalèrent l'escalier. Trois hommes, une femme – quatre personnes au total. Ils étaient plutôt bien habillés vu les circonstances, et ils n'avaient l'air ni aimables ni hostiles. Plutôt solennels.

— Vous n'avez répondu à aucun de nos messages, déclara l'un des hommes en inspectant le sous-sol. Je regrette, nous avons besoin de la fille. Elizabeth. Nous sommes sincèrement désolés, mais nous n'avons pas le choix.

Et voilà comment, en une fraction de seconde, l'univers du garçon s'écroula. Un univers qui renfermait déjà plus de malheurs qu'il ne pouvait en compter. Les visiteurs s'approchèrent inexorablement. Ils tendirent les mains vers Lizzy, l'empoignèrent par le tee-shirt, repoussèrent maman – qui se cramponnait à sa fille en hurlant comme une possédée. Le garçon bondit sur l'un des hommes et lui martela les épaules. En vain. On aurait dit un moustique s'attaquant à un éléphant.

La tête que fit Lizzy en voyant cette folie... Une chose dure et froide se brisa à l'intérieur du garçon, projetant des éclats partout, lui lacérant le cœur. C'était insupportable. Il poussa un cri perçant et se jeta au milieu des intrus, frappant à l'aveuglette.

— Ça suffit ! s'écria la femme.

Sa main fendit l'air et cingla le garçon au visage. Sa mère prit un coup de poing en pleine face. Elle s'écroula d'un bloc. Puis il y eut comme un coup de tonnerre, tout proche et partout à la fois. Le garçon eut l'impression que ses tympans explosaient. Il recula, se cogna contre le mur et découvrit une scène d'horreur.

L'un des hommes avait pris une balle dans la cuisse.

Son père se tenait sur le seuil, pistolet à la main.

Sa mère se releva en hurlant et tenta de se jeter sur la femme qui, à son tour, sortait une arme.

Papa fit feu à deux reprises. Le premier tir ricocha sur du métal et le second s'écrasa sur la dalle en béton. Ratés, l'un et l'autre.

Maman s'accrocha à la femme.

Celle-ci se dégagea d'un coup de coude, tira, pivota puis tira encore trois fois. Au milieu du chaos, l'air parut s'épaissir, absorbant tous les sons ; le temps devint un concept abstrait. Le garçon sentit un grand vide s'ouvrir sous lui tandis que ses deux parents s'écroulaient devant ses yeux. Un long moment s'écoula pendant lequel personne ne fit un geste, surtout pas maman et papa. Eux ne bougeraient plus jamais.

Tous les regards convergèrent sur les deux orphelins.

— Embarquons-les, finit par décider l'un des hommes. Ils pourront toujours se servir du gosse comme sujet témoin.

La désinvolture avec laquelle l'homme s'était exprimé, comme s'il avait finalement arrêté son choix sur une boîte de conserve dans le placard…, le garçon ne l'oublierait jamais. Il courut auprès de Lizzy pour la serrer dans ses bras. Et les inconnus les emmenèrent tous les deux.

CHAPITRE 1

28/11/221, 09 h 23

« Stephen, Stephen, Stephen. Je m'appelle Stephen. »

Il se fredonnait cela depuis deux jours – depuis qu'on l'avait arraché à sa mère. Il se rappelait chaque seconde de ses derniers instants avec elle, les larmes qui coulaient sur son visage, ses derniers mots, la chaleur de son contact. Malgré sa jeunesse, il comprenait que c'était mieux ainsi. Il avait vu son père sombrer dans la folie, la fureur, la puanteur et la menace. Il ne supportait pas l'idée de voir sa mère suivre le même chemin.

Néanmoins, le chagrin de la séparation le submergeait. Comme un océan glacial qui l'aspirerait vers le fond. Il gisait sur son lit dans sa petite chambre, les genoux ramenés contre le torse, roulé en boule dans l'espoir de trouver le sommeil. Hélas, depuis son arrivée ici, il ne dormait que par intermittence, rêvant de nuages sombres et de monstres grimaçants. Il s'efforça de se concentrer.

« Stephen, Stephen, Stephen. Je m'appelle Stephen. »

Il lui restait deux choses auxquelles se raccrocher : sa mémoire et son nom. Personne ne pourrait lui voler la première, mais ils faisaient tout leur possible pour le priver de la seconde. Depuis deux jours, ils le harcelaient pour lui faire accepter son nouveau prénom : Thomas. Il s'y refusait, se cramponnant désespérément à ces sept lettres que ses parents avaient choisies pour lui. Quand les gens en blouse blanche l'appelaient Thomas, il faisait la sourde oreille ou essayait de se convaincre qu'ils s'adressaient à quelqu'un d'autre. Ce qui n'était pas toujours évident quand il n'y avait que deux personnes dans la pièce – autrement dit, la plupart du temps.

Stephen n'avait pas cinq ans, et pourtant il n'avait connu que la souffrance et les ténèbres avant que ces gens ne viennent le chercher. Et depuis, ils s'efforçaient de lui faire comprendre que son sort ne ferait qu'empirer, que chaque leçon qu'il apprendrait serait plus cruelle que la précédente.

Un grésillement se fit entendre et la porte de sa chambre s'ouvrit. Un homme entra, vêtu d'une combinaison verte qui ressemblait à un pyjama. Stephen faillit lui dire qu'il avait l'air ridicule, mais jugea plus prudent de garder son opinion pour lui.

— Viens avec moi, Thomas, ordonna l'homme.

« Stephen, Stephen, Stephen. Je m'appelle Stephen. »

Il ne fit pas un geste. Il garda les yeux clos, dans l'espoir que l'autre ne l'avait pas vu les ouvrir brièvement à son arrivée. C'était toujours une personne différente qui venait le voir. Jamais hostile, mais jamais vraiment gentille non plus. Elles paraissaient toujours distantes, l'esprit ailleurs, très peu concernées par le petit garçon recroquevillé sur son lit.

L'homme reprit la parole, sans chercher à dissimuler son agacement :

— Lève-toi, Thomas. Je n'ai pas de temps pour ces enfantillages, d'accord ? On travaille tous d'arrache-pied pour tenir les délais, et tu es le seul à résister encore à ton nouveau nom. Sérieusement, fiston… tu veux perdre ton énergie à ça ? Alors qu'on t'a sauvé de ce qui se passe à l'extérieur ?

Stephen s'astreignit à rester immobile, dans une raideur qui était tout sauf naturelle. Il bloqua sa respiration le plus longtemps possible, mais dut finalement reprendre son souffle.

Capitulant, il roula sur le dos et fusilla du regard le nouveau venu.

— Vous êtes ridicule, dit-il.

L'homme tâcha de masquer sa surprise, sans succès ; une expression amusée passa sur son visage.

— Je te demande pardon ?

Stephen sentit une bouffée de colère monter en lui.

— J'ai dit que vous étiez ridicule. Votre combinaison, là… ridicule. De toute façon vous perdez votre temps. Je ne sais pas ce que vous voulez que je fasse, quoi qu'il en soit je refuse. Pas question que je m'habille comme vous. Et arrêtez de m'appeler Thomas. Mon nom est Stephen !

Il avait fait ce discours d'une traite et dut inspirer un grand coup à la fin ; restait à espérer que cela ne gâchait pas son effet.

L'homme rit, avec bonne humeur, sans condescendance. Cela donna envie à Stephen de jeter quelque chose à travers la pièce.

— On m'avait dit que tu avais… (L'homme fit une pause, le temps de consulter son calepin électronique.)… « un côté enfantin tout à fait charmant ». J'imagine que tu me le montreras plus tard.

— C'était avant qu'on m'ordonne d'oublier mon nom, répliqua Stephen. Celui que mes parents m'ont donné. Avant que vous m'emmeniez loin d'eux.

— Tu parles de ton père qui est devenu cinglé ? dit l'homme. Qui a failli battre ta mère à mort sous l'emprise de la maladie ? Ta mère qui nous a suppliés de t'emmener ? Et qui devient de plus en plus folle chaque jour ? Ces parents-là ?

Stephen se renfrogna sur son lit et ne dit rien.

Son visiteur en tenue verte vint s'accroupir à son chevet.

— Écoute, tu n'es encore qu'un enfant. Intelligent, de toute évidence. Remarquablement intelligent. Et immunisé contre la Braise, en plus. Ça fait de toi un sacré veinard.

Stephen entendit l'avertissement dans la voix de l'homme. La suite n'allait sûrement pas lui plaire.

— Alors, tu vas devoir accepter de renoncer à certaines choses et voir un peu plus loin que le bout de ton nez. Parce que si nous ne trouvons pas un remède d'ici deux ou trois ans, l'humanité est condamnée. Alors voilà ce qui va se passer, Thomas. Tu vas te lever de ce lit. Tu vas venir avec moi. Et je ne te le répéterai pas.

L'homme patienta encore un moment, inflexible. Puis il se redressa et sortit.

Stephen se leva. Il suivit l'homme hors de la chambre.

CHAPITRE 2

28/11/221, 09 h 56

En sortant dans le couloir, Stephen aperçut pour la première fois depuis son arrivée un autre enfant. Une fille. Elle avait les cheveux bruns et paraissait un peu plus âgée que lui. Difficile à dire avec certitude, toutefois ; il ne la vit qu'un bref instant avant qu'une femme ne la conduise dans la chambre voisine de la sienne. La porte se referma sur elles, et il put lire au passage la plaque fixée sur sa surface blanche : 31K.

— Teresa n'a fait aucune difficulté avec son nouveau prénom, fit observer l'homme en vert alors qu'ils s'éloignaient le long du couloir chichement éclairé. Sans doute qu'elle préférait oublier l'ancien.

— C'était quoi ? demanda Stephen, d'un ton presque poli.

Il était sincèrement curieux de l'entendre. Si la fille avait pu renoncer si facilement à son prénom, peut-être pourrait-il le retenir pour elle – comme un service envers une amie potentielle.

— Tu as déjà assez de mal à oublier le tien, rétorqua l'homme, pour t'encombrer l'esprit avec celui d'une autre.

« Je ne l'oublierai jamais, se dit Stephen. Jamais. »

Mais dans le même temps, il se rendit compte qu'il avait modifié sa phrase. Au lieu d'insister sur le fait qu'il s'appelait

Stephen, voilà qu'il se promettait de ne plus l'oublier. Était-ce le début du renoncement ? « Non ! » faillit-il crier.

— Et vous, comment vous appelez-vous ? demanda-t-il en désespoir de cause.

— Randall Spilker, dit l'autre sans ralentir. (Le couloir faisait un coude, et ils débouchèrent devant une rangée d'ascenseurs.) Je n'ai pas toujours été grincheux, tu peux me croire. Mais le monde extérieur et les gens pour qui je travaille, déclara-t-il avec un geste vague autour de lui, ont changé mon cœur en petit morceau de charbon rabougri. Dommage pour toi.

Stephen ne trouva rien à répliquer ; il était trop occupé à se demander où ils allaient. Les portes de l'un des ascenseurs s'ouvrirent en carillonnant, et ils entrèrent dans la cabine.

Il se retrouva assis dans un fauteuil étrange, doté de plusieurs instruments intégrés qui venaient se plaquer contre ses jambes ou dans son dos. Des capteurs sans fil de la taille d'un ongle étaient fixés sur ses tempes, son cou, ses poignets, au creux de ses coudes et sur son torse. Il regardait la console à côté de lui collecter des données en ronronnant et en bipant. L'homme en vert était installé dans un fauteuil voisin et l'observait ; ses genoux frôlaient presque ceux de Stephen.

— Je suis désolé, Thomas. D'habitude nous patientons un peu avant d'en arriver là, s'excusa Randall, plus aimable qu'il ne l'avait été jusque-là. Nous aurions bien voulu t'accorder plus de temps pour te laisser choisir toi-même ton nouveau nom, comme Teresa a choisi le sien. Mais c'est un luxe que nous ne pouvons plus nous permettre.

Il brandit un minuscule instrument chromé, arrondi à une extrémité tandis que l'autre se terminait par une pointe fixée avec du sparadrap.

— Ne bouge pas, prévint Randall en se penchant sur Stephen comme pour lui glisser un mot à l'oreille.

Avant qu'il ne puisse poser la moindre question, Stephen ressentit une vive douleur dans le cou, juste au-dessous du menton, puis la sensation désagréable qu'on lui enfonçait quelque chose dans la gorge. Il poussa un petit cri, mais l'affaire fut terminée presque aussi vite qu'elle avait commencé. Il n'éprouvait plus qu'un sentiment de panique qui lui comprimait le torse.

— Qu-qu'est-ce que c'était ? bredouilla-t-il.

Il fit mine de se lever malgré tous les instruments auxquels il était relié.

Randall le repoussa dans son siège. Facile, vu leur différence de gabarit.

— Un stimulateur de douleur. Ne t'en fais pas, il finira par se dissoudre et ton organisme l'évacuera par les voies naturelles. Avec le temps. D'ici là, tu n'en auras peut-être pas besoin. (Il haussa les épaules, d'un air de dire : « On n'y peut rien. ») Mais nous pourrons toujours t'en implanter un autre si nécessaire. Pour l'instant, calme-toi.

Stephen eut bien du mal à reprendre le contrôle de sa respiration.

— Et ça va me faire quoi ?

— Eh bien, cela dépend… Thomas. Nous avons une longue route qui nous attend, toi et moi. Mais aujourd'hui, là, tout de suite, nous avons l'occasion d'emprunter un raccourci. Un petit sentier à travers bois. Tout ce que tu as à faire, c'est de me dire ton nom.

— Facile : Stephen.

Randall se prit la tête dans les mains.

— Allez-y, murmura-t-il, de guerre lasse.

Jusqu'à cet instant, Stephen n'avait jamais connu d'autre douleur que les plaies et bosses sans conséquences de la petite enfance. Ainsi, quand une tempête de feu explosa dans tout son corps, face à la souffrance qui se propageait dans ses veines et dans ses muscles, il se retrouva démuni, à court de mots. Il ne put que pousser un cri terrible, qu'il entendit à peine avant de s'évanouir avec soulagement.

Stephen revint à lui le souffle court et trempé de sueur. Toujours dans son fauteuil, il était désormais attaché avec des sangles de cuir. Il ressentait encore dans tout son corps le contrecoup de la souffrance infligée par Randall et son implant.

— Que… ? murmura Stephen d'une voix rauque. (La gorge lui brûlait, signe qu'il avait dû hurler plus longtemps qu'il ne l'avait cru.) Qu'est-ce que vous m'avez… ?

— J'ai essayé de te prévenir, Thomas, dit Randall, avec dans la voix ce qui ressemblait peut-être à une pointe de compassion, voire de regret. Nous n'avons pas le temps de jouer. Je suis désolé. Sincèrement. Mais il va falloir recommencer. Je pense que tu as compris maintenant que ce n'est pas un jeu. Il est très important pour tout le monde que tu acceptes ton nouveau nom.

L'homme baissa les yeux et fixa le sol un long moment.

— Vous n'avez pas le droit de faire ça ! protesta Stephen, la gorge endolorie. Je ne suis qu'un enfant.

Enfant ou pas, il se rendait bien compte à quel point il devait avoir l'air pathétique.

Il savait aussi que les adultes avaient en général deux réactions possibles devant ce genre d'attitude : soit ils s'attendrissaient et faisaient machine arrière, soit la culpabilité les tenaillait et les rendait encore plus méchants. Randall choisit la deuxième option. Le visage rouge de colère, il se mit à crier :

— Tout ce qu'on te demande, c'est d'accepter un nom ! Ça suffit maintenant. Comment t'appelles-tu ?

Stephen n'était pas stupide : il décida de jouer le jeu.

— Thomas. Je m'appelle Thomas.

— Je ne te crois pas, répliqua Randall, le regard sombre. Encore.

Stephen ouvrit la bouche pour répéter, mais ce n'était pas à lui que Randall s'était adressé. La douleur revint, fulgurante, encore plus forte. Il eut à peine le temps de la ressentir qu'il perdit connaissance.

— Comment t'appelles-tu ?
Stephen eut à peine la force de répondre :
— Thomas.
— Je ne te crois pas.
— Non…, pleurnicha-t-il.
La douleur ne le surprit plus, ni le néant qui s'ensuivit.

— Comment t'appelles-tu ?
— Thomas.
— Je ne voudrais pas que tu l'oublies.
— Non ! s'écria-t-il entre deux sanglots.

— Comment t'appelles-tu ?
— Thomas.
— As-tu un autre nom ?
— Non. Seulement Thomas.
— T'a-t-on déjà appelé autrement ?
— Non. Seulement Thomas.
— Crois-tu que tu risques d'oublier ce nom ? Ou de répondre à un autre ?
— Non.
— Bien. Vérifions ça une dernière fois.

Plus tard, il se retrouva de nouveau allongé sur son lit en position fœtale. Le monde extérieur lui paraissait très loin, silencieux. À court de larmes, il était comme engourdi, parcouru d'une sorte de picotement désagréable. Il se souvint de Randall penché sur lui, habité par un mélange de culpabilité et de colère qui déformait ses traits en un masque grotesque.

« Je n'oublierai jamais, se promit-il. Je ne dois jamais, jamais oublier. »

Dans sa tête, il se mit à fredonner un refrain familier, encore et encore. Il n'aurait pas su dire quoi exactement, mais quelque chose semblait avoir changé.

« Thomas, Thomas, Thomas. Je m'appelle Thomas. »

CHAPITRE 3

28/02/222, 09 h 36

— Ne bouge pas, s'il te plaît.

Le médecin n'était pas méchant, pas gentil non plus. Il était là, c'était tout ; stoïque et professionnel. Et banal : entre deux âges, de taille et de corpulence moyennes, avec les cheveux bruns coupés court. Thomas ferma les yeux et sentit l'aiguille s'enfoncer dans sa veine, causant une brève douleur. Curieux de constater à quel point il appréhendait ce moment chaque semaine, alors qu'il durait à peine une seconde ; avant cette sensation de froid qui se répandait dans tout son corps.

— Tu vois ? dit le médecin. Ça ne fait pas mal.

Thomas secoua la tête mais ne dit rien. Il éprouvait quelques difficultés à parler depuis l'épisode avec Randall. Il éprouvait des difficultés à dormir, à manger, à presque tout, en somme. Il commençait tout juste à reprendre le dessus depuis quelques jours. Chaque fois que le souvenir de son vrai nom remontait à la surface, il le refoulait, de peur d'endurer cette torture encore une fois. Thomas lui convenait très bien. Il s'en contenterait.

Son sang, si foncé qu'il en était presque noir, remonta dans le tuyau étroit le long de son bras jusque dans le flacon. Il ignorait la raison de ces tests, or il en subissait toute une batterie – certains quotidiennement, d'autres chaque semaine.

Le médecin stoppa l'écoulement et reboucha le flacon.

— Très bien, ça suffira, annonça-t-il en retirant l'aiguille. Maintenant, passons au scanner pour examiner ton cerveau.

Thomas se figea, le cœur serré. Il s'angoissait toujours quand on lui parlait de son cerveau.

— Allons, allons, lui reprocha le médecin en remarquant sa raideur. Nous faisons cela toutes les semaines. C'est la routine – pas de quoi s'inquiéter. Nous allons juste prendre des images de ton activité cérébrale. D'accord ?

Thomas hocha la tête et ferma les yeux. Il avait envie de pleurer. Il inspira profondément et parvint à se dominer.

Il se leva pour suivre le médecin dans une autre pièce, qu'occupait une machine imposante comme un éléphant, avec au centre un espace tubulaire d'où émergeait une couchette horizontale.

— Grimpe.

C'était la quatrième ou cinquième fois que Thomas en passait par là. Résister n'aurait servi à rien. Il s'allongea sur la couchette, bien à plat, fixant les lumières au plafond.

— Rappelle-toi, le prévint le médecin, de ne pas t'en faire pour le bruit. C'est normal. Ça fait partie du jeu.

Il y eut un cliquetis, un ronronnement de machinerie, puis la couchette coulissa dans le tube.

Thomas était assis seul à son pupitre. Devant lui, au tableau noir, se tenait son professeur, M. Glanville, personnage bourru et presque chauve. À l'exception de ses sourcils ! Tous les follicules pileux de son corps semblaient mobilisés dans ces masses broussailleuses… Le déjeuner était passé depuis deux heures et Thomas aurait volontiers donné trois orteils pour pouvoir s'allonger à même le sol et faire une petite sieste. Cinq minutes lui auraient suffi.

— Te souviens-tu de quoi nous avons parlé hier ? lui demanda M. Glanville.

Thomas acquiesça.

— Du FIRE.

— C'est ça. Et que signifie cet acronyme ?

— Fonds international de récupération des éruptions.

Son professeur sourit, visiblement satisfait.

— Excellent. À présent...

Il se retourna vers le tableau pour y inscrire les lettres PFC.

— P... F... C, lut-il. Cela désigne la Coalition post-éruptions, qui est une émanation directe du FIRE. Après avoir entendu le plus de pays possible, réuni leurs représentants, il était temps de s'occuper des dommages spectaculaires provoqués par les éruptions solaires. Pendant que le FIRE étudiait les effets de la catastrophe et les personnes affectées, la PFC s'employait à trouver une solution. Dis-moi si je t'ennuie, fiston !

Thomas se redressa d'un coup. Il ne s'était pas rendu compte qu'il s'affaissait ; peut-être même avait-il dodeliné de la tête à un moment.

— Désolé, s'excusa-t-il en se frottant les yeux. Pardon. Le FIRE, la PFC, j'ai tout retenu.

— Écoute fiston, commença M. Glanville en s'approchant de son pupitre. Je suis sûr que tu trouves les autres matières beaucoup plus intéressantes. Les sciences, les maths, l'entraînement physique. (Il se pencha pour regarder Thomas droit dans les yeux.) Cependant tu as besoin de comprendre notre histoire. Ce qui nous a conduits ici, comment nous nous sommes retrouvés dans ce pétrin. On ne peut pas savoir où l'on va si on ne sait pas d'où l'on vient.

— Oui, monsieur, répondit docilement Thomas.

M. Glanville se redressa et le toisa d'un air sévère, cherchant la moindre trace de sarcasme dans son expression.

— Bien. Nous sommes d'accord. Il faut connaître son passé. Revenons-en à la PFC. Nous avons beaucoup de choses à voir.

Pendant que son professeur retournait au tableau, Thomas se pinça de toutes ses forces dans l'espoir que ça le réveillerait un peu.

— Veux-tu que je te rafraîchisse la mémoire ?

Thomas leva les yeux vers Mme Denton. Elle avait les cheveux et la peau noirs, et elle était très belle. Un regard doux. Intelligent. C'était sans conteste la personne la plus douée que Thomas avait rencontrée jusqu'ici, comme le lui rappelaient les énigmes qu'elle lui soumettait constamment dans son cours de pensée critique.

— Je crois que ça ira, dit-il.

— Très bien, alors je t'écoute. Souviens-toi…

Il la coupa, citant ce qu'elle lui avait répété cent fois :

— Il faut connaître le problème mieux que la solution, sans quoi la solution devient le problème.

Il était plus ou moins convaincu que cela ne voulait absolument rien dire.

— Très bien ! le félicita-t-elle avec un enthousiasme exagéré. Maintenant, vas-y, répète le problème. Visualise-le dans ton esprit.

— Un homme dans une gare a perdu son billet. Il y a cent vingt-six autres personnes sur le quai avec lui. Il y a neuf voies différentes, cinq qui vont vers le sud, quatre vers le nord. Au cours des quarante-cinq prochaines minutes, vingt-quatre trains vont arriver et repartir. Quatre-vingts nouveaux voyageurs vont entrer dans la gare dans cet intervalle. Au moins sept personnes vont monter dans chaque train, mais jamais plus de vingt-deux. Inversement, une dizaine de passagers au moins vont débarquer de chaque train, mais jamais plus de dix-huit…

Il continua ainsi pendant cinq minutes. Détail après détail. Apprendre par cœur tous les paramètres était déjà assez difficile – il avait peine à croire qu'elle espérait vraiment le voir résoudre ce fichu problème.

— … combien de personnes reste-t-il sur le quai ? conclut-il.

— Excellent, le félicita Mme Denton. On dirait que la troisième fois est la bonne. Tu as mémorisé tous les détails, ce qui est la première étape vers l'élaboration d'une solution. Maintenant, peux-tu me donner la solution ?

Thomas ferma les yeux et passa les nombres en revue. Dans ce cours, il devait tout faire de tête – sans calculatrice, sans même prendre de notes. Cela lui demandait un gros effort, ce qui n'était pas pour lui déplaire.

Il rouvrit les yeux :

— Soixante-dix-huit, annonça-t-il.

— Faux.

Il réfléchit quelques minutes de plus et proposa :

— Quatre-vingt-un ?

— Faux.

Il fit la grimace.

Il lui fallut encore plusieurs tentatives avant de comprendre que la bonne réponse n'était peut-être pas un nombre.

— On ne sait pas si l'homme qui a perdu son billet a pris un train ou non. Ni s'il voyageait en compagnie d'autres personnes, et si oui, de combien.

Mme Denton sourit.

— Enfin, j'ai l'impression qu'on progresse.

CHAPITRE 4

25/12/223, 10 h 00

Depuis deux ans qu'on lui avait volé son nom, Thomas ne chômait pas. Ses journées bien remplies se déroulaient en cours et tests de toutes sortes – maths, sciences, chimie, pensée critique, et davantage d'épreuves mentales et physiques qu'il ne l'aurait cru possible. Il avait eu différents professeurs et étudié auprès de nombreux savants mais n'avait plus jamais recroisé Randall, ni entendu prononcer son nom. Pas une fois. Il ne savait pas trop qu'en penser. L'homme avait-il été remercié une fois sa mission remplie ? Était-il tombé malade ? Avait-il attrapé la Braise ? Avait-il démissionné, rongé de remords à cause du traitement qu'il avait infligé à un garçon à peine en âge d'aller à l'école ?

Thomas n'était pas fâché de pouvoir l'oublier, même s'il se sentait encore au bord de la panique dès qu'il apercevait un homme en combinaison verte au détour d'un couloir.

Deux ans. Deux ans de prises de sang, d'examens médicaux et de surveillance constante, de leçons interminables et d'énigmes. Tant d'énigmes ! Pour si peu d'informations.

Mais les choses étaient sur le point de changer. Du moins l'espérait-il.

Thomas s'était réveillé frais et dispos après une excellente nuit de sommeil. Peu après le petit déjeuner, une femme qu'il n'avait encore jamais vue était venue bousculer son emploi du temps habituel. Il était convoqué pour « un entretien très important ». Thomas n'avait pas pris la peine de réclamer plus de détails : depuis le temps qu'il côtoyait ces gens, il savait que ses questions resteraient sans réponse. Et il avait appris qu'il existait d'autres moyens de se renseigner, à condition d'être patient et d'ouvrir grand ses yeux et ses oreilles.

Thomas vivait dans ces installations depuis si longtemps désormais qu'il avait presque oublié à quoi ressemblait le monde extérieur. À sept ans, il ne connaissait plus que les murs blancs, les tableaux accrochés dans les couloirs et les écrans de surveillance des laboratoires, sans oublier l'éclairage fluorescent, les draps gris et le carrelage blanc de sa chambre et de sa salle de bains. Pendant tout ce temps, il n'avait eu affaire qu'à des adultes – pas une seule fois, pas même lors d'une rencontre fortuite, il n'avait eu l'occasion d'échanger avec quelqu'un de son âge.

Il savait pourtant qu'il n'était pas le seul enfant sur les lieux. De temps à autre, il apercevait de loin la fille logée dans la chambre voisine de la sienne. Leurs regards se croisaient furtivement entre deux portes. Pour lui, le numéro indiqué sur la porte était devenu synonyme de son prénom, Teresa. Il aurait donné n'importe quoi pour pouvoir lui parler.

Dans cette vie d'un ennui insondable, il occupait son temps libre avec des vieilles vidéos ou des livres. Une foule de livres. Une bibliothèque inépuisable à laquelle il pouvait accéder à sa guise. Ce fut probablement la planche de salut qui l'empêcha de sombrer dans la folie. Depuis un mois environ, il lisait tout Mario Di Sanza, savourant chaque page de ces classiques ancrés dans un monde qu'il avait peine à comprendre mais qu'il adorait imaginer.

— Nous y voilà, annonça son escorte en l'introduisant dans un petit vestibule gardé par deux vigiles armés. (La voix de la femme lui faisait penser à une simulation électronique.) Le chancelier Anderson sera là dans un instant.

Elle tourna les talons et sortit sans lui accorder un regard, l'abandonnant aux deux gardes.

Thomas prit le temps de détailler ses nouveaux compagnons. Tous deux portaient un uniforme noir doublé d'une armure, avec un pistolet imposant. Ils ne ressemblaient pas aux autres gardes. Sur leur torse, le mot WICKED s'affichait en gros caractères. Thomas voyait ce sigle pour la première fois.

— Qu'est-ce que ça veut dire ? demanda-t-il en désignant le mot.

Mais tout ce qu'il obtint en guise de réponse, ce fut un regard dur. Deux regards durs. Depuis le temps qu'il ne voyait plus que des adultes, Thomas était devenu beaucoup plus courageux, parfois même téméraire dans ses propos, mais ces deux-là n'avaient de toute évidence aucune envie de discuter. Il s'assit donc sur une chaise près de la porte.

WICKED – *méchant*. Il retourna le mot dans sa tête. Cela devait désigner… quoi donc ? Pourquoi un garde voudrait-il afficher cela en travers de son uniforme ? Thomas n'en avait aucune idée.

Le bruit d'une porte qui s'ouvrait derrière lui interrompit sa réflexion. Thomas se retourna et découvrit un homme entre deux âges, aux cheveux grisonnants, avec de grandes poches sous les yeux. Quelque chose dans son apparence laissait pourtant supposer qu'il devait être plus jeune qu'il n'en avait l'air.

— Tu dois être Thomas, déclara l'individu sur un ton enjoué qui manquait de conviction. Je suis Kevin Anderson, le chancelier de cette noble institution.

Il sourit, mais ses yeux restaient sombres.

Thomas se leva gauchement.

— Heu… enchanté de vous connaître.

Il ne voyait pas quoi dire d'autre. Même s'il avait été plutôt bien traité ces deux dernières années, il souffrait de la solitude. Il ne savait pas vraiment ce qu'il faisait là, ni pourquoi on lui faisait rencontrer cet homme.

— Passons dans mon bureau, suggéra le chancelier.

Il s'effaça sur le côté et tendit le bras vers une porte ouverte comme s'il dévoilait un trésor.

— Entre, assieds-toi, dit-il. Il y a certaines choses dont nous devons discuter.

Thomas baissa les yeux et rentra la tête dans les épaules au moment de passer devant le chancelier. Il se dirigea vers le fauteuil le plus proche et s'assit avant même de jeter un coup d'œil autour de lui. Il se retrouva installé devant un grand bureau avec quelques photos encadrées disposées dessus, dos à lui. Thomas aurait bien voulu voir quels moments de la vie de M. Anderson s'affichaient ainsi. Hormis quelques bibelots, d'autres fauteuils et un ordinateur intégré dans le bureau, le reste de la salle était à peu près vide.

Le chancelier prit place de l'autre côté du bureau. Il pianota quelque chose sur le clavier de son ordinateur, parut apprécier ce qu'il voyait, puis s'enfonça en arrière dans son fauteuil, les doigts en éventail sous le menton. S'ensuivit un long silence au cours duquel il se contenta d'étudier Thomas, au grand embarras de ce dernier.

— Sais-tu quel jour nous sommes ? finit par demander Anderson.

Thomas avait tenté de l'oublier toute la matinée, tiraillé par le souvenir du seul bon Noël qu'il ait jamais connu. Y penser le rendait si triste qu'il en avait du mal à respirer, comme si un gros rocher lui comprimait le torse.

— Le début des vacances ? répondit-il, espérant réussir à masquer sa mélancolie.

Pendant une fraction de seconde, il crut sentir une odeur de résine et percevoir la saveur du cidre sur le bout de sa langue.

— C'est ça, confirma le chancelier en croisant les bras, comme s'il était fier de cette réponse. Et aujourd'hui, c'est un jour exceptionnel, non ? Croyant ou non, tout le monde fête Noël d'une manière ou d'une autre. Et puis, franchement, qui donne encore dans la religion depuis ces dix dernières années ? À part les partisans de l'Apocalypse, évidemment.

L'homme demeura silencieux un moment, le regard perdu dans le vide. Thomas se demandait bien ce qu'il essayait de faire, sinon déprimer le pauvre garçon assis en face de lui.

Soudain, Anderson s'anima de nouveau et se pencha sur son bureau, mains croisées devant lui.

— Noël, Thomas ! La famille. Les bons repas. La chaleur. Et les cadeaux ! N'oublions pas les cadeaux ! Quel est le meilleur cadeau de Noël que tu aies reçu ?

Thomas se détourna, tâchant de retenir ses larmes. Il refusait de répondre à une question aussi cruelle.

— Il y a longtemps, continua Anderson, quand j'étais plus petit que toi, j'ai reçu un vélo. Un magnifique vélo vert flambant neuf. Il étincelait sous les lumières du sapin. C'était magique, Thomas. De la magie pure. Le genre de moment qu'on ne vit jamais deux fois, surtout quand on devient vieux et gâteux comme moi.

Thomas avait repris son sang-froid et lança au chancelier un regard le plus furibond possible.

— Mes parents sont probablement morts à l'heure qu'il est. Et oui, j'ai eu un vélo moi aussi, sauf que j'ai dû l'abandonner quand vous êtes venus me chercher. Je ne fêterai plus jamais Noël grâce à la Braise. Pourquoi me parler de ça maintenant ? Pour remuer le couteau dans la plaie ?

Cette flambée de colère le fit se sentir mieux.

Anderson avait blêmi ; toute trace de ses souvenirs heureux s'était effacée de son visage. Il posa les mains à plat sur son bureau et son regard s'assombrit.

— Exactement, Thomas, répondit-il. C'est précisément ce que je suis en train de faire. Pour que tu comprennes bien à quel point la réussite du WICKED est primordiale. Il s'agit de trouver un remède à cette maladie, à n'importe quel prix. N'importe… quel… prix.

Il se renfonça dans son fauteuil et pivota d'un quart de tour face au mur.

— Je veux faire revenir Noël.

CHAPITRE 5

25/12/223, 10 h 52

Le silence se prolongea si longtemps, devint si gênant, que Thomas se demanda s'il ne devait pas se lever et s'en aller. Il craignit même que le chancelier Anderson soit mort – qu'il ait succombé comme ça, dans son fauteuil, et soit en train de fixer le mur d'un regard vitreux.

Mais le torse de l'homme se soulevait et retombait à un rythme régulier. Il respirait encore.

N'y tenant plus, Thomas finit par rompre le silence :

— Moi aussi, j'aimerais bien, dit-il.

C'était simple, véridique – et parfaitement naïf, Thomas en avait bien conscience.

C'était comme si le chancelier avait oublié sa présence. L'intervention du garçon lui fit tourner vivement la tête.

— Je... pardon, bredouilla-t-il en ramenant son fauteuil face à son bureau. Tu disais ?

— Je disais que moi aussi, j'aimerais bien que tout redevienne normal, répondit Thomas. Comme avant ma naissance. Mais je ne crois pas que ce soit possible, si ?

— Si, Thomas, justement ! répliqua le chancelier, dont les yeux s'animèrent un peu. Je sais que le monde est mal en point, mais si nous parvenons à trouver un remède... les conditions climatiques finiront par se normaliser – elles ont déjà commencé. Les fondus ne vivront pas éternellement ;

toutes nos simulations indiquent qu'ils s'élimineront entre eux. Nous sommes encore nombreux à rester sains de corps et d'esprit – assez pour rebâtir ce monde, si nous pouvons nous assurer que personne ne sera plus contaminé.

Il contempla Thomas comme si ce dernier était censé savoir quoi dire. Ce qui n'était pas le cas.

— Sais-tu comment s'appelle notre... institution, Thomas ? demanda-t-il enfin.

Thomas haussa les épaules.

— Eh bien, vous avez dit WICKED tout à l'heure, et ces gardes avaient le mot en grosses lettres sur leur uniforme. C'est vraiment votre nom officiel ?

Anderson hocha la tête.

— Il ne plaît pas à tout le monde, mais il est parfaitement justifié. Il correspond précisément à ce que nous essayons de faire ici.

— À n'importe quel prix, ajouta Thomas, répétant ce que le chancelier lui avait dit plus tôt pour lui faire croire qu'il en saisissait bien toutes les implications.

— À n'importe quel prix, confirma le chancelier avec un hochement de tête. C'est ça. (Ses yeux brillaient désormais.) WICKED veut dire World In Catastrophe : Killzone Experiment Department. Monde sinistré : département Expérience de la zone mortelle. Nous cherchions un nom qui rappelle à tous pourquoi nous existons, ce que nous envisageons d'accomplir et comment nous avons l'intention de procéder.

Il marqua une pause et parut reconsidérer ce qu'il venait de dire.

— Pour être juste, précisa-t-il, je crois que le monde finira par se réparer tout seul. Notre objectif est de sauver l'humanité. Sinon, à quoi bon nous donner tout ce mal ?

Le chancelier Anderson dévisagea Thomas, attendant sa réponse, mais le jeune garçon avait trop mal à la tête pour comprendre la moitié de ce qu'on lui énonçait. Et les mots

« zone mortelle » ne lui disaient rien qui vaille. Que pouvaient-ils désigner ? Ils lui semblaient encore plus sinistres que le mot « sinistré ».

Depuis deux ans qu'il était là, il avait toujours imaginé que si on lui en offrait l'occasion, il poserait des milliers de questions. Pourtant, aucune ne semblait plus avoir la moindre importance. Il se sentait fatigué, furieux, confus – il n'aspirait plus qu'à regagner sa chambre et rester seul.

— Nous allons avoir du pain sur la planche ces prochaines années, prédit le chancelier. Nous avons ramené ici plusieurs jeunes survivants – exactement comme toi – et il est désormais temps de nous mettre au travail. Nous allons procéder à de nouveaux tests afin de déterminer lesquels de nos suj... de nos élèves se hisseront au sommet. Crois-moi, tu as tout intérêt à faire de ton mieux. Si être immunisé contre la Braise représente un gros avantage, la biologie seule ne suffira pas pour réussir. Et puis, nous avons de grandes choses à construire, un cadre d'expérimentation, des laboratoires biomédicaux... et des merveilles de vie à créer. Tout cela pour parvenir à cartographier la zone mortelle. Une fois que nous serons parvenus à identifier ce qui procure l'immunité, nous trouverons un remède. J'en suis convaincu.

Il s'interrompit, les yeux brillants d'excitation. Thomas resta assis en s'efforçant de garder son calme. Anderson commençait à lui faire peur.

Le chancelier parut s'apercevoir qu'il se laissait emporter. Il poussa un gros soupir.

— Enfin, je suppose que ça fait suffisamment de choses à assimiler pour aujourd'hui. Tu grandis, Thomas, et tu t'en sors mieux que les autres dans notre programme. Nous plaçons beaucoup d'espoirs en toi, voilà pourquoi j'ai tenu à te rencontrer. Attends-toi à des changements à l'avenir : plus de liberté, et un plus grand rôle à jouer au sein du WICKED. Tu es partant ?

Thomas hocha la tête sans réfléchir. Parce que, oui, il était partant. Il avait parfois l'impression de vivre dans une prison et voulait en sortir. C'était aussi simple que cela. Et on lui faisait entrevoir une issue au bout du tunnel.

— Je peux vous poser une question ? demanda-t-il, incapable de se sortir de la tête ces mots horribles prononcés par le chancelier.

— Bien sûr.

— C'est quoi, la zone mortelle ?

Anderson sourit.

— Ah, je te demande pardon. Je croyais que tu le savais. C'est comme ça que nous désignons le cerveau – l'endroit où la Braise fait le plus de dégâts. Là où elle finit par tuer ceux qu'elle contamine. Et c'est là que nous comptons mener le combat. C'est un peu le champ de bataille du WICKED, si tu veux. La zone mortelle.

Thomas était loin de tout comprendre, mais cette explication le rassura un peu.

— Nous sommes d'accord, donc ? demanda le chancelier Anderson. Tu es prêt à jouer un rôle important dans ce que nous faisons ici ?

Thomas acquiesça.

Le chancelier tapota son bureau du bout du doigt.

— Formidable. Alors retourne dans ta chambre et repose-toi. De grandes choses nous attendent.

Thomas ressentit une pointe d'excitation, suivie aussitôt d'un sentiment de honte inexplicable.

Quand la femme qui l'avait escorté jusqu'à Anderson l'eut reconduit à sa chambre, Thomas ne put pas s'en empêcher : au moment où elle voulut refermer la porte, il glissa la main dans l'entrebâillement pour l'arrêter.

— Heu… désolé, s'excusa-t-il, mais j'aurais encore une question à vous poser.

Elle prit un air dubitatif.

— Ce n'est probablement pas une bonne idée, répliqua-t-elle. Je… nous sommes dans un environnement très contrôlé, je regrette.

Elle rougit.

— Mais…, bafouilla Thomas, cherchant les mots justes, la bonne question à poser. Ce type, là… le chancelier Anderson, il a parlé de grandes choses qui nous attendaient. Est-ce qu'il y en a beaucoup d'autres comme moi ? D'autres enfants ? Est-ce que je pourrais les rencontrer ?

Il osait à peine espérer, et cela le rendait malade.

— Par exemple cette fille dans la chambre à côté, insista-t-il. Teresa… est-ce que je pourrais la voir ?

La femme soupira, les yeux emplis de pitié. Elle hocha la tête.

— Il y en a beaucoup d'autres, oui, mais le plus important pour toi, c'est de continuer à réussir les tests. Tu feras la connaissance des autres le moment venu. Je sais que tu dois te sentir seul, et j'en suis désolée. Si ça peut t'aider, tout le monde est logé à la même enseigne. Les choses s'amélioreront bientôt, je te le promets.

Elle fit mine de fermer la porte, mais Thomas la retint une fois de plus.

— Quand ? demanda-t-il, avec une insistance qui lui faisait honte. Combien de temps je vais encore devoir rester seul ?

— Eh bien… (Elle soupira.) Comme je te l'ai dit. Plus très longtemps. Un an, peut-être.

Elle claqua la porte, et Thomas dut retirer vivement sa main pour ne pas se faire écraser les doigts. Il se jeta sur son lit en s'efforçant de retenir ses larmes.

Un an.

CHAPITRE 6

12/03/224, 07 h 30

Un coup à sa porte, chaque matin. C'était devenu une routine réglée comme une horloge. Toujours à la même heure, quoique pas toujours la même personne. Il savait bien qui il espérait voir – le médecin le plus gentil qu'il avait rencontré depuis son arrivée. De loin. Une femme. Celle-là même qui l'avait conduit au chancelier deux mois plus tôt. Malheureusement, il était rare que ce soit elle.

Ce jour-là pourtant, quand il ouvrit la porte, il la vit sur le seuil.

— Docteur Paige, dit-il. Bonjour.

Il n'aurait pas su dire pourquoi il l'appréciait autant.

— Bonjour Thomas. Devine quoi ?

— Quoi donc ?

Elle lui adressa un sourire affectueux.

— Tu vas me voir de plus en plus souvent à partir de maintenant. On m'a chargée de m'occuper de toi. Exclusivement. Qu'en dis-tu ?

Il était ravi – il se sentait très à l'aise avec elle, bien qu'ils ne se soient vus qu'à quelques reprises. Pourtant, il fut juste capable de répondre :

— Cool.

— Comme tu dis. Il y a plein de bonnes choses qui se profilent à l'horizon. Notre horizon.

Il dut se retenir de répéter « cool ».

Elle indiqua la table roulante qu'elle poussait devant elle.

— Dans l'immédiat, que dirais-tu d'un petit déjeuner ?

Il ignorait comment elle s'y prenait, mais quand le Dr Paige lui faisait une prise de sang, Thomas ne sentait même pas la piqûre de l'aiguille.

Tout en regardant son sang couler dans le tuyau, il demanda :

— Qu'est-ce que vous apprenez sur moi ?

Le Dr Paige leva les yeux.

— Pardon ?

— Avec tous ces tests et ces examens, qu'est-ce que vous apprenez ? Vous ne me dites jamais rien. Suis-je toujours immunisé ? Est-ce que ces données vous sont utiles ? Suis-je en bonne santé ?

Le médecin reboucha le flacon et ressortit l'aiguille du bras de Thomas.

— Eh bien oui, ça nous est très utile. Plus nous en apprenons sur ton corps, ta santé… En vous étudiant, les autres et toi, nous établissons déjà ce que nous devons chercher. Sur quoi concentrer nos efforts pour découvrir un remède. Vous nous êtes très précieux. Tous autant que vous êtes.

Thomas se rengorgea.

— Vous ne dites pas ça uniquement pour me faire plaisir ? s'assura-t-il.

— Absolument pas. Si nous parvenons un jour à éradiquer ce virus, ce sera grâce à toi et aux autres. Tu peux donc être fier de toi.

— D'accord.

— Et maintenant, passons au tapis de course. Voyons à quelle vitesse nous pouvons faire monter ton rythme cardiaque.

— Cela transforma radicalement la vie quotidienne des gens, connectant la société d'une manière dont…

Mme Landon – une petite bonne femme timide à la dentition parfaite – s'employait à lui décrire l'impact culturel de la technologie du portable quand Thomas leva la main pour réclamer la parole. Il s'ennuyait à mourir. Tout le monde connaissait l'impact culturel de la technologie du portable.

— Euh, oui ? dit-elle, s'interrompant au milieu de sa phrase.

— Je croyais qu'on devait bientôt aborder l'invention du transplat.

— Ai-je dit cela ?

— Il me semble. De toute façon, ça me paraît autrement plus intéressant que... tout ça.

Thomas sourit en guise d'excuse. Mme Landon croisa les bras.

— Qui est le professeur, ici ?

— C'est vous ?

— Et qui est le mieux placé pour savoir quel sujet aborder chaque jour ?

Thomas sourit de nouveau. Il aimait bien cette femme, aussi ennuyeuse soit-elle.

— C'est vous.

— Parfait. Maintenant, comme je le disais, imagine un peu à quel point le monde s'est transformé quand chaque personne sur cette planète a pu se connecter à...

Mme Denton était d'une infinie patience. Thomas analysait les quarante blocs irréguliers posés devant lui sur la table depuis une demi-heure. Il n'en avait pas encore touché un seul. Il les mémorisait un par un, s'efforçant de trouver mentalement le moyen de les assembler. Tâchant d'appréhender le casse-tête comme son professeur le lui avait enseigné.

— As-tu besoin d'une pause ? finit-elle par suggérer. C'est bientôt l'heure de ton cours suivant de toute façon.

Visiblement, même sa patience avait ses limites.

— Ce n'est pas grave si je suis en retard, dit-il. M. Glanville ne dira rien.

Mme Denton secoua la tête.

— Mauvaise idée. Quand on est dans l'urgence, on a tendance à bâcler. Tu n'es pas encore prêt à brusquer les choses. Pour l'instant, prends tout le temps dont tu as besoin. Plusieurs jours, s'il le faut. Établis un plan solide dans ton esprit, visualise-le dans ton lit avant de t'endormir.

Thomas s'arracha à la contemplation des blocs pour s'adosser à sa chaise.

— Pourquoi me faites-vous résoudre autant de casse-tête ? À la base, ce ne sont que des jeux, non ?

— C'est vraiment ce que tu penses ?

— Non, pas vraiment. J'ai l'impression que c'est le cours dans lequel mon cerveau travaille le plus.

Mme Denton sourit comme s'il venait de lui dire qu'elle était le meilleur professeur du monde.

— C'est exactement ça, Thomas. À présent, va retrouver M. Glanville. Ne le fais pas attendre.

Thomas se leva.

— D'accord. À plus tard.

Il se dirigea vers la porte, puis s'arrêta pour se tourner face à elle.

— Au fait, il y a sept pièces en trop ; elles ne font pas partie du casse-tête.

Difficile à imaginer, mais le sourire de Mme Denton s'élargit encore plus.

CHAPITRE 7

02/09/224, 07 h 30

On frappa à sa porte à sept heures trente, à deux ou trois secondes près. Thomas ouvrit et se retrouva nez à nez avec un inconnu. Un chauve qui ne semblait pas particulièrement heureux d'être là – ni même heureux de vivre, d'ailleurs. Il avait des yeux rouges et gonflés, et son expression renfrognée marquait ses nombreuses rides.

— Où est le Dr Paige ? demanda Thomas, déçu. (La routine avait beau l'agacer par moments, son interruption le mettait toujours mal à l'aise.) Elle va bien ?

— Tu me laisses entrer, s'il te plaît ? répliqua l'homme, avec un coup de menton vers le plateau-repas qu'il poussait devant lui.

Sa voix était beaucoup moins chaleureuse que celle du Dr Paige.

— Euh, d'accord, concéda Thomas.

Il s'effaça devant l'inconnu en lui tenant la porte. L'autre fit rouler son plateau jusqu'au petit bureau.

— Mange bien, surtout, recommanda l'homme. Tu vas avoir besoin de toutes tes forces aujourd'hui.

Thomas n'appréciait pas beaucoup le ton de l'inconnu.

— Pourquoi ? Et vous n'avez pas répondu à ma question. Qu'est-il arrivé au Dr Paige ?

L'homme se redressa, comme pour se grandir, et croisa les bras.

— Pourquoi veux-tu qu'il lui soit arrivé quelque chose ? Elle va très bien. Rappelle-toi d'être poli et respectueux envers tes aînés, en toutes circonstances.

Thomas avait une réplique cinglante sur le bout de la langue – les sarcasmes lui venaient toujours avec une grande facilité – mais il la garda pour lui.

— Je te laisse une demi-heure, ajouta l'inconnu. (Il n'avait pas quitté Thomas des yeux un seul instant. Il fixait sur lui un regard sombre et inquiétant.) Je repasserai à huit heures tapantes. Tu peux m'appeler docteur Leavitt. Je suis l'un des psys.

Il finit par détourner les yeux et sortit, refermant doucement la porte derrière lui.

« Je suis l'un des psys. »

Thomas ne savait pas exactement ce que recouvrait ce terme, même s'il l'avait déjà entendu. L'autre lui avait coupé l'appétit. Il s'assit et se força à manger.

Le Dr Leavitt revint frapper à la porte beaucoup plus fort que nécessaire, pile à l'heure annoncée. Thomas avait fini son petit déjeuner depuis un moment, mais il aurait volontiers patienté une heure de plus. Ou même une demi-journée. Et pourquoi pas un mois ? En tout cas, il n'avait aucune envie de suivre ce nouveau médecin.

Sur le seuil, le Dr Leavitt était toujours aussi chauve et aussi renfrogné.

— Allons-y, dit-il sèchement.

Ils s'éloignèrent dans le couloir sans échanger un mot. Thomas coula au passage un regard mélancolique en direction de la porte de Teresa. 31K. Combien de fois avait-il lu ce numéro sur la porte, regrettant de ne pas pouvoir l'ouvrir pour faire la connaissance de sa voisine ? Pour quelle raison ces gens tenaient-ils absolument à éviter tout contact entre eux ? Ce n'était sûrement pas une simple question de cruauté. Comment le Dr Paige pouvait-elle se prêter à cela ?

— Écoute, commença soudain le Dr Leavitt, arrachant l'attention de Thomas aux murs blancs et aux lampes au néon. J'ai dû te paraître un peu brusque ce matin. J'en suis désolé. Le projet d'aujourd'hui a nécessité une longue préparation et représente un gros enjeu pour nous. (Il lâcha un petit gloussement, qui évoquait le coassement d'une grenouille qu'on aurait électrocutée.) Disons que je suis un peu stressé.

— Pas grave, lui assura Thomas, faute de savoir quoi dire d'autre. On a tous des jours sans.

Qu'est-ce qui pouvait bien stresser cet homme à ce point ? Ce n'était pas sur lui qu'on procédait à tous ces tests.

Ils pénétrèrent dans l'ascenseur et le médecin pressa le bouton d'un niveau que Thomas n'avait encore jamais visité. Le neuvième. Pour une raison indéfinissable, Thomas frissonna. Le neuvième niveau... aurait-il trouvé cela aussi sinistre en compagnie du Dr Paige ? Il n'en avait aucune idée.

Les portes s'ouvrirent avec un carillon joyeux, et le Dr Leavitt sortit en tournant à gauche. Thomas lui emboîta le pas, notant du coin de l'œil la présence d'un bureau derrière une cloison de verre. Au-delà, on apercevait des diodes clignotantes, des écrans et des appareils. Ce niveau semblait correspondre à une sorte de centre médical.

Peut-être était-il vraiment arrivé quelque chose au Dr Paige, en fin de compte ; peut-être qu'ils allaient lui rendre visite.

Thomas s'efforça d'adopter un ton aimable et décontracté :

— Alors, est-ce que vous allez me dire ce qu'on va faire aujourd'hui ?

— Non, répondit Leavitt, avant d'ajouter avec une grimace d'excuse : Désolé, fiston.

Thomas suivit Leavitt. Ils longèrent la cloison de verre et continuèrent dans un autre couloir, passant devant plusieurs portes équipées d'écrans de surveillance. Elles étaient numérotées, mais toutes fermées, et les cloisons de verre dépoli étaient occultées du sol au plafond par des rideaux opaques. Thomas crut entendre des éclats de voix derrière l'une des portes, puis un cri perçant le fit sursauter. Il continua à marcher jusqu'à ce qu'un hurlement lancinant résonne dans le couloir derrière eux. Il se figea.

— Ne t'arrête pas, lui ordonna le Dr Leavitt. Ce n'est rien.

— Que se passe-t-il ? voulut savoir Thomas. Qu'est-ce que… ?

Leavitt l'empoigna par le bras, pas au point de lui faire mal, mais sans ménagement.

— Tout va bien. Fais-moi confiance. Contente-toi d'avancer, d'accord ? Nous sommes presque arrivés.

Thomas obéit.

Ils s'arrêtèrent devant une porte identique à toutes les autres, équipée sur le côté d'un écran sur lequel s'affichaient des informations écrites trop petit pour que Thomas puisse les lire. Le Dr Leavitt les parcourut un moment, puis tendit le bras pour ouvrir la porte. Il venait tout juste de tourner la poignée que des bruits de dispute éclatèrent plus loin dans le couloir.

Thomas se retourna et vit une porte s'ouvrir et un garçon en tunique d'hôpital, la tête bandée, en sortir sur des jambes flageolantes, soutenu par deux infirmiers. Il chancelait comme sous l'effet d'une drogue et s'écroula. Il se releva tant bien que mal, repoussant les deux hommes qui se penchaient pour l'aider. Thomas resta pétrifié. Il vit le garçon retomber, se redresser comme un homme ivre puis se diriger droit sur lui en oscillant de gauche à droite.

— N'entre pas là-dedans, lui souffla le garçon d'une voix pâteuse.

Les cheveux bruns, de type asiatique, il avait peut-être un an de plus que Thomas. Son visage était empourpré et en sueur ; une petite tache rouge s'élargissait sur son bandage.

Thomas le dévisagea avec incrédulité et stupéfaction. Puis le Dr Leavitt s'interposa et l'un des deux infirmiers cria :

— Minho, arrête ! Tu n'es pas en état de…

Thomas n'entendit pas le reste.

Minho. Le garçon s'appelait Minho. À présent, Thomas connaissait au moins deux autres noms que le sien.

Le garçon percuta le Dr Leavitt ; à croire qu'il ne l'avait pas remarqué. Son regard apeuré était entièrement focalisé sur Thomas.

— Ne te laisse surtout pas faire ! cria-t-il, se débattant entre les bras de Leavitt qui l'avait attrapé.

Il était beaucoup trop frêle pour échapper à la poigne du médecin, mais cela ne l'empêcha pas d'essayer.

— Que…, bafouilla Thomas tout bas, avant de reprendre un peu plus fort : Pourquoi ?

— Ils nous mettent des trucs dans la tête ! s'écria Minho, fixant Thomas de son regard halluciné. Ils disent que ça ne fait pas mal, mais c'est faux. C'est faux ! Ils n'arrêtent pas de mentir…

La fin de la phrase mourut dans la bouche du garçon tandis que l'un des infirmiers lui faisait une piqûre dans le cou ; son corps devint tout flasque et glissa au sol. L'instant d'après, les infirmiers le ramenaient vers la porte en le traînant par les pieds.

Thomas se tourna vers Leavitt.

— Que lui avez-vous fait ?

Le médecin, étonnamment calme, répondit simplement :

— Ne t'inquiète pas, c'est juste une réaction à l'anesthésie. Tout va bien.

Il semblait beaucoup apprécier cette phrase.

Thomas envisagea de s'enfuir. En regardant Leavitt ouvrir la porte, en le suivant à l'intérieur de la pièce, en entendant la porte se refermer derrière lui : il ne pensait qu'à cela.

« Je ne suis qu'un froussard, se raisonna-t-il. Il ne va rien m'arriver. »

L'endroit avait tout de la chambre d'hôpital. On y trouvait deux lits séparés par un rideau. Celui de gauche était fait au carré. Celui de droite était masqué par le rideau, mais Thomas put distinguer la forme d'un corps à travers le tissu à moitié transparent. Du matériel médical remplissait la pièce, aussi moderne que tout ce qu'il avait pu voir dans les labos à l'occasion des tests. Leavitt se pencha sur un appareil pour faire défiler des diagrammes sur un écran et entrer des informations.

Thomas ramena son attention sur le lit caché par le rideau. Leavitt se tenait à environ deux mètres de lui, entièrement absorbé par ce qu'il lisait.

« Il faut que je voie qui est derrière ce rideau », se dit Thomas. Il ne se rappelait pas avoir jamais ressenti d'impulsion aussi forte.

Leavitt se pencha plus près de l'écran, alors Thomas saisit sa chance. Il se déplaça subrepticement vers le rideau, l'écarta discrètement et se glissa de l'autre côté. Un garçon était allongé sur le lit, les cheveux blonds coupés court, les yeux clos, le drap remonté jusqu'au menton. Leavitt surgit et tira le rideau. Il empoigna Thomas par le bras pour l'écarter du lit. Mais Thomas avait pu voir le garçon. Et relever deux détails.

Tout d'abord, comme le dénommé Minho, ce garçon avait un gros bandage au-dessus des oreilles, avec une tache de sang sur le côté.

Ensuite, son nom figurait sur l'un des écrans de contrôle.

Newt.

Cela faisait trois désormais.

Il connaissait trois noms.

CHAPITRE 8

02/09/224, 08 h 42

— Qu'est-ce qui t'a pris ? demanda Leavitt, poussant Thomas vers le lit vide de l'autre côté de la chambre. Il faut suivre le protocole médical, respecter les zones de sécurité avec le plus grand soin. Tu sais sûrement tout ça, non ?

Thomas se retint de pouffer.

— Euh… non, répondit-il, tâchant de ne pas sembler sarcastique.

Il n'avait même pas dix ans – bien sûr, qu'il ne connaissait rien à tout cela !

— Ce garçon vient de subir une opération. Il est fragile. Vulnérable aux microbes. Tu sais ce que sont les microbes, au moins ? demanda Leavitt avec un calme inquiétant. Les virus, comme la Braise ?

— Je suis immunisé, rappela Thomas. Je croyais qu'on l'était tous ?

— Eh bien, la plupart d'entre vous…, commença Leavitt, avant de s'interrompre avec un soupir. (Il se pinça la base du nez.) Peu importe. Simplement… reste de ce côté-ci du rideau. C'est compris ?

Thomas fit oui de la tête.

— Bien. Maintenant, je dois te préparer, dit Leavitt en regardant autour de lui comme pour prendre ses marques. Le chirurgien sera là dans une demi-heure.

Une bulle de panique grossissait depuis un moment au creux du ventre de Thomas.

— Donc ce garçon… Minho… il disait la vérité ? Vous allez m'implanter une saloperie dans la tête ?

— Pas une saloperie, rétorqua Leavitt avec une patience feinte. (Il ouvrit un tiroir et en sortit une tunique d'hôpital.) Quelque chose de vital. Et comme je te l'ai déjà dit, Minho faisait juste une mauvaise réaction à l'anesthésie – cela n'arrive que rarement. Nous ferons très attention avec ton dosage, je te le promets.

Il marqua une pause, puis fit face à Thomas.

— Écoute, reprit-il, tu sais ce qui est en jeu. Tu sais que tu es immunisé contre la Braise. Et tu sais aussi que l'espèce humaine est en danger. Hein, que tu es conscient de tout cela ?

Thomas ne put que répondre :

— Ouais.

— Alors tu comprends pourquoi ta coopération est si importante, conclut Leavitt en lui lançant la tunique. Nous étudions la zone mortelle des immunisés afin de rechercher un traitement. Tu fais partie des immunisés. Donc ce que nous allons faire aujourd'hui, c'est placer un petit instrument dans ta tête pour nous aider à comprendre en quoi tu es différent. Tu récupéreras très vite et nous pourrons recueillir tes données médicales de façon beaucoup plus efficace. Tu n'auras plus à subir toutes ces prises de sang ! Tu vois, ce n'est quand même pas si mal.

Thomas réussit à hausser les épaules et hocher la tête en même temps. À entendre Leavitt, il n'y avait rien de plus raisonnable que d'ouvrir le crâne d'un enfant. Il baissa les yeux sur la tunique qu'il tenait entre ses mains.

— La salle de bains est juste là, dit Leavitt en indiquant une porte dans un coin. Va te changer, puis mets-toi au lit. Je te donne ma parole que tu n'as rien à craindre. Tu seras endormi, tu ne sentiras rien. Tu auras peut-être un peu mal à la tête pendant deux ou trois jours, mais nous avons des cachets pour ça. D'accord ?

— D'accord.

Alors qu'il se dirigeait vers la salle de bains, Thomas entendit une fille hurler dans le couloir. Il se tourna vers Leavitt, qui soutint son regard. Ils restèrent ainsi un moment, dans l'attente de qui réagirait le premier. Ce fut Thomas.

Il fut à la porte en un instant, l'ouvrit à la volée et bondit dans le couloir. Une scène familière se jouait devant lui à quelques mètres : deux infirmiers – un homme et une femme – traînaient une fille aux cheveux châtains tandis que celle-ci se débattait de toutes ses forces. C'était elle. La fille de la chambre 31K. Teresa.

Thomas agit sans réfléchir. Il s'élança vers la fille. L'anxiété qu'on lisait sur son visage et la peur qui brillait dans ses yeux avaient fini par crever cette bulle de panique qui enflait en lui.

— Laissez-la ! cria-t-il pendant que Leavitt lui ordonnait de revenir.

Les infirmiers se retournèrent vers Thomas et s'arrêtèrent avec une expression intriguée, peut-être même amusée. Ce qui décupla sa colère. Il fonça, tout en sachant que c'était perdu d'avance. Au moins montrerait-il à Teresa qu'il avait essayé.

À la dernière seconde, il bondit, bras écartés, comme s'il était devenu une espèce de super-héros qui allait plaquer au sol deux méchants.

L'infirmier balança son avant-bras et cueillit Thomas sur le côté de la tête. Une douleur fulgurante explosa dans sa pommette et son oreille tandis que le monde basculait à cent quatre-vingts degrés. Il retomba brutalement sur le sol, se cognant le nez contre le mur juste assez fort pour s'étourdir. Il roula sur le dos. Les deux infirmiers le regardaient d'en haut, l'air de se demander : « Qu'est-ce qui ne va pas chez lui ? » Même Teresa avait cessé de se débattre. Son visage exprimait pourtant des sentiments très différents. Du respect. De l'émerveillement. Et l'ébauche d'un… sourire ?

Thomas se sentit soudain invincible.

Leavitt apparut au-dessus de lui, une seringue à la main.

— Je croyais qu'on s'était compris, fiston. J'espérais ne pas être obligé d'en arriver là.

Il s'accroupit, plongea la seringue dans le cou de Thomas et pressa le piston avec son pouce.

Avant de perdre connaissance, Thomas eut le temps de se tourner vers Teresa une dernière fois. Leurs regards se croisèrent pendant quelques précieuses secondes. Tout se brouillait déjà autour de lui, mais avant que les infirmiers ne l'emmènent il l'entendit clairement lui lancer :

— Un jour, on sera plus grands !

Il fit des rêves insensés.

Il volait dans les airs avec une sorte de machine attachée dans le dos, survolant un monde brûlé, en ruine et sans vie. Sur le sable couraient des silhouettes de petite taille, qui se mirent à grandir, à se rapprocher de lui. Il vit des ailes, puis des visages hideux et enfin des bras griffus que les monstres tendaient vers lui.

Heureusement, ce rêve prit fin avant qu'il ne soit déchiqueté. Le suivant fut beaucoup plus agréable.

Thomas, sa mère, son père. Un pique-nique. Au bord d'une rivière. Il ignorait s'il s'agissait d'un souvenir ou d'un fantasme, mais quoi qu'il en soit il savoura cette scène. L'émotion qu'elle provoqua resta vive, même après que ce rêve eut laissé place à un autre.

À un moment, il rêva de Teresa. Sa mystérieuse voisine, logée dans la chambre juste à côté de la sienne, avec laquelle il n'avait échangé qu'une seule phrase.

« Un jour, on sera plus grands ! »

Il se raccrocha à cette phrase. La revit la répéter, encore et encore. Il y avait une sorte de fierté dans ces mots, de…

rébellion. Il aimait beaucoup qu'elle les ait prononcés. Dans son rêve, Teresa et lui se retrouvaient assis dans la même pièce – sa chambre à lui, elle sur une chaise et lui sur son lit. Ils ne parlaient pas ; ils étaient là, tout simplement. Ensemble. Il avait tellement besoin d'une amie qu'il souhaita que son opération se prolonge indéfiniment, rien que pour continuer à rêver.

Mais ensuite Teresa se mit à prononcer son nom, encore et encore, sauf que la voix n'était pas la sienne. Au fond de lui, il savait ce qui était en train de se passer et sentit la tristesse l'envahir. Plus il tentait de s'accrocher à ce moment irréel, plus il s'estompait. Il se retrouva bientôt dans le noir complet, où il ne percevait plus que son nom.

L'heure était venue de se réveiller.

Il ouvrit les yeux et cligna des paupières sous l'éclairage cru de sa chambre d'hôpital. Une femme était penchée au-dessus de lui. Le Dr Paige.

— Doct…, commença-t-il, mais elle lui fit signe de se taire.

— Ne dis rien.

Elle lui sourit alors, et il se sentit en sécurité. Le Dr Paige ne lui ferait aucun mal. Jamais de la vie.

— Tu es encore sous l'effet de l'anesthésique. Tu vas te sentir un peu vaseux. Reste allongé et détends-toi, savoure la sensation.

Elle rit, ce qui n'arrivait pas souvent.

Thomas se sentait bien, léger. L'incident avec Teresa lui paraissait presque drôle, avec le recul. Il s'imaginait les infirmiers en train de voir ce petit garçon leur foncer dessus dans le couloir, bondir dans les airs comme Superman. Au moins avait-il montré à Teresa qu'il tenait à elle. Qu'il était courageux. Il poussa un soupir de contentement.

— Waouh, dit le Dr Paige en consultant le moniteur à son chevet. On dirait que tu prends mes conseils très au sérieux.

— Qu'est-ce que vous m'avez fait ? marmonna Thomas d'une voix pâteuse.

— Oh, voilà que tu ne m'écoutes déjà plus ? Je t'avais demandé de ne pas parler.

— Que… qu'est-ce que vous m'avez fait ? insista-t-il.

Le Dr Paige s'assit au bord du lit. L'enfoncement du matelas lui provoqua une douleur. Mais elle restait diffuse, lointaine.

— Il me semble que le psy te l'a expliqué, non ? Le Dr Leavitt ?

Elle regarda autour d'elle, comme pour s'assurer qu'ils étaient seuls.

Thomas hocha la tête.

— Oui, mais…

— Je sais. Ça paraît horrible. Se faire implanter quelque chose dans la tête… (Elle sourit de nouveau.) Mais tu as quand même un peu confiance en moi, non ?

Thomas acquiesça.

— Ce sera tellement plus commode pour toi, pour tout le monde, à long terme. La collecte de tes données se fera instantanément, en temps réel. Crois-moi, tu seras le premier à t'en réjouir.

Thomas resta muet. Ce qu'elle disait lui paraissait logique. Dans les grandes lignes. Il se demandait simplement pourquoi Minho et Teresa avaient réagi avec autant de virulence. Peut-être que l'opération s'était moins bien passée pour eux.

Le Dr Paige se leva et lui tapota le bras.

— Très bien, jeune homme. Il est temps de laisser les médicaments faire leur travail. Tu vas beaucoup dormir pendant les deux prochains jours. Profites-en bien.

Elle se dirigea vers la porte, puis fit demi-tour et revint à son chevet. Elle se pencha pour lui glisser quelques mots à l'oreille, mais Thomas avait déjà fermé les yeux et se sentait glisser dans le sommeil. Il ne capta que les mots « surprise » et « spécial ».

Puis il entendit des pas qui s'éloignaient, et le bruit discret de la porte qu'on refermait.

CHAPITRE 9

01/10/224, 12 h 43

La tête de Thomas guérit beaucoup plus vite qu'il ne s'y attendait. Il fut bientôt de retour dans sa chambre et reprit les cours comme si rien n'avait changé. Depuis l'opération, il n'avait plus perçu le moindre signe de Teresa, de Minho ou du dénommé Newt. Ni de qui que ce soit d'autre, d'ailleurs. Parfois, en passant dans le couloir pour se rendre à un cours, il entendait des voix. Elles étaient trop lointaines pour déterminer précisément d'où elles venaient, mais il était certain qu'il s'agissait de voix d'enfants. C'était à se demander ce qui clochait chez lui, puisque d'autres étaient autorisés à se côtoyer sans problème. Quand y aurait-il droit, lui aussi ?

Il se posait la question tous les jours. Il arrivait parfois à se convaincre que cela faisait partie de l'expérience. Peut-être que certains enfants restaient seuls tandis que d'autres étaient mis ensemble. Peut-être inverserait-on prochainement les rôles.

Une petite bosse au-dessus de son oreille marquait l'endroit où on l'avait ouvert, mais ses cheveux avaient déjà repoussé et il n'y pensait plus. Il ressentait parfois une douleur lancinante à l'intérieur de son crâne, comme si une main invisible s'y glissait et lui pressait le cerveau. Chaque fois qu'il interrogeait le Dr Paige ou l'un de ses professeurs à propos de l'implant, on lui faisait la même réponse – ils procédaient à des analyses en temps réel – après quoi on ne manquait pas de lui faire remarquer que ses séances de tests étaient devenues beaucoup plus rares. C'était effectivement une chose qu'il appréciait.

Le Dr Paige lui assurait constamment qu'ils avaient de bonnes raisons de l'isoler, que c'était pour mieux s'occuper de lui, garantir sa sécurité. Le monde extérieur était un endroit effrayant, infesté par les radiations et les fondus. Elle lui répétait qu'ils avaient besoin de mieux comprendre la maladie avant de laisser Thomas rencontrer les autres, que son cas était particulier – même si elle ne rentrait jamais dans les détails. Mais elle lui apportait si souvent des livres et une tablette de jeu qu'il ne doutait pas de sa gentillesse. Il avait la conviction qu'elle ne lui racontait pas d'histoires dans le seul but de le tranquilliser. Elle lui permettait de mieux accepter sa drôle d'existence.

Un jour, il se réveilla en proie à une migraine terrible accompagnée d'une sensation d'hébétude comme il n'en avait encore jamais connu. Il dut déployer des trésors de volonté pour se lever et accomplir sa routine matinale. Il retourna faire une sieste à midi pendant sa pause déjeuner. À peine avait-il fermé les yeux qu'on frappa à sa porte. Le bruit le fit sursauter ; il s'empressa d'aller ouvrir, inquiet à l'idée d'avoir raté son premier cours de l'après-midi. Cela ne fit que déclencher une nouvelle vague de douleur dans sa tête.

Son cœur se serra quand il découvrit le Dr Leavitt dans le couloir, son crâne chauve luisant sous les néons.

— Oh, fit Thomas.

— Salut fiston, lança Leavitt, plus enthousiaste que jamais. Nous avons une grande surprise pour toi cet après-midi. Je crois que ça devrait te plaire.

Thomas le dévisagea, pris de vertige. Ces mots venaient de provoquer chez lui une impression de déjà-vu si forte qu'il se demandait s'il n'était pas en train de rêver.

— D'accord, dit-il, s'efforçant de ne rien laisser paraître de son état. De quoi s'agit-il ?

Le Dr Leavitt lui adressa un sourire nerveux.

— Les autres psys et moi avons décidé qu'il était temps que tu rencontres tes camarades. Nous allons, euh… commencer par Teresa. Qu'en dis-tu ? Aimerais-tu faire sa connaissance et passer un peu de temps avec elle ? Les choses se dérouleront peut-être un peu mieux que lors de votre, euh… première rencontre.

Son sourire s'agrandit, sans toutefois atteindre ses yeux.

Il y avait très, très longtemps que Thomas n'avait rien ressenti de semblable à ce qui brûlait en lui à cet instant. Il désirait rencontrer Teresa plus que n'importe quoi d'autre au monde.

— Oui, dit-il, bien sûr. J'aimerais beaucoup.

Pendant le trajet, cette étrange sensation de déjà-vu le reprit, comme s'il avait emprunté le même chemin dans le même but par le passé. L'homme le guida vers une petite pièce meublée en tout et pour tout d'un bureau et de deux fauteuils. La dénommée Teresa les attendait dans l'un des fauteuils et adressa un sourire timide à Thomas.

La sensation le saisit de nouveau, plus forte que jamais, au point de le faire trébucher. Tout dans cet épisode – la pièce, Teresa, l'éclairage – lui était si familier qu'il lui semblait impossible qu'il vive cela pour la première fois. La confusion l'envahit.

— Assieds-toi, l'encouragea Leavitt avec un geste d'impatience.

Thomas tâcha de reprendre ses esprits. Il s'assit, et le médecin se dirigea vers la porte.

— Nous avons décidé qu'il était temps de vous laisser discuter entre vous, leur annonça-t-il. Alors profitez-en.

Il sourit brièvement puis sortit. Là encore, Thomas éprouva une forte impression de familiarité.

Incapable de détacher son regard de la porte, il était trop confus pour se tourner vers Teresa. Il se sentait tellement gêné – quelques minutes plus tôt, il était tout excité à l'idée de la voir ; et maintenant, il avait presque envie de se lever et de s'enfuir, tant il était assailli par des émotions incompréhensibles. Il finit par pivoter dans son fauteuil, leva les yeux vers la jeune fille et s'aperçut qu'elle le fixait elle aussi. Leurs regards se croisèrent.

— Salut, dit-il.

Il n'avait rien trouvé de mieux.

— Salut, répondit Teresa.

Elle lui adressa un autre sourire timide. Un sourire que Thomas aurait juré avoir déjà vu, dans cette même pièce.

Mais le moment était mal choisi pour s'appesantir sur l'étrangeté de la situation, il aurait tout le temps d'y réfléchir plus tard. Il indiqua la pièce d'un geste circulaire.

— Pourquoi ils nous ont amenés *ici* ?

— Je ne sais pas. Pour qu'on puisse discuter tranquillement tous les deux, je crois.

Elle n'avait pas compris le sens de sa question, à moins qu'elle n'ait voulu se montrer sarcastique.

— Depuis combien de temps es-tu ici ? demanda-t-il.

— Depuis mes cinq ans.

Thomas la dévisagea, s'efforça de deviner son âge, renonça.

— Donc ça fait…

— Quatre ans, répondit-elle.

— Tu n'as que neuf ans ?

— Oui. Pourquoi, pas toi ?

Thomas n'était pas tout à fait certain de la réponse, mais il décida de se contenter d'une approximation.

— Si. Tu as l'air plus grande, c'est tout.

— J'aurai dix ans bientôt. Toi aussi tu es là depuis tout ce temps ?

— Oui.

Teresa changea de position, ramenant une jambe sous ses fesses. Cela n'avait pas l'air particulièrement confortable mais Thomas se réjouit de voir qu'elle se détendait un peu. C'était la même chose pour lui : plus ils parlaient, plus ces troublantes réminiscences refluaient.

— Pourquoi est-ce qu'ils nous tiennent à l'écart des autres ? demanda-t-elle. Je n'arrête pas d'entendre des enfants qui hurlent ou qui rient. Et j'ai vu la grande cafétéria. Il doit y avoir des centaines de places.

— Toi aussi, on t'apporte à manger dans ta chambre ?

Teresa hocha la tête.

— Trois fois par jour. La plupart du temps, la nourriture a un goût de vieille chaussette.

— Tu connais le goût des vieilles chaussettes ?

Il retint son souffle, espérant qu'il n'était pas trop tôt pour une blague.

Teresa répliqua du tac au tac :

— Ça ne peut pas être pire que ce qu'ils nous servent.

Thomas lâcha un rire franc et sincère qui lui fit beaucoup de bien.

— Tu as raison.

— Il doit y avoir quelque chose de différent chez nous, suggéra Teresa. Tu ne crois pas ?

Elle avait tout à coup retrouvé son sérieux. Un peu décontenancé, Thomas hocha la tête en affichant un air pensif.

— J'imagine. Il y a forcément une raison pour qu'on soit tenus à l'écart. Mais difficile d'imaginer de quoi il s'agit alors qu'on ne sait même pas pourquoi nous sommes là.

Il grimaça intérieurement. Il venait de prononcer deux fois le mot « imaginer », coup sur coup.

Teresa ne parut pas s'en rendre compte.

— Je sais. Toi aussi, tu as des cours du matin au soir ?

— Grosso modo.

Teresa hocha la tête, puis murmura d'un air absent :

— Ils n'arrêtent pas de me répéter à quel point je suis intelligente.

— Moi aussi. C'est bizarre.

— Je crois qu'il y a un rapport avec la Braise. Tes parents aussi l'avaient attrapée avant que le WICKED ne vienne te chercher ?

Toute la gaieté que Thomas s'était autorisé à ressentir se dissipa d'un coup. Il revit soudain son père fou de rage et sa mère lui faisant ses adieux alors qu'il n'avait pas cinq ans. Il essaya de refouler ces images.

— Je n'ai pas envie d'en parler, répondit-il.

— Pourquoi ?

— Je n'ai pas envie, c'est tout.

— D'accord, concéda Teresa. Moi non plus.

Elle ne paraissait pas fâchée.

— Qu'est-ce qu'on fait ici, de toute manière ? (Une fois de plus, il indiqua la petite pièce dans laquelle ils se trouvaient.) Sérieusement, qu'est-ce qu'ils attendent de nous ?

Teresa croisa les bras.

— Qu'on parle. Il doit s'agir d'un test. Désolée si ça t'ennuie à ce point de te retrouver avec moi.

— Hein ? Tu es fâchée, maintenant ?

— Non, je ne suis pas fâchée. Simplement, je ne te trouve pas très gentil. J'aimais bien l'idée d'avoir enfin un ami.

Thomas eut envie de se mettre des claques.

— Pardon. J'aimerais beaucoup, moi aussi.

Le sourire que lui adressa Teresa le soulagea un peu.

— Dans ce cas, peut-être qu'on a réussi le test, dit-elle. Peut-être qu'ils voulaient seulement voir si on deviendrait amis.

— Va savoir, dit-il en souriant à son tour.

Après une longue pause, elle demanda :

— Alors… amis ?

— Amis.

Teresa tendit le bras au-dessus du bureau.

— On se serre la main.

— D'accord, dit-il en se penchant lui aussi.

Ils échangèrent une poignée de mains, puis Teresa se renfonça dans son fauteuil et son expression se modifia de nouveau.

— Dis donc, est-ce que tu as très mal au crâne de temps en temps ? Je ne parle pas d'une migraine, mais d'une douleur insupportable dans tout le cerveau ?

Thomas la dévisagea avec stupéfaction. Il était sur le point de mentionner le mal de tête terrible qui l'avait tenaillé le matin même et de lui avouer son impression d'avoir déjà vécu cette scène, quand elle porta un doigt à ses lèvres.

— Chut ! Quelqu'un vient. On en reparlera plus tard.

Comment l'avait-elle su, Thomas l'ignorait. Lui n'avait rien entendu. Pourtant, on frappa bien à la porte quelques instants plus tard. Le battant s'entrouvrit et le Dr Leavitt passa la tête à l'intérieur.

— Hello ! les enfants, dit-il avec entrain. (Il dévisagea tour à tour Thomas et Teresa.) C'est fini pour aujourd'hui. Je vais vous reconduire dans vos chambres. Mais vu que les choses se sont bien déroulées, vous aurez bientôt l'occasion de vous revoir.

Thomas échangea un regard avec Teresa. Il n'était pas certain de comprendre ce qu'il lut dans ses yeux. Une chose dont il était sûr en revanche : il avait désormais une amie. Ils se levèrent et se tournèrent vers Leavitt.

Au moment de quitter la pièce, Teresa s'arrêta et posa une question au docteur. Deux, en fait. Ce qui fut suffisant pour modifier du tout au tout l'attitude du médecin.

— C'est quoi, un activateur d'effacement ? Et est-ce que c'est vrai que sept enfants sont morts pendant l'opération ?

Ces questions laissèrent Thomas abasourdi. Il dévisagea Teresa alors que le médecin bafouillait.

— Comment… ? commença-t-il avant de s'interrompre, mal à l'aise, corroborant ainsi l'idée que Teresa venait de mettre le doigt sur quelque chose de capital. D'où sors-tu des bêtises pareilles ?

Thomas se posait la même question. Où avait-elle pu entendre ce genre de choses ? Lui n'était au courant de rien.

Teresa haussa les épaules.

— Des fois, vous parlez entre vous quand vous croyez qu'on ne vous entend pas.

Leavitt n'avait pas l'air content, mais il répondit posément :

— Et parfois, quand on surprend une conversation, on n'en saisit pas complètement le sens. Évitons de nous focaliser sur ce qui ne vous concerne pas, d'accord ?

Là-dessus, il se remit en marche dans le couloir. Il ne se retourna pas pour voir si les enfants le suivaient, mais les deux s'empressèrent de lui emboîter le pas.

— C'est plutôt marrant, murmura Teresa à Thomas. De marcher avec mon nouvel ami.

Il la dévisagea avec une incrédulité amusée.

— Sérieusement ? Tu lâches ce truc à propos d'enfants qui seraient morts, et ensuite tu fais comme si de rien n'était ? Tu es trop bizarre.

Il s'efforçait de prendre tout cela à la légère pour masquer l'horreur que lui avait inspirée la deuxième question de la fillette. Sans doute ne s'agissait-il que d'une rumeur ?

Il se sentit mieux quand elle l'embrassa sur la joue avant de piquer un sprint dans le couloir et de dépasser le Dr Leavitt.

Thomas était ravi d'avoir une amie. Mais en la regardant s'éloigner, il se sentit gagné de nouveau par la panique. Que lui arrivait-il aujourd'hui ? Sa migraine terrible et ce désagréable sentiment de déjà-vu l'avaient perturbé. Il était à deux doigts de perdre l'équilibre et de trébucher. Comme s'il n'était plus en phase avec la rotation du monde.

Il s'appliqua très fort à ne pas penser à la pire explication possible.

Il s'efforça de ne pas penser à la Braise.

CHAPITRE 10

12/10/224, 11 h 37

Une semaine plus tard, juste après son cours avec Mme Denton, Thomas se retrouva une nouvelle fois dans la petite pièce, assis derrière le bureau, face à Teresa. Heureusement, aucune des sensations étranges de leur dernière rencontre ne s'était manifestée.

Ç'avait été la semaine la plus longue de sa vie, à se demander à chaque instant s'il pourrait revoir sa nouvelle amie. La seule réponse qu'il obtenait du Dr Paige, de ses professeurs ou de n'importe qui d'autre était que oui, ils se retrouveraient bientôt. Laisser s'écouler une semaine entière lui paraissait la pire des tortures. Après avoir longuement hésité, il n'avait finalement pas osé mentionner sa forte impression de déjà-vu, de peur qu'on ne le prenne pour un fou.

— Ça me fait plaisir de te revoir, déclara Teresa pour engager la conversation.

Leavitt venait de quitter la pièce, après avoir refusé de leur dire combien de temps ils avaient devant eux.

— Oui, moi aussi, dit Thomas.

Trop mal à l'aise pour parler de la drôle de sensation qu'il avait eue la dernière fois, il préféra choisir un autre sujet.

— Dis donc, je voulais te demander un truc à propos de ces enfants dont tu as dit qu'ils étaient… morts. C'est vrai ? Et aussi, j'ai l'impression que le Dr Paige croit nous faire une faveur en nous gardant à l'isolement. Et il y a un million d'autres choses dont j'aimerais qu'on discute.

— Holà, une chose à la fois, protesta Teresa avec un grand sourire. (Puis elle glissa un regard inquiet vers le plafond.) Je me demande si on ne devrait pas faire attention à ce qu'on raconte. Je veux dire, ils doivent sûrement nous surveiller. Ou au moins nous écouter.

— Probablement les deux, railla Thomas à haute voix. Saluuuuut ! Salut les vieux !

Il agita les bras, ne sachant pas d'où lui venait cette bonne humeur subite.

Teresa éclata de rire, et Thomas se joignit à elle. Ils continuèrent ainsi pendant une bonne minute, chacun relançant l'hilarité de l'autre quand elle semblait sur le point de retomber. Toutefois, Thomas restait suffisamment lucide pour savoir qu'il ne faisait qu'éviter le sujet des morts en question.

— Je propose de ne pas trop nous en faire pour ça, dit Teresa quand ils eurent enfin retrouvé leur sérieux. Ce moment est à nous, on peut parler de ce qu'on veut. Qu'ils nous espionnent si ça leur chante.

— Amen, conclut Thomas en frappant le bureau du plat de la main.

Teresa sursauta, surprise, puis rit de nouveau.

— Pour les enfants qui seraient morts, je ne sais pas… C'était probablement juste une rumeur. Enfin, j'espère. Je n'ai pas tout entendu. Peut-être qu'ils parlaient d'un truc qui s'est passé avant notre arrivée. J'ai surtout dit ça pour faire réagir Leavitt.

Thomas espérait de toutes ses forces qu'elle avait raison.

— Sinon, quoi de neuf dans ta vie cette semaine ? demanda Teresa.

— Pas grand-chose, marmonna Thomas. Voyons voir : je mange ; je vais en cours ; je subis des tests médicaux… oh, et je dors, aussi. C'est à peu près tout.

— Ça ressemble beaucoup à ma vie à moi !

— Ah bon ? Pas possible.

Teresa esquissa un sourire puis se pencha en avant, les coudes en appui sur le bureau.

— Je me demandais... Notre tête devrait être complètement guérie, non ?

La question le prit au dépourvu.

— Euh, oui, je suppose, admit-il en palpant la cicatrice au-dessus de son oreille gauche. On dirait, en tout cas. Je suis sûr que notre cerveau va très bien.

— Ce que le WICKED appelle la zone mortelle, tu veux dire ?

Thomas hocha la tête. On lui avait déjà expliqué cette expression, mais il n'en saisissait pas la réelle signification.

— Oui. On dirait un terme emprunté à un jeu vidéo. Le Dr Paige prétend que c'est là que la Braise fait ses ravages.

— Tu ne trouves pas bizarre qu'on soit immunisés ? En principe, ça devrait être le truc le plus cool au monde : être sûrs de ne jamais devenir cinglés.

— Exact.

— Sauf que tout ce que ça nous a valu, c'est d'être entraînés dans cette galère. Ils devraient appeler ça PÉNIBLE au lieu de WICKED. Sérieusement, je vais devenir folle à forte de rester enfermée toute la journée.

Thomas jeta un coup d'œil vers la porte. Il hésita une seconde.

— Tu penses que c'est vraiment dangereux, dehors ? Que c'est pour ça qu'on nous interdit de sortir ?

— Oh, ça ne doit pas être joli à voir. On dit que les radiations s'affaiblissent, mais je crois qu'elles restent sacrément élevées par endroits. Tout ce dont je me souviens, c'est d'une lumière aveuglante à l'extérieur du berg qui m'a amenée ici. J'ai emprunté un transplat et fait un voyage en berg... avant même d'avoir cinq ans. Tu le crois, ça ?

Thomas se rappelait tout juste de l'énorme machine volante qu'il avait empruntée lui aussi. Malgré son chagrin à l'époque, il avait beaucoup apprécié l'expérience. Les bergs étaient censés être réservés aux personnes les plus riches. Mais ce n'était rien comparé à un transplat. Il n'en avait jamais vu, et si le WICKED en possédait un, c'est qu'il avait énormément d'argent.

— C'était quand, le transplat ? demanda-t-il.

L'expression de son amie passa de l'émerveillement à la mélancolie.

— Je m'en souviens à peine, répondit-elle. Je suis née quelque part dans l'Est. J'ai perdu mes parents et le WICKED est venu me sauver…

Elle baissa les yeux et se tut. Mieux valait peut-être remettre cette discussion à plus tard.

— Tu sais, dit-il pour changer de sujet, ce gros mal de crâne dont tu parlais l'autre jour… Ça m'arrive à moi aussi.

Une nouvelle fois, Teresa jeta subrepticement un regard vers le plafond. On n'y voyait rien de particulier, mais ils savaient tous les deux qu'il devait y avoir des caméras dissimulées quelque part. Ainsi que des micros. Sans parler de ce qu'on leur avait implanté dans le cerveau : comment savoir ce que ces dispositifs pouvaient enregistrer ?

Teresa se leva, empoigna son fauteuil et le tira de l'autre côté du bureau. Elle le plaça juste à côté de celui de Thomas, s'assit et se pencha vers son ami, lui frôlant l'épaule.

Elle se mit à lui parler à l'oreille, si bas que Thomas l'entendait à peine ; son souffle sur sa peau lui donna des frissons.

— Parlons comme ça jusqu'à ce qu'ils nous interrompent, proposa-t-elle.

Thomas hocha la tête, avant de chuchoter :

— D'accord.

Il appréciait beaucoup cette proximité.

— Ce mal de crâne, reprit-elle dans un murmure. C'est plutôt une sorte de démangeaison. Quelque chose que j'aurais besoin de gratter. Ça me rend complètement folle, des fois. J'aurais presque envie de me plonger un truc dur dans la cervelle pour me soulager, tu comprends ?

Thomas ne sut pas quoi répondre. Il trouvait cela encore plus bizarre que son impression de déjà-vu.

— C'est un peu la même chose pour moi, répondit-il sans conviction.

Elle rit, s'écartant de lui brièvement.

— Excellente réponse ! le félicita-t-elle à haute voix.

Puis elle se pencha de nouveau vers lui :

— Je sais que ça paraît bizarre, mais écoute-moi. En me réveillant après mon anesthésie, je les ai entendus parler d'un « activateur ». Et c'est bien la sensation que ça me fait. Comme si j'avais une espèce d'interrupteur dans la tête. Pas toi ?

Thomas acquiesça. Le Dr Paige n'avait-elle pas mentionné quelque chose dans ce goût-là ? Elle avait employé le mot « spécial ». Il se souvenait vaguement de ce terme, mais peut-être l'avait-il simplement rêvé. Ces implants demeuraient un mystère complet.

Teresa continua, les yeux plissés.

— J'ai l'impression de sentir quelque chose relié à mon cerveau. Un truc supplémentaire. Parfois, je reste allongée dans mon lit à me concentrer dessus jusqu'à en avoir la migraine.

— Qu'est-ce que tu essaies de faire ? demanda Thomas, dévoré par la curiosité.

— De me servir de mon cerveau comme d'un outil. D'invoquer par la pensée un moyen d'agir physiquement sur mon implant. Comme une espèce d'instrument pour appuyer sur cet interrupteur. Tu comprends ?

— Pas du tout, avoua Thomas.

Elle s'écarta et croisa les bras, déçue.

Il lui toucha le bras.

— C'est bien pour ça que ça m'intéresse, ajouta-t-il.

Elle haussa les sourcils.

— Tu n'es pas folle, dit-il – ce qui la fit rire –, et je suis à peu près sûr que le Dr Paige a essayé de me parler d'un truc de ce genre. Je trouve ça curieux.

Elle hocha la tête plusieurs fois, visiblement soulagée. Elle se redressa dans son fauteuil et se pencha vers lui pour reprendre leurs messes basses.

— Je vais continuer à creuser. Ces types ont accès à une technologie incroyable. Des transplats, des bergs… (Elle marqua une pause et secoua la tête.) Ce que je veux dire, c'est que les appareils qu'ils nous ont implantés dans la tête sont peut-être intégrés directement à notre conscience. À notre processus de pensée. C'est ce que j'imagine, en tout cas.

Thomas, quelque peu troublé par ces réflexions fascinantes, approcha ses lèvres tout près de l'oreille de la jeune fille.

— Je vais essayer moi aussi. Ce sera marrant d'avoir quelque chose à faire.

Elle se leva, le visage illuminé par un grand sourire. Elle ramena son fauteuil de l'autre côté du bureau et se rassit dedans.

— Ce serait vraiment bien qu'ils nous laissent nous voir plus souvent, dit-elle.

— Oui. J'espère qu'ils ne nous en voudront pas d'avoir parlé tout bas.

— Ce n'est qu'une bande de vieux croulants, lui assura-t-elle avant d'éclater de rire. Z'avez entendu ça, le WICKED ? C'est de vous qu'on parle. Sortez de votre sieste et venez nous interrompre !

Cette tirade fit glousser Thomas, mais tous deux se figèrent quand on frappa à la porte.

— Oh, oh, murmura Thomas.

La porte s'entrouvrit et le Dr Leavitt apparut. Toute crainte de punition s'évanouit à l'instant où Thomas vit son expression : l'homme n'avait absolument pas l'air fâché.

— La séance est terminée, annonça-t-il. Mais avant que vous ne repreniez votre programme habituel, nous aimerions vous montrer quelque chose. Vous n'allez pas en revenir.

Thomas, plutôt dubitatif, se leva. Teresa l'imita, la mine inquiète. Peut-être allait-on les envoyer tout droit dans le bureau du directeur pour une réprimande.

Toutefois, le Dr Leavitt semblait sincèrement excité. Il ouvrit grand la porte.

— Allez, venez donc ! Et préparez-vous à être surpris.

CHAPITRE 11

14/10/224, 13 h 48

Leavitt, Thomas et Teresa pénétrèrent tous les trois dans un ascenseur pour descendre jusqu'au sous-sol. Thomas ne s'y était encore jamais rendu. Après quoi ils empruntèrent un long couloir qui débouchait sur une autre rangée d'ascenseurs. Cette partie de la base était complètement différente. Thomas et Teresa ne prononcèrent pas un mot de tout le trajet mais échangèrent de nombreux regards. Pour finir, quand le médecin pressa le bouton d'appel, Thomas n'y tenant plus, il demanda :

— C'est quoi, ce truc incroyable que vous allez nous montrer ?

— Allons, protesta Leavitt. Je ne voudrais pas vous gâcher la surprise. Je ne suis pas assez payé pour ça. (Il éclata d'un rire sonore.) Des personnes très importantes vont vous exposer le… projet. On me demande mon avis sur le concept, mais je ne participe pas directement à la… réalisation.

Le sujet semblait le mettre quelque peu mal à l'aise.

Le carillon de l'ascenseur lui épargna de plus amples explications, et les portes s'ouvrirent.

Quatre personnes se tenaient devant eux, et Thomas retint son souffle. Il reconnut le chancelier Anderson et le Dr Paige. Il y avait également un autre homme et une autre femme. Tous étaient élégamment habillés.

— Ils sont à vous, annonça Leavitt en se retirant sans attendre de réponse.

Le Dr Paige retint les portes de la cabine.

— Thomas, Teresa, entrez donc. Nous sommes impatients de vous montrer ce qui vous attend aujourd'hui.

— Oh oui, confirma le chancelier Anderson tout en serrant successivement la main de Thomas et de Teresa. Nous attendions depuis longtemps que les psys vous déclarent prêts, et ce jour est enfin arrivé.

— Que se passe-t-il ? demanda Teresa. Pourquoi faire tant de mystères ?

Les portes de l'ascenseur s'étaient refermées. Le Dr Paige pressa un bouton et un bourdonnement léger se fit entendre. Thomas se demanda comment ils pouvaient descendre au lieu de monter – puisque le premier ascenseur les avait déjà conduits au sous-sol. Il sentit la peur le gagner.

— Il n'y a aucune raison de vous inquiéter, leur assura le chancelier Anderson avec un sourire chaleureux. Nous avons jugé préférable de vous montrer sur quoi nous travaillons. Vous comprendrez bientôt.

— Mais pourquoi nous ? insista Teresa. On sait qu'il y a d'autres enfants, on les entend à travers les murs. Est-ce que vous allez leur montrer à eux aussi ce que vous êtes sur le point de nous faire voir ?

La femme que Thomas ne connaissait pas s'avança. Elle était petite, avec les cheveux bruns et le teint pâle.

— Tout d'abord, commençons par nous présenter, d'accord ? Je m'appelle Katie McVoy, je suis la vice-présidente adjointe chargée de superviser la production que vous allez voir. Et ce monsieur est Julio Ramirez, notre chef de la sécurité actuel, ajouta-t-elle en indiquant l'autre homme, un individu au visage grave, au teint plus sombre et aux cheveux gris avec une barbe soigneusement taillée.

Tout en échangeant des poignées de main et des sourires, Thomas ne put s'empêcher de s'interroger sur le terme qu'elle avait employé – *actuel*. Il trouvait curieux qu'elle ait choisi cet adjectif pour caractériser la mission de son collègue. Comme s'il risquait de ne pas rester en fonction très longtemps.

Mme McVoy poursuivit :

— Pour répondre à vos questions, disons que certains d'entre vous ont progressé plus rapidement que les autres dans leur apprentissage et dans les expériences que nous menons ici. Nous sommes des gens pragmatiques, c'est indispensable dans le monde d'aujourd'hui, et nous savons reconnaître vos mérites et votre intelligence. Considérez la visite d'aujourd'hui comme une sorte de récompense. Vous serez les premiers de nos sujets à voir ce que nous nous apprêtons à vous montrer.

— Tout à fait, renchérit Anderson avec un grand sourire. Une récompense, c'est exactement ça. Vous deux et quelques autres correspondez parfaitement à ce que nous recherchons pour les deux prochaines années afin de mener notre entreprise à bien. Vous verrez quand nous y serons… ah, voilà.

La cabine s'était enfin arrêtée, après une descente vertigineuse dans les entrailles de la terre. Ce long trajet, ajouté à ce qu'il venait d'entendre, ne faisait que renforcer le malaise de Thomas. Qui étaient ces autres dont parlait le chancelier ? De toutes les nouveautés qu'on s'apprêtait à leur dévoiler, la présence d'autres enfants dans les parages était celle qui l'excitait le plus. La solitude constante commençait à lui peser. Mais cela paraissait trop beau pour être vrai. Pouvait-il y croire ?

Les portes s'étaient ouvertes tandis qu'il restait plongé dans ses pensées, et tous les autres étaient sortis. Teresa l'attendait sur le seuil, lui faisant signe de les rejoindre. Elle avait l'air de craindre que toute l'affaire ne soit compromise si Thomas ne se secouait pas un peu. Il sortit de la cabine et déboucha dans une grande salle de la taille d'un gymnase, baignée dans un éclairage bleuté. Des tuyaux couraient au plafond, et des centaines de fils électriques et de tubes attendaient d'être reliés, au milieu d'un fouillis de matériaux de construction. Un espace de bureaux avait été aménagé dans un coin – équipé de nombreux moniteurs et postes de travail dont émanait une lueur feutrée.

— Notre projet, déclara le chancelier Anderson, est d'implanter ici le centre opérationnel de ce que nous appelons les épreuves du Labyrinthe. Ce seront les installations les plus modernes jamais construites pour un organisme de recherche. Le chantier devrait s'achever dans deux mois, après quoi nous devrions compléter les labyrinthes d'ici deux ou trois ans. Peut-être quatre.

Il contemplait les lieux avec fierté, mais quand il se retourna vers Thomas et Teresa, il se figea, décontenancé. Sans doute parce que Thomas lui-même avait l'air perdu.

Teresa posa la question pour eux deux :

— Les épreuves du Labyrinthe… ?

Le chancelier Anderson ouvrit la bouche pour répondre, mais parut à court de mots. Mme McVoy vint à son secours avec un sourire gracieux.

— Ma foi, notre estimé chancelier se laisse un peu emporter par son enthousiasme. Vous voyez cette porte, là ? Elle ouvre sur un escalier qui mène à une plate-forme d'observation temporaire. Nous aimerions vous montrer quelque chose avant de vous expliquer à quoi cela servira. Vous êtes prêts ?

Thomas l'était. Plus que prêt – il était dévoré par la curiosité. Il acquiesça en même temps que Teresa.

Ils s'avancèrent ensemble jusqu'à la porte indiquée par McVoy. Ramirez fermait la marche, le visage grave, jetant des regards autour de lui comme s'il s'attendait à des ennuis. Ils longèrent un mur équipé de blocs multiprises géants, suffisamment espacés pour y brancher quelque chose de la taille d'une voiture.

— Et ça, c'est destiné à quoi ? demanda Thomas.

Ils se trouvaient à peu près au milieu de la grande salle.

McVoy voulut répondre, mais le chancelier l'interrompit.

— Chaque chose en son temps, dit-il avec bienveillance, et McVoy coula vers Thomas un regard indéchiffrable. Nous avons quelques projets en développement que nous préférons garder secrets pour le moment.

Thomas se sentait trop nerveux pour prêter beaucoup d'attention à ce commentaire. Il aurait bien le temps d'y réfléchir plus tard, allongé dans son lit, quand il ferait le tri de toutes les informations dont on l'abreuvait.

Le petit groupe grimpa quatre volées de marches et arriva devant une lourde porte en métal. McVoy tapa un code de sécurité sur un écran. On entendit un grand sifflement, puis, avec un claquement sonore, la porte se déverrouilla. Anderson et McVoy se mirent à deux pour la pousser avant de s'effacer, laissant Thomas et Teresa entrer les premiers.

Thomas était très excité mais ne savait pas du tout à quoi s'attendre. Ce qu'il découvrit le stupéfia. L'ouverture de la porte avait créé un appel d'air et il resta dans la brise un moment, pétrifié, à contempler la scène.

Il se tenait sur une plate-forme face à une caverne si vaste qu'elle en devenait presque inconcevable. On voyait bien qu'elle avait été creusée à même la roche. Sa voûte nue, grossièrement taillée, était équipée de projecteurs gigantesques qui éclairaient l'espace entier. C'était suffisamment impressionnant en soi. Mais les poutres d'acier qui faisaient le tour de la grotte, luisant sous la lumière des projecteurs, étaient plus impressionnantes encore. Sans doute servaient-elles à renforcer les parois.

Ils étaient sous terre.

Cela paraissait impossible, et pourtant ils étaient *sous terre*. La grotte, qui devait couvrir plusieurs kilomètres carrés, atteignait la hauteur d'un gratte-ciel. Des matériaux de construction – bois, acier et pierre – s'empilaient sur le sol. Au loin, à environ un kilomètre, peut-être deux, un mur immense était en cours de réalisation.

Thomas, qui avait retenu son souffle sans s'en rendre compte, prit une grande inspiration. Il ne comprenait pas ce qu'il avait sous les yeux. On aurait dit un monde souterrain colossal, si vaste qu'il paraissait défier les lois de la nature. Comment cette voûte pouvait-elle ne pas s'écrouler ?

Il se tourna vers Teresa, dont les yeux grands ouverts brillaient d'émerveillement.

— Je suis sûre que vous avez de nombreuses questions, dit McVoy. Et nous y répondrons, sans exception. Les choses vont changer pour vous à compter de maintenant. Vous allez en savoir beaucoup plus et vous serez très, très occupés.

— Occupés à quoi ? demanda Teresa.

Le chancelier Anderson choisit de répondre à cette première question.

— Vous allez nous aider à construire cet endroit.

CHAPITRE 12

14/10/224, 14 h 34

Quelques minutes plus tard, ils se retrouvèrent dans une petite salle de conférences, assis autour d'une table en compagnie de Mme McVoy, du Dr Paige et de M. Ramirez qui n'avait toujours pas prononcé le moindre mot. Le chancelier avait répété à quel point il se réjouissait de voir Thomas et Teresa les rejoindre au niveau supérieur. Il leur avait à son tour assuré que Mme McVoy prendrait tout le temps nécessaire pour répondre à leurs questions.

Thomas n'était pourtant pas certain de parvenir à faire le tri entre toutes celles qui se bousculaient dans sa tête. Après l'immensité de la caverne qu'on leur avait montrée, la petite pièce l'oppressait. Et dans ces conditions, rassembler ses idées lui semblait tenir de l'exploit.

— Très bien, déclara McVoy, les mains élégamment croisées devant elle sur la table, comme vous pouvez l'imaginer, ce que vous venez de voir représente l'aboutissement de plusieurs années de travail. J'aurai du mal à tout vous expliquer en une seule réunion. Mais je vous propose ceci : interrogez-moi, et voyons où cela nous conduit. Qu'en dites-vous ?

Thomas et Teresa hochèrent la tête.

— Parfait. Teresa, veux-tu commencer ?

La jeune fille posa la question la plus évidente :

— C'est quoi, cet endroit ?

McVoy acquiesça, comme si elle s'attendait précisément à ces mots.

— L'une des deux grottes naturelles que nous avons découvertes dans cette région et agrandies de manière à héberger notre projet.

— À savoir ? demanda Thomas.

— Un labyrinthe. Enfin, deux labyrinthes. Comme je vous l'ai dit, il y a deux grottes.

— Pour quoi faire ? demanda Teresa. À quoi ça va servir ?

— Ce seront des terrains d'expérimentation. Un environnement contrôlé qui nous permettra de stimuler une longue liste de réactions, aussi bien physiques qu'émotionnelles, chez nos sujets. Nous ne pouvions pas risquer de les installer en surface, et pas uniquement pour des raisons évidentes comme l'état de la planète ou le risque d'une attaque de fondus. C'est vrai que le monde est un endroit terriblement dangereux en ce moment. Mais surtout, il nous fallait un endroit clos pour contrôler efficacement les stimuli.

Thomas l'écoutait mais trouvait tout cela difficile à croire. Peut-être que cela faisait trop de choses à assimiler d'un coup.

— Thomas ? l'encouragea McVoy. Veux-tu poser la question suivante ?

— Je… (Il chercha ses mots.) C'est complètement dingue. Un labyrinthe ? *Deux* labyrinthes ? Qu'est-ce que vous comptez tester là-dedans ? Qui participera à vos expériences ?

— Comme je vous l'ai dit, c'est un peu compliqué. Disons que nous avons besoin d'un environnement à grande échelle que nous soyons en mesure de contrôler sans aucune interférence extérieure. Nos médecins et nos psys estiment que ce sera l'idéal pour obtenir ce que nous voulons. (Elle se renfonça dans son fauteuil avec un soupir.) Mais je divague. La vraie réponse est la suivante : nous allons simplement poursuivre ce que nous avons déjà commencé. Nous allons tester les immunisés, étudier leurs fonctions cérébrales et leur biologie, comprendre par quel mécanisme ils parviennent à vivre avec la Braise sans succomber à ses effets. En bref, nous cherchons un remède, Thomas. Nous tâchons de prévenir toutes ces morts inutiles autour de nous.

— Que vouliez-vous dire en parlant de vous aider à construire cet endroit ? s'enquit Teresa.

— Nous avons décidé de vous demander, à Thomas et à toi, ainsi qu'à deux autres enfants de votre âge, de nous assister. Peut-être que nous le demanderons aussi à d'autres. Mais vous quatre êtes tellement… au-delà de ce que nous espérions chez des sujets aussi jeunes. Comme je l'ai dit plus tôt, nous sommes des gens pragmatiques avec des ressources limitées. Nous voulons mettre vos talents à contribution. L'organisation, la conception, la mise en place de ces labyrinthes… tout cela promet d'être délicat.

Thomas était toujours à court de mots. Il restait là, abasourdi. Teresa ne disait pas grand-chose non plus – peut-être éprouvait-elle la même chose que lui.

— Vous avez envie de nous aider, n'est-ce pas ? demanda McVoy.

Le Dr Paige, qui n'avait pratiquement pas ouvert la bouche jusque-là, choisit ce moment pour intervenir :

— C'est à la fois un honneur et une opportunité fantastique que nous vous proposons. Ce projet devrait vous plaire, prenez-le comme un défi. Nous avons confiance en vous deux. Et dans les autres également. Ils s'appellent Rachel et Aris.

Après un long moment, McVoy reprit la parole.

— Eh bien ? Qu'en pensez-vous ?

Thomas savait qu'ils n'avaient guère le choix. Et que cela pourrait représenter une grosse charge de travail. Mais l'idée restait très excitante. Enfin quelque chose de nouveau pour occuper ses journées.

— Je marche, déclara-t-il sans chercher à dissimuler son enthousiasme.

— Moi aussi, dit Teresa plus sérieusement.

McVoy se leva, puis elle serra les mains des deux enfants.

— Nous allons bien nous amuser, vous verrez. Vous faites un peu plus partie du WICKED tous les jours !

Elle leur dit cela comme si c'était le plus agréable des compliments.

Et alors qu'ils sortaient de la salle de conférences pour retourner dans leurs chambres, à travers le dédale de couloirs, d'escaliers et d'ascenseurs qui les avait conduits jusqu'ici, Thomas tourna et retourna dans sa tête le dernier commentaire de McVoy : « Vous faites un peu plus partie du WICKED tous les jours. »

Il éprouvait des sentiments mitigés à ce sujet-là.

Le Dr Paige avait donné à Thomas le reste de sa journée pour se reposer, se détendre et réfléchir un peu. Il s'allongea sur son lit et s'abîma dans la contemplation du plafond. Ce qu'il aurait vraiment voulu, toutefois, c'est rejoindre Teresa et discuter avec elle. Tout ce qu'il venait d'apprendre et de voir était confus.

Il regarda sa porte. Elle était fermée, comme toujours. Et pour autant qu'il s'en souvienne, elle se verrouillait automatiquement à la fermeture. Mais il y avait tellement longtemps qu'il n'avait plus vérifié... Depuis des mois, voire un an ou deux, il ne s'était pas donné la peine de s'en assurer. Eh bien, l'heure était peut-être venue de changer cela.

Il se leva et s'approcha de la porte. Il tendit la main vers la poignée, lentement, comme s'il avait peur de s'électrocuter à son contact. Il la saisit et la tourna.

La porte s'ouvrit.

Thomas la repoussa et s'empressa de regagner son lit, le cœur battant. Il regarda autour de lui, se demandant combien de mouchards pouvaient se trouver dans sa chambre. Caméras, micros, capteurs de chaleur et Dieu savait quoi encore – certains parfaitement visibles, d'autres non. La peur qu'il éprouvait tout à coup n'avait rien de rationnel – il n'avait fait qu'entrouvrir la porte avant de la refermer. Le WICKED l'avait plutôt bien traité, dans l'ensemble. D'ailleurs, il n'avait jamais revu Randall. Alors pourquoi cette soudaine sensation de froid jusque dans ses os ?

On surveillait ses moindres faits et gestes, il en était convaincu. Peut-être était-ce pour cette raison qu'ils ne verrouillaient plus sa porte. Peut-être tenaient-ils à ce qu'il sorte, pour pouvoir ainsi l'observer. À moins que la docilité dont il avait fait preuve en restant dans sa chambre toutes ces années soit précisément à l'origine de sa promotion aux côtés de Teresa et des deux autres enfants. Comment savoir ?

Il lui fallut un moment, mais son cœur finit par se calmer et la sueur qui avait trempé son visage et ses bras par s'évaporer. Il fixa la porte, tâchant de se persuader que sa décision n'était pas encore prise. Alors qu'elle l'était, il le savait pertinemment. Seule une crise cardiaque pourrait l'empêcher de partir en exploration.

Toutefois il devait se montrer malin. Attendre la tombée de la nuit.

Sa peur se changea en excitation.

Les heures défilaient, interminables.

Il aurait bien voulu dormir pour être frais et dispos lors de son excursion, mais il mit une éternité à s'assoupir, et puis son dîner arriva. Il mangea, se recoucha et finit par céder au sommeil.

Il se réveilla en sursaut dans sa chambre plongée dans le noir. Inquiet à l'idée d'avoir dormi toute la nuit, il s'empressa de vérifier l'heure : il était à peine minuit passé. Il prit une douche rapide pour chasser tout reste de somnolence, s'habilla puis se planta devant la porte, hésitant, tiraillé par le doute. Il risquait de tout gâcher en s'aventurant dans les couloirs. De gâcher sa chance de collaborer au projet démentiel du WICKED, de bâtir ces labyrinthes souterrains délirants, de travailler au côté de Teresa et des autres.

Il soupira, furieux de sentir son enthousiasme retomber. Peut-être que la porte s'était verrouillée automatiquement depuis qu'il hésitait. Oh, et puis… on n'allait pas le punir simplement pour avoir ouvert une fichue porte, ou même avoir fait quelques pas dans le couloir. Il pouvait toujours jeter un coup d'œil et revenir sur ses pas si l'idée paraissait trop mauvaise.

Il y eut un déclic, et la porte pivota vers lui sur plusieurs centimètres.

Au début, il ne comprit pas ce qui venait de se passer ; il baissa même les yeux sur ses mains pour s'assurer qu'elles n'avaient pas tourné la poignée de leur propre initiative. Mais elles pendaient toujours le long de son corps, les paumes moites. Non, c'était quelqu'un d'autre qui avait ouvert de l'extérieur.

Il pencha la tête dans l'entrebâillement et son pouls s'emballa quand il découvrit un parfait inconnu de l'autre côté. Un garçon de son âge. À bien y regarder, ce n'était pas tout à fait un inconnu. Il avait simplement l'air différent, à cause de l'absence de bandage sur ses cheveux blonds et du fait qu'il était un peu plus vieux.

— Salut, je m'appelle Newt, chuchota le garçon. Je sais qui tu es. C'est pour ça qu'on a décidé de te rameuter. Amène-toi, j'ai un truc à te montrer.

CHAPITRE 13

15/10/224, 00 h 58

Thomas n'avait jamais réfléchi aussi vite de toute sa vie. Mille pensées lui traversèrent la tête au cours des deux ou trois secondes qu'il mit à répondre à Newt. Devait-il partir avec ce garçon ou lui claquer la porte au nez ? Comment se faisait-il que l'autre se présente à sa porte précisément le soir où Thomas s'était aperçu que sa porte n'était pas verrouillée ? Il ne croyait pas aux coïncidences, pas dans l'enceinte du WICKED – il pouvait très bien s'agir d'un test. Qu'est-ce que le garçon voulait lui montrer ? Serait-ce un piège ? Et si…

— D'accord, trancha-t-il, sortant dans le couloir.

Il referma la porte derrière lui, se tourna vers Newt et lui demanda :

— On peut emmener Teresa ? Elle est dans la chambre d'à côté.

Newt fit la moue.

— Ce n'est pas une soirée pyjama, protesta-t-il.

Puis il adressa à Thomas un sourire malicieux.

— En fait, avoua-t-il, je l'ai réveillée juste avant toi. Elle s'habille. On passe la prendre et on y va. Nous n'avons qu'une heure ou deux devant nous.

Thomas s'avança jusqu'à la porte 31K et l'ouvrit, à sa grande stupéfaction. Aucune porte n'était donc fermée à clé ?

Teresa était assise à son bureau. Elle se leva brusquement, avant de réaliser qu'il s'agissait de Thomas.

— Que… ? bafouilla-t-elle. Est-ce que tu sais… ?

Elle semblait un peu perdue.

— Tout ce que je sais, c'est qu'il y a un dénommé Newt dans le couloir, répondit Thomas, et qu'il a quelque chose à nous montrer. Je crois qu'on devrait le suivre.

Elle le rejoignit avant même qu'il ait fini sa phrase.

— Re-salut, lança-t-elle à Newt, qui lui répondit par un hochement de tête.

— On a beaucoup entendu parler de vous deux, annonça Newt, et aussi d'Aris et de Rachel.

Sans son expression amicale, cette approche directe aurait éveillé les soupçons de Thomas.

— Que se passe-t-il ? demanda Thomas. Tu es sûr que c'est sans danger ? Et si on se fait prendre ?

— Ne joue pas les poules mouillées, rétorqua Newt. Même si ça tournait mal, que veux-tu qu'ils nous fassent ? Nous enfermer dans nos chambres ?

Thomas savait exactement quel risque il encourait – celui de se voir retirer l'opportunité de travailler sur les labyrinthes. Il croisa le regard de Teresa. Cette idée ne lui disait rien qui vaille.

— Tu marques un point, convint Teresa, défiant Thomas du regard. Allons-y. (Elle hésita.) Attends, où veux-tu nous emmener, déjà ?

Newt eut un rire bref.

— Commençons par le commencement. D'abord, on va retrouver Alby et Minho.

Après une réponse pareille, Thomas ne pouvait plus dire non.

Tandis que le petit groupe suivait Newt par de multiples couloirs, portes et cages d'escalier, Thomas sentait la sueur lui couler dans le dos. Qui avait besoin d'un labyrinthe dans une base au plan aussi tortueux ? Thomas s'attendait à voir surgir d'une minute à l'autre le Dr Leavitt ou pire encore. Sa situation avait évolué dans le bon sens aujourd'hui – il ne tenait pas à tout gâcher. Et en même temps, il s'amusait comme jamais. C'était excitant de prendre des risques, de se mettre un peu en danger.

Ils débouchèrent dans un couloir chichement éclairé au sous-sol, au bout duquel une porte affichait MAINTENANCE.

— C'est notre cachette préférée, leur confia Newt avec fierté.

Il ouvrit la porte et les fit entrer dans une grande pièce poussiéreuse encombrée de tables, de produits d'entretien, de cartons et de tout un bric-à-brac.

— Quoi de neuf, messieurs ?

Cet accueil venait de Minho – le garçon que Thomas avait croisé dans le couloir lors de la folle journée de son opération. Il paraissait beaucoup plus détendu qu'alors, quand il hurlait et tempêtait comme si c'était la fin du monde. Thomas se demanda s'il se souvenait de ce mauvais moment.

— Tu veux bien arrêter avec tes « messieurs » ? lui demanda l'autre garçon, noir et plus âgé. Ça me tape sur le système.

Cette rebuffade ne parut pas le moins du monde contrarier Minho. Il s'avança en affichant un grand sourire et serra Thomas puis Teresa dans ses bras. Thomas ne s'y attendait pas du tout mais devait admettre que ce n'était pas désagréable. Le Dr Paige avait beau se montrer gentille, il n'avait plus ressenti ce genre de chaleur humaine depuis des années. Depuis qu'il avait dit adieu à sa mère.

Teresa parut aussi stupéfaite que lui en dépit du petit sourire qui étirait ses lèvres.

— Vous avez l'air plus cool que je le pensais, reconnut Minho en reculant d'un pas. Je m'attendais à deux premiers de la classe aux cheveux gras toujours en train de citer

Shakespeare ou de s'échanger des équations. Mais vous avez presque l'air normaux !

— Euh… merci ? fit Thomas.

L'autre garçon s'avança à son tour et écarta Minho.

— Je m'appelle Alby, dit-il. Content de vous rencontrer. Minho n'a pas tout à fait tort, pour une fois. Avec tout ce qu'on raconte sur vous, on ne savait pas trop à quoi s'attendre. C'est pour ça qu'on vous a fait venir. Pour juger par nous-mêmes. C'est rassurant de constater que vous n'êtes pas si nuls que ça.

— Dites, reprit Thomas, ça fait combien de temps que vous sortez comme ça en douce ? Parce que, visiblement, ce n'est pas la première fois.

— Non, admit Alby. Ça finit par devenir lassant de suivre les règles en permanence, de faire tout ce qu'on nous demande. Ils sont sans doute au courant – on n'est pas complètement idiots. Mais tant que personne ne viendra nous dire d'arrêter, on continuera. (Il se tourna vers Minho et Newt.) Pas vrai, les gars ?

Minho l'applaudit tandis que Newt levait les deux pouces d'un air blasé.

— Qu'est-ce que c'est que cette histoire de rumeurs ? voulut savoir Teresa. Et pourquoi nous ont-ils tenus à l'écart de vous ? Apparemment, vous vous connaissez depuis des années. Alors que Thomas et moi, on vient juste de se rencontrer.

Elle se tourna vers Thomas, et il lut dans son regard qu'elle avait failli mentionner les labyrinthes mais s'était abstenue au dernier moment. Mieux valait garder ce secret pour eux dans l'immédiat.

Newt, assis sur un escabeau, répondit :

— Honnêtement, on ne sait pas ce qui vous différencie. Nous, on mange dans la même cafétéria, on assiste aux mêmes cours, et tout ça depuis plus d'un an. Je ne vois que deux explications : soit vous êtes beaucoup plus bêtes que nous, soit vous êtes beaucoup plus malins !

— Beaucoup plus malins, ça me paraît évident, dit Teresa.

Son culot prit tout le monde au dépourvu pendant une fraction de seconde, puis Alby se mit à rire. L'atmosphère se détendit.

— Je vous aime bien, les gars, dit-il.

— Écoutez, reprit Minho, j'aimerais vous dire qu'on vous a fait venir ici juste pour faire connaissance, mais vous devez vous douter qu'il y a une autre raison.

— Bien sûr, répondit aussitôt Teresa.

Minho hocha la tête d'un air approbateur.

— Bien. Tant mieux. On a quelques idées. Un plan. Rien de solide, rien d'extravagant non plus. Mais la clé de tout, ce sont les informations, et on reste un peu dans le flou en ce qui vous concerne. Ça risque de prendre un moment avant qu'on vous fasse complètement confiance. Vous comprenez ?

— On comprend, répondit Thomas. On vous dira ce qu'on sait si vous faites pareil de votre côté.

Minho sourit.

— Parfait. Mais n'allons pas trop vite. Nous aurons d'autres occasions de discuter. On veut d'abord vous connaître et vous montrer un peu les environs. S'amuser, quoi ! Les trucs sérieux peuvent attendre une semaine ou deux. Qu'est-ce que vous en dites ?

Thomas et Teresa échangèrent un regard puis haussèrent les épaules. Ils dirent oui en chœur.

Newt descendit de son escabeau et se dirigea vers la porte.

— Sortons d'ici avant de devenir claustrophobes, suggéra-t-il. Je connais un bon endroit pour leur faire démarrer la visite – montrons-leur le groupe B.

CHAPITRE 14

15/10/224, 02 h 03

Thomas n'avait jamais entendu parler d'un groupe B jusque-là, et ces deux mots piquèrent son intérêt. Il vit aussi que Newt s'était assombri en disant cela, tandis que ses amis Alby et Minho avaient pris un air gêné.

Il y avait quelque chose de bizarre là-dessous, qui ne fit que renforcer sa curiosité.

Newt conduisit le petit groupe jusqu'à une porte fermée par un loquet et un cadenas cassé depuis longtemps et mangé par la rouille – cette partie du complexe était selon toute apparence désaffectée. Newt se pencha, ouvrit la petite porte puis se faufila par l'entrebâillement. Thomas adressa un regard interrogateur à Alby, qui se pencha pour lui glisser quelque chose à l'oreille.

— C'est une sorte de rituel pour nous. (Teresa s'était rapprochée de manière à pouvoir écouter aussi.) Newt y tient beaucoup. Il y a sa petite sœur de l'autre côté, tu vois, et quand il dit qu'il a envie d'aller la voir… eh bien, mieux vaut dire oui sinon ça risque de barder. Tu piges ? La famille, mec. Un truc que la plupart d'entre nous n'ont plus. Amène-toi.

Ils empruntèrent plusieurs échelles et d'autres passages très étroits. D'après Minho, ç'avait dû être une issue de secours secrète à l'origine. Personne ne savait exactement à quoi servait cette base avant que le WICKED ne s'y installe.

Ils atteignirent enfin leur destination, une sorte de loft aux vitres crasseuses qui surplombait un grand baraquement. Des enfants s'entassaient à l'intérieur, endormis sur des lits de camp. Thomas plissa les paupières et parcourut les rangées de lits. Autant qu'il puisse en juger par la longueur de leurs cheveux et leurs traits, qu'on distinguait à peine dans la pénombre, il n'y avait pas un seul garçon dans le dortoir.

Thomas ne savait plus quoi penser. Tout cela contrastait tellement avec leurs chambres individuelles, à Teresa et à lui…

— On nous appelle le groupe A, expliqua Alby. Elles, c'est le groupe B. Les garçons d'un côté, les filles de l'autre. Sauf Aris et Teresa, bien sûr, et là j'avoue que la logique m'échappe. Qu'ils veuillent nous séparer, passe encore, mais pourquoi faire deux exceptions ?

— Vous dormez dans un dortoir du même genre, si je comprends bien ? demanda Teresa.

Ce fut Minho qui répondit :

— Oui. Je crois que je ne serais pas contre un transfert dans le groupe B, d'ailleurs. Faites-moi penser à faire une réclamation.

— Qu'est-ce qu'on peut bien avoir de… ? commença Thomas.

Il n'acheva pas sa phrase. Il eut soudain la sensation absurde que la formuler à voix haute ressemblerait à de la vantardise.

— Spécial ? termina Alby à sa place. On espérait que vous pourriez nous le dire.

— J'ai l'impression que vous en savez plus que nous, observa machinalement Teresa.

Elle était en pleine réflexion, cela se voyait. Thomas aurait bien voulu pouvoir se glisser dans son esprit pour découvrir à quoi elle pensait.

Il se tourna vers Newt. Le garçon restait silencieux, le nez collé à un carreau à quelques pas. Thomas s'approcha.

— Qu'est-ce que tu regardes ? lui demanda-t-il, bien qu'il eût deviné.

Newt renifla, et Thomas s'aperçut qu'il pleurait.

— Tu la vois ? fit-il, posant le bout de l'index sur la vitre. Dans la rangée du fond, le troisième lit à partir de la gauche.

Thomas remarqua une fillette recroquevillée sous une couverture, serrant son oreiller dans ses bras, la tête auréolée de cheveux bruns.

— Oui. C'est ta sœur ?

Newt le dévisagea d'un air surpris.

— Exactement. Elle s'appelle Lizzy. (Il marqua une longue pause, le front appuyé contre le carreau.) Enfin, à l'origine. Ils pensent peut-être nous avoir bourré le crâne avec nos nouveaux noms, mais je n'oublierai jamais celui de ma sœur.

— Comment l'ont-ils appelée ? s'enquit Thomas.

— Sonya, lâcha Newt avec amertume. Tu le crois, ça ? Ils l'ont rebaptisée Sonya.

Il se mit à tousser. Ou sangloter. Peu importait. Ses yeux brillaient dans la pénombre.

— Le WICKED est inflexible là-dessus, reprit-il. Ils refusent de me laisser la voir, et je dois faire semblant de l'avoir complètement oubliée, sinon… ils me punissent.

Thomas était abasourdi. Pour la première fois depuis que le dénommé Randall lui avait fait du mal, il éprouva une flambée de colère à l'encontre des responsables. À l'encontre du WICKED. Ce garçon se tenait à quelques mètres à peine de sa sœur, et il n'était même pas autorisé à se souvenir d'elle ?

— J'ai fait ce qu'ils demandaient, j'ai arrêté d'utiliser mon propre nom, raconta Newt. Je crois que j'ai été l'un des derniers à céder. Mais le sien, je ne l'effacerai jamais. Il faudra d'abord me tuer.

— Je suis désolé, murmura Thomas, qui ne savait pas quoi dire d'autre.

Lui-même avait le cœur serré quand il repensait à sa mère. Et si elle occupait un lit de camp dans le baraquement juste en dessous de lui ? Comment résisterait-il à l'envie de briser la fenêtre pour la rejoindre ? Comment ?

Newt se redressa en s'essuyant les yeux. Il ne semblait pas se soucier qu'on le voie pleurer.

— C'est comme ça, Tommy, dit-il d'une voix rauque. Le monde extérieur est un enfer. Pourquoi ce serait différent ici ? Au moins, je peux la regarder dormir. J'en connais beaucoup qui donneraient leur bras droit juste pour que leurs proches soient encore en vie. C'est comme ça.

Il lui dit cela comme s'ils étaient amis depuis des années.

Teresa s'approcha de Thomas et vint se coller contre lui.

— Tout va bien ? demanda-t-elle.

— Oui, répondit-il. Newt me montrait sa sœur…

— N'en faisons pas trop pour une première nuit, suggéra Alby. Rentrons roupiller un peu avant le réveil, on pourra toujours recommencer demain. Qu'est-ce que vous en dites ?

Tout le monde tomba d'accord. Un silence maussade s'installa au sein du groupe, et le trajet leur parut beaucoup plus long qu'à l'aller. Thomas avait espéré qu'ils auraient le temps de comparer leurs connaissances, or manifestement ce serait pour une autre fois. Ils se dirent au revoir et se séparèrent.

Thomas regagna sa chambre sans encombre, souhaita bonne nuit à Teresa – à la hâte, de peur qu'on ne les surprenne –, puis s'écroula sur son lit sans prendre la peine de se déshabiller. Il s'endormit plus vite qu'il ne l'aurait imaginé après ce qu'il venait de vivre.

Tout au long de sa courte nuit, il rêva de Newt et de Sonya. De Newt et de Lizzy.

Les jours qui suivirent passèrent en un tourbillon épuisant de découvertes. Thomas dormait moins de quatre heures par nuit. Son réveil matinal lui vrillait le crâne, et il se traînait une migraine lancinante pendant toute la durée de ses cours. Il s'attendait à ce que le Dr Paige, le Dr Leavitt ou n'importe lequel de ses professeurs lui fasse une remarque sur ses escapades nocturnes, ou pire, qu'un garde du WICKED le conduise en cellule de détention. Mais tous continuaient à se comporter comme si de rien n'était.

Au cours de leur deuxième nuit d'exploration, ils tombèrent sur un immense laboratoire contenant deux douzaines de cuves remplies d'un liquide fumant nauséabond. Malgré l'heure tardive, des ouvriers en combinaisons antibactériologiques allaient et venaient entre les cuves, procédant à toutes sortes de tests. Plusieurs fois, Thomas et les autres virent une sorte de gros poisson ou de tentacule onduler sous la fumée, puis crever la surface du liquide répugnant. Même Newt, qui sillonnait pourtant les lieux depuis des mois, resta stupéfait devant ce spectacle.

Ils fouillèrent les bureaux de l'administration au cours de la troisième nuit, et surprirent un couple d'employés restés après la fermeture pour des ébats confidentiels. Alby eut bien du mal à dissuader Minho de sauter sur le paletot des amoureux pour leur infliger la peur de leur vie.

Les quatrième et cinquième nuits furent riches en nouvelles aventures, au détour d'autres laboratoires, de la cafétéria et même d'une gigantesque salle de sport dont Thomas n'avait jamais entendu parler. Ils découvrirent une chambre d'hôpital où des masques pendaient au-dessus des lits, hérissés de tubes et de fils évoquant des pattes d'araignées, reliés à différents appareils de surveillance. Thomas aurait voulu rester plus longtemps pour déterminer à quoi ils pouvaient bien servir, mais Alby les fit tous ressortir en vitesse. C'était la première fois que Thomas le voyait ainsi : nerveux, des gouttes de sueur perlant à son front. De toute évidence, quelque chose lui avait évoqué de mauvais souvenirs.

C'était amusant. Excitant. Terrifiant. Au cours de toutes ses années passées au sein du WICKED, Thomas ne s'était jamais senti aussi vivant. Des liens de confiance se tissaient entre eux, même s'il ignorait où cela le conduirait. Comme si le but premier de leur réunion s'était perdu dans les méandres de leur amitié naissante.

Alby, Minho, Newt, Teresa.

Thomas avait des *amis*.

CHAPITRE 15

20/10/224, 00 h 15

Newt avait promis de leur montrer quelque chose de spécial, et chaque fois que Thomas ou Teresa lui demandait de quoi il s'agissait, il répétait ce petit geste horripilant : bouche cousue. La lueur de malice qui pétillait dans ses yeux montrait qu'il savourait chaque instant de cette torture.

Quelle que soit leur destination de la soirée, ils se retrouvaient toujours dans la salle de maintenance au sous-sol. La pièce poussiéreuse était devenue une sorte de sanctuaire pour leur petit groupe. Après leur troisième escapade, Newt avait cessé de passer prendre Thomas et Teresa – ils connaissaient le chemin désormais –, et l'excitation que ressentait Thomas à se glisser dans les couloirs obscurs ne faisait que grandir un peu plus chaque fois.

Il frappait discrètement à la porte de Teresa, qui lui ouvrait aussitôt. Elle glissait la tête à l'extérieur et regardait des deux côtés du couloir pour s'assurer que la voie était libre.

— À ton avis, qu'est-ce qu'on va faire cette nuit ? demanda-t-elle la quatrième nuit avec un grand sourire.

Thomas lui répondit par le fichu geste de Newt, ce qui lui valut un bon coup de poing dans les côtes.

— Aïe ! protesta-t-il.

Ils se mirent en route.

Minho et Alby étaient en plein corps-à-corps quand ils pénétrèrent dans la salle de maintenance. L'espace d'une seconde, Thomas crut qu'ils se battaient pour de vrai, jusqu'à ce qu'Alby parvienne à se dégager, renverse Minho et lâche un rire de triomphe.

— Pas cette fois, mec ! s'exclama Alby.

Minho se remit debout, s'époussetant de la tête aux pieds. Il grommela quelques mots puis conclut par un « bien joué ! » qui manquait de conviction. Alby parut apprécier le compliment. Il avait gagné.

— Bon, fit Newt en étirant les bras au-dessus de sa tête avec un bâillement, et si on passait aux choses sérieuses, maintenant ?

— C'est quoi, la surprise ? voulut savoir Thomas. On va où, ce soir ?

Newt leva les yeux au plafond.

— Eh bien, je crois qu'on a fait à peu près le tour de cet endroit, non ?

Thomas eut du mal à s'empêcher de se tourner vers Teresa. La vérité, c'était que Newt et les autres ignoraient complètement ce qui s'étendait sous leurs pieds. Et Thomas et Teresa n'avaient pas pu se résoudre à leur parler de la grande caverne. Ils étaient stupéfaits qu'en dépit de toutes leurs explorations, ils ne l'aient jamais découverte. Et dire qu'il était censé y avoir deux labyrinthes… Comment Newt et les autres avaient-ils pu les manquer ?

— Tommy ?

Thomas s'aperçut que Newt le dévisageait, les sourcils levés.

— Pardon, s'excusa-t-il, gêné. J'avais la tête ailleurs. Qu'est-ce que tu disais ?

Newt hocha la tête d'un air de reproche.

— Concentre-toi un peu, Tommy. Es-tu prêt à découvrir le vaste monde ?

Ils escaladèrent une échelle dissimulée derrière un mur de parpaings, dont la fonction première ne parut pas évidente à Thomas. La construction du bâtiment était antérieure à la formation du WICKED et cette échelle dégageait quelque chose de malsain, comme si elle avait été installée à l'insu de l'architecte ou des premiers propriétaires des lieux. À des fins troubles et inquiétantes.

Thomas avala une tonne de poussière pendant l'ascension. Il s'était retrouvé en dernière position sans trop savoir comment, alors il avait quatre personnes au-dessus de lui qui délogeaient la crasse, les petits cailloux et tout ce qui avait pu s'accumuler sur les barreaux au fil des ans. Il reçut même deux clous sur la tête, dont un faillit bien lui crever l'œil.

— Vous ne pourriez pas faire un peu attention ? chuchota-t-il, furieux, à plusieurs reprises.

La seule réponse qu'il obtint fut un gloussement, dont il était à peu près sûr qu'il provenait de Minho.

Enfin, après avoir gravi l'équivalent d'une dizaine d'étages, ils parvinrent à un palier en acier assez large pour les accueillir tous les cinq. Une lourde porte en métal, complètement rouillée, se détachait sur le mur en ciment à leur gauche. Le seul élément de cette porte qui n'avait pas l'air d'avoir cent ans était la poignée, polie par l'usage.

— Vous avez déjà fait ça souvent ? demanda Teresa.

— Une douzaine de fois, répondit Alby. Peut-être une quinzaine, je ne sais pas. Vous n'imaginez pas à quel point c'est agréable de respirer un peu d'air frais. Vous allez voir par vous-mêmes. Oh ! et le bruit de l'océan… Il n'y a rien de meilleur.

— Je croyais que le monde extérieur était un désert, objecta Thomas, plus nerveux que jamais. Ravagé par les radiations, la chaleur et tout le reste ? Vous savez, à cause des éruptions solaires…

— Sans parler des fondus, ajouta Teresa. Vous êtes vraiment certains qu'il n'y en a pas qui nous attendent dehors ?

— Les gars, les gars, dit Minho, levant la main dans un geste d'apaisement. Vous nous prenez pour des idiots ? Vous croyez qu'on recommencerait si on lâchait un doigt aux fondus à chaque sortie, ou si on se faisait griller les parties à cause des radiations ? Sérieux…

Newt agita les doigts sous le nez de Thomas.

— Tu vois ? Je les ai tous. Et ça ne se passe pas trop mal là-dessous non plus.

Thomas pouffa de rire, projetant des postillons partout.

— Pardon, s'excusa-t-il en s'essuyant la bouche avec sa manche.

Alby tâcha d'expliquer la situation sous un angle plus raisonnable :

— Les choses commencent à s'améliorer dehors. En plus, on est très au nord, dans une partie qui n'a pas été touchée aussi durement. Deux fois, on a vu de la neige sur les arbres.

— De la neige ? répéta Teresa, aussi incrédule que s'il avait parlé d'extraterrestres. Sans rire ?

— Oui.

— Assez bavardé, coupa Newt. Minho, ouvre la porte.

— Oui, chef ! aboya Minho.

Il saisit la poignée et l'abaissa en soufflant sous l'effort. On entendit un claquement sourd ; puis la porte s'ouvrit vers l'extérieur en grinçant.

Un violent courant d'air remonta du puits tandis que l'air pressurisé s'échappait du complexe, comme s'il se ruait vers la liberté. Thomas le sentit s'engouffrer sous ses vêtements et frissonna ; il était si excité qu'il réprimait à grand-peine son impatience. Minho sortit le premier, puis Alby. Newt fit signe à Teresa de le suivre, et elle s'exécuta, non sans avoir lancé un dernier regard à Thomas. Ses yeux exprimaient mille choses, mais il n'en déchiffra pas une seule.

— À ton tour, Tommy, dit Newt. Attention à ne pas te cogner la tête, hein ?

Thomas se baissa pour franchir l'ouverture étroite et déboucha sur une large plate-forme en béton. L'air était sec et froid. Les souvenirs de ses rares sorties antérieures au WICKED lui revinrent en bloc, associés à des sensations de chaleur accablante et de transpiration. C'était à la fois étrange et formidable de sentir cette fraîcheur – comme Alby l'avait prédit – et d'entendre les vagues se fracasser au pied des falaises un peu plus loin.

— Qu'est-ce que vous en dites ? demanda Minho.

Thomas regarda autour de lui, mais il faisait très sombre. Il ne distinguait que la plate-forme, la rambarde qui l'entourait et la nuit noire au-delà. Une multitude d'étoiles parsemaient le ciel.

— On n'y voit pas grand-chose, répondit Thomas après un long silence. N'empêche, c'est génial.

— Je vous l'avais dit, crâna Alby.

— Il y a un conduit d'écoulement par là, expliqua Newt en se penchant par-dessus la rambarde. Avec des encoches à l'intérieur pour les mains et les pieds. Ça permet de descendre facilement, même si la remontée est un peu plus pénible. Mais ça ne vous fera pas de mal de transpirer un peu.

— On n'a qu'à leur montrer la forêt, suggéra Minho. Avec un peu de chance, on verra un cerf. Peut-être même qu'il nous laissera le caresser.

Thomas ne savait jamais quand Minho plaisantait. Quoi qu'il dise, il employait toujours le même ton vaguement amusé.

Alby escalada la rambarde et s'engagea dans le conduit. Newt fit passer Thomas en deuxième cette fois. Il s'écorcha les doigts sur les encoches. Heureusement, la descente fut brève.

Quand il sentit la terre meuble sous ses semelles, il eut l'impression de poser le pied sur une planète étrangère.

Il attendit auprès d'Alby que les autres les rejoignent. Il n'y avait pas de neige, mais on la sentait proche dans l'air mordant.

— Qu'y a-t-il de ce côté-là ? demanda Thomas en indiquant d'un geste le grand espace à découvert qui s'étendait jusqu'à la forêt. Est-ce qu'on pourrait s'en aller tranquillement à pied ? Pourquoi revenir, d'ailleurs ?

— On y a déjà réfléchi, crois-moi, répondit Alby. On avait envisagé de planquer des provisions et de filer en douce. Seulement... trop risqué, mec. On ne sait pas combien de temps on tiendrait. Et puis surtout, on n'est pas si mal à l'intérieur. Nourris, logés, hors d'atteinte des fondus... Mais quand même, on y réfléchit.

Thomas eut la nette impression que l'autre ne lui disait pas tout.

Teresa fut la dernière à sauter au bas du conduit d'écoulement. Thomas vit Alby ouvrir la bouche pour dire quelque chose, mais avant qu'il puisse prononcer un mot, des lumières aveuglantes s'allumèrent de tous côtés, avec une série de clics sourds, comme si on venait d'appuyer sur des interrupteurs géants. Thomas se couvrit les yeux et décrivit un tour complet sur lui-même, mais il était trop ébloui pour voir quoi que ce soit.

Entre ses paupières mi-closes, il parvint peu à peu à distinguer trois silhouettes. Elles venaient vers eux, et à mesure qu'elles se rapprochaient, Thomas put voir qu'elles étaient revêtues d'uniformes et de casques. Un quatrième personnage apparut derrière. Thomas sentit ses entrailles se liquéfier et le brûler comme de l'acide à mesure qu'il reconnaissait celui qu'il n'avait plus revu depuis le jour de son baptême.

Randall. Et il semblait avoir pris du galon.

— Vous n'avez rien à faire ici, les enfants, déclara-t-il sur un ton chagriné. Mais je n'ai pas besoin de vous le dire. Vous êtes suffisamment intelligents pour le deviner tout seuls. On dirait que vous avez besoin d'une petite leçon sur les dangers du monde extérieur. Histoire d'apprécier à sa juste valeur ce que le WICKED fait pour vous.

Il débita cette tirade sur un rythme qui manquait de naturel, comme s'il l'avait apprise par cœur et répétée à maintes reprises.

Il pointa le doigt sur Newt.

— Celui-ci n'est pas immunisé, ramenez-le dans sa chambre et faites venir un médecin pour le tester. *Pronto !*

Tandis que l'un des gardes s'approchait de Newt, Randall poussa un gros soupir et fit un geste vague en direction de Thomas et de ses amis.

— Quant aux autres, acheva-t-il, conduisez-les à la fosse aux fondus.

CHAPITRE 16

20/10/224, 02 h 09

Thomas n'aurait pas su dire à quel moment exactement cela avait commencé, mais Teresa et lui se donnaient la main. Ils se tenaient l'un à côté de l'autre, unis dans la crainte de ce qui allait leur arriver. L'un des gardes, une femme, s'approcha d'eux.

— N'ayez pas peur, leur chuchota-t-elle. Randall veut simplement vous donner une bonne leçon. C'est pour votre bien, et vous ne risquerez rien. Faites ce qu'on vous dit et ce sera bientôt terminé. D'accord ?

Thomas hocha la tête ; les mots « fosse » et « fondus » résonnaient encore à ses oreilles. Combien de fois dans sa vie avait-il entendu parler des fondus – ces malades de la Braise qui n'étaient plus que des fauves assoiffés de sang ?

Qu'avait voulu dire Randall exactement ? Où donc allait-on les emmener ?

— Venez, dit la femme en prenant le bras de Thomas avec douceur. Si vous coopérez, vous serez de retour dans vos chambres avant d'avoir dit ouf. Il vous restera même un peu de temps pour dormir avant le réveil.

Teresa lui serrait la main si fort que c'en était douloureux. Mais il hocha la tête et suivit la femme dans la direction opposée au conduit d'écoulement, sur un sentier qui longeait le complexe du WICKED. Un autre garde escortait Alby et Minho, lesquels semblaient aussi abasourdis que Thomas.

Le troisième garde resta sur place avec Newt, les yeux baissés, impassible. Thomas chercha Randall, mais l'homme était au téléphone, à plusieurs mètres de là.

Thomas les perdit de vue après un détour du sentier. Il ne parvenait pas à oublier ce que Randall avait dit à propos de Newt – qu'il n'était pas immunisé. Cela ne l'avait pas frappé plus tôt, et pourtant les implications étaient gravissimes. Et puis, que faisait Newt avec eux s'il n'était pas un Munie ?

La voix de Teresa l'arracha à ses réflexions.

— Vous pourriez au moins nous dire où on va, protesta-t-elle. C'est quoi, la fosse aux fondus ?

Le petit groupe continua à avancer. Leur guide ne répondit pas, pas plus que son collègue qui escortait Alby et Minho quelques pas en arrière. Le grondement de l'océan, au milieu des senteurs d'iode et de résine, meublait le silence.

— Répondez-lui, intervint Thomas. S'il vous plaît. On ne faisait rien de mal – juste explorer un peu. C'est la prison ici, ou quoi ?

Il n'eut pas davantage de succès.

— Dites quelque chose ! explosa Teresa.

La femme pivota face à eux.

— Vous croyez que ça m'amuse ? lança-t-elle sèchement. (Puis elle jeta un regard furtif autour d'elle et baissa la voix.) Je suis désolée. Sincèrement. Contentez-vous d'obéir aux instructions, ça rendra les choses beaucoup plus faciles. Tout ce que nous allons faire, c'est vous aider à comprendre pourquoi il est plus prudent de rester à l'intérieur.

Après cette explication pas très rassurante, elle se retourna et repartit le long du bâtiment. Personne ne dit plus un mot.

Ils rejoignirent une route. À leur droite, elle serpentait à travers plusieurs champs avant de disparaître dans la forêt.

À leur gauche, elle menait au complexe du WICKED et descendait sous la surface en pente raide. Sans hésiter, la femme s'engagea sur l'asphalte et prit à gauche, vers la gueule sombre du tunnel.

Thomas leva les yeux en lui emboîtant le pas. Au-dessus des murs de granit de la base, il ne vit qu'une poignée d'étoiles dans le ciel noir. Il aurait tellement voulu apercevoir la lune.

La route les entraîna bientôt sous le complexe, dans un tunnel sans lumière. Quelqu'un avait dû couper l'éclairage, car il paraissait peu probable que cet endroit reste plongé dans le noir en permanence.

Un bruit soudain lui glaça le sang. Un son humain lancinant, à mi-chemin entre le cri et le gémissement. Peut-être pas si humain, en fin de compte. Gagné par la peur, il sentit un frisson lui parcourir le dos.

Il faisait si sombre qu'il distinguait à peine la silhouette de leur guide quand celle-ci s'arrêta et leur fit face. Elle alluma une lampe de poche qu'elle leur braqua d'abord dans la figure, puis sur sa gauche. Le faisceau lumineux éclaira une grille fermée au moyen d'une chaîne et d'un cadenas. Sans un mot, l'autre garde quitta Alby et Minho pour s'en approcher, sortit une clé et déverrouilla le cadenas. Le fracas de la chaîne qu'on ôtait résonna dans le tunnel.

— Entrez, leur dit-il. C'est seulement pour vous flanquer la frousse – ils ne peuvent pas vous faire de mal. Promis.

— Qu'y a-t-il là-dedans ? s'inquiéta Thomas.

— Des fondus, répondit tranquillement la femme. Il est parfois nécessaire de vous rappeler à quel point cette maladie est abominable.

— Ils ne vous feront aucun mal, répéta son collègue d'une voix grave. Vous allez peut-être mouiller votre pantalon, mais ils ne vous toucheront pas.

— Venez, les gars, les encouragea Minho en passant devant le garde. Allons voir ce qu'ils cachent dans ce trou à rats.

Thomas n'en avait pas la moindre envie. Ses pires cauchemars se concrétisaient devant lui. Il se ressaisit en constatant le courage de Teresa qui franchissait la grille, suivie d'Alby. Il leur emboîta le pas.

CHAPITRE 17

20/10/224, 02 h 28

Le plus effrayant, c'était le noir complet. La femme avait beau les éclairer depuis le seuil, on aurait dit que le faisceau lumineux de sa torche se perdait dans une brume épaisse. Ils avancèrent pas à pas sur un sol de gravier, le long d'un passage étroit bordé de chaque côté par des grilles. Les barreaux, plantés dans le sol, étaient espacés d'une dizaine de centimètres ; deux longues barres horizontales les reliaient en haut et en bas. Thomas ne voyait pas ce qu'il y avait de l'autre côté.

— Ça fiche les jetons, dit Minho à voix basse, brisant le silence. Alby, tiens-moi la main.

— Relax, mec, répliqua Alby.

Le gravier crissait sous leurs pieds, produisant des échos qui ressemblaient presque à des murmures. Plus ils s'enfonçaient dans le passage, plus Thomas sentait la claustrophobie le gagner. Il fit appel à toute sa volonté pour ne pas faire demi-tour et s'enfuir en courant.

Ils parvinrent bientôt devant un mur de briques auquel conduisaient les deux grilles. Un cul-de-sac. Cela ne fit qu'amplifier le sentiment de panique de Thomas.

— Et maintenant ? demanda-t-il, maudissant sa voix chevrotante qui trahissait sa peur. On revient sur nos pas ?

— Oh ! que oui, approuva Teresa. Peut-être qu'il s'agissait juste d'un test pour voir si on ferait ce qu'on nous avait d…

Minho lui fit signe de se taire, un doigt sur les lèvres. Il baissa les yeux et tendit l'oreille. Dans la lumière diffuse qui leur parvenait de la porte, il avait l'air d'un spectre.

— Il y a un truc qui s'approche, déclara-t-il en pointant la grille de gauche. Par là.

Thomas scruta les ténèbres au-delà des barreaux. Il écouta – et entendit. Des raclements de pas résonnaient dans le passage. Thomas crut en percevoir derrière lui également, et bientôt le bruit sembla parvenir de toutes les directions à la fois. De plus en plus fort.

— Des fondus, murmura Alby. Ils les jettent en prison dans leur propre sous-sol. Charmant.

Des silhouettes se profilèrent dans la pénombre. Des silhouettes humaines.

— Je crois qu'ils doivent les garder ailleurs, en fait, corrigea Minho. Sinon ils se seraient collés aux barreaux quand on est arrivés. Ils ont dû les relâcher rien que pour nous, ils nous rendent une petite visite.

Des gémissements et des murmures indéchiffrables montaient de la foule des fondus, qui se rapprochait rapidement. Thomas et ses amis avaient été repérés.

Et puis, comme si quelqu'un avait actionné un interrupteur, la salle s'emplit d'un fracas assourdissant. Hurlements et cris de détresse. Rugissements. Battements de pieds précipités en direction des barreaux. Thomas fut pris de panique en voyant des fondus se jeter contre les grilles de chaque côté, se pressant les uns contre les autres. Des bras se tendaient entre les barreaux, des mains tentaient frénétiquement d'agripper Thomas et ses camarades.

Thomas se tenait au milieu du passage, juste à côté de Teresa – Alby et Minho étaient à quelques pas. Alby se callait au mur de briques et jetait des regards affolés à droite et à gauche, tâchant de surveiller les deux côtés à la fois. Minho se tenait devant lui, en posture de combat, comme si cela pouvait servir à quoi que ce soit dans le cas où les barreaux céderaient sous la pression de la foule.

Thomas regarda les fondus. Ils semblaient tellement désespérés qu'il se sentit partagé entre la terreur et la pitié. Leurs yeux n'exprimaient qu'un vide incommensurable. Leur visage et leurs bras étaient couverts d'écorchures et de chairs à vif. Leurs habits étaient sales, maculés de sang, tout déchirés. Certains criaient, d'autres sanglotaient, les joues mouillées de larmes. D'autres encore parlaient d'une voix rauque, rapide, tenant des propos sans queue ni tête. Tous tendaient les bras comme si Thomas et les autres représentaient leur seule chance d'échapper à la maladie abominable qui leur rongeait le cerveau.

Une femme apparut soudain au premier rang, où elle s'était frayé un passage. Son visage restait relativement propre ; elle fixa Thomas droit dans les yeux, remuant les lèvres comme si elle cherchait ses mots. Puis elle se mit à scander, des trémolos dans la voix :

— Mes bébés, mes bébés, mes bébés…

Rien que ces deux mots, répétés encore et encore. Elle pleurait sans discontinuer, puis elle se mit à secouer les barreaux comme un gorille en furie et se jeta de tout son poids contre la grille avant de s'écrouler. Elle semblait s'être assommée toute seule. D'autres fondus la piétinèrent pour prendre sa place. Thomas sentit un chagrin écrasant, un désespoir abject lui comprimer le torse.

— Je crois qu'on a compris la leçon ! cria Alby. C'est bon, on rentre !

Thomas secoua la tête. L'horreur de la situation l'avait comme hypnotisé et figé dans l'incrédulité. Car c'était bien de cela qu'il s'agissait. Même après avoir vu son père sombrer dans la folie furieuse, même après toutes les histoires qu'il avait pu entendre au fil des ans, rien ne l'avait préparé à cela.

Il ne l'aurait jamais cru s'il ne l'avait pas vu de ses propres yeux.

— Thomas, bouge ! lui cria Minho.

Ils étaient tous en file indienne devant lui, au beau milieu du passage, hors d'atteinte des bras des fondus.

Thomas hocha la tête, un peu moins effrayé mais de plus en plus démoralisé. La même chose était-elle arrivée à sa mère ? Avait-elle pleuré après son bébé, encore et encore, dans sa folie ? Les pieds collés au gravier, il n'arrivait plus à remuer un orteil.

— Thomas, lui chuchota Teresa à l'oreille. Ça va aller. Ça… c'est exactement la raison pour laquelle on est là. On va les aider à trouver un remède. À sauver le monde de cette horreur.

Sa voix alluma une petite flamme en lui. Lui fit ressentir quelque chose. Il se retourna et progressa vers l'entrée. Teresa se trouvait à présent juste derrière lui. Il sentait sa main au creux de son dos, comme si elle le poussait en avant. Les fondus se massaient de chaque côté du tunnel, à perte de vue.

Thomas regarda ceux qui se bousculaient à sa gauche. Ceux qui se pressaient à sa droite. Ils étaient tous différents, et il s'efforça de se focaliser sur ce qui faisait d'eux des individus : les traits, la couleur des cheveux, leur corpulence. Parce que pour le reste, ils ne formaient plus qu'une seule et même créature. Une foule en délire, écumante, inconsciente de ses agissements.

Thomas regarda droit devant lui et vit quelqu'un sur son passage, à quelques mètres à peine. Il pila avec une exclamation de stupeur. Teresa se cogna contre lui. La peur vint se loger dans sa gorge, suffocante.

C'était un homme. Il ne ressemblait pas aux fondus derrière les barreaux mais paraissait tout de même mal en point. Ses cheveux blonds étaient gras, tout emmêlés, ses vêtements froissés, ses yeux injectés de sang. Pour autant, il n'avait aucune blessure visible et se tenait bien droit, immobile et calme. Le plus étrange, c'était la petite ardoise qu'il portait au creux de son bras. Sans dire un mot, il s'en saisit et inscrivit quelque chose avec une craie. Puis il la brandit devant le groupe. Les trois mots semblaient briller dans la pénombre :

WICKED is good.

CHAPITRE 18

20/10/224, 03 h 14

L'homme indiqua son ardoise et hocha la tête avec gravité, les lèvres tremblotantes comme s'il allait se mettre à pleurer. Puis il remit l'ardoise sous son bras.

Thomas était sur le point de dire quelque chose quand l'homme se dirigea vers l'entrée. Il n'eut alors pas d'autre choix que le suivre – le seul autre chemin l'aurait ramené plus loin dans le tunnel. Les fondus hurlaient et gémissaient de part et d'autre, claquant des dents, les bras tendus. Ils devenaient presque un bruit de fond pour Thomas, entièrement focalisé sur l'inconnu devant lui.

Thomas suivit l'homme le long du tunnel et finit par s'apercevoir que le tumulte abominable des infectés s'était estompé. L'homme parvint devant la grille d'entrée, l'ouvrit et la franchit. Il attendit que Thomas et les autres soient également sortis pour la refermer. Les gardes, qui n'avaient pas bougé, les regardèrent en silence ; puis l'un d'eux s'avança, ramassa la chaîne et la remit en place avec le cadenas. Les cris des fondus ne leur parvenaient plus qu'en échos lointains.

Thomas et ses amis restaient groupés, formant d'instinct un cercle protecteur. Alby et Minho étaient plus silencieux que jamais, et Teresa paraissait aussi ébranlée que Thomas. Ce dernier ne parvenait pas à détacher les yeux de l'homme avec son écriteau. *WICKED is good.*

Alors que Thomas s'interrogeait, l'homme s'approcha de leur petit groupe. Il prit une seconde pour croiser le regard de chacun d'eux, puis il parla pour la première fois :

— Vous devez sans doute vous demander qui je suis, dit-il en préambule. (Sa voix était troublante. Trop… enjouée, au vu des circonstances.) Et vous avez bien raison. Vous avez vu le fardeau que je porte, le poids qui pèse sur mes épaules. Trois mots, mes amis. Seulement trois mots. Mais j'espère qu'après ce soir, vous saurez que ce sont les trois mots les plus importants du monde.

— Qui êtes-vous ? demanda Alby, posant la question qui les tenaillait tous. Est-ce que vous… vous travaillez ici ?

L'homme acquiesça.

— Je m'appelle John Michael. Je…

Il marqua une pause et plaqua une main sur son torse.

— J'ai joué un rôle… essentiel dans cette organisation, reprit-il. Autrefois. Il y a longtemps. C'est moi… Je… c'est moi qui ai rassemblé les survivants. Les dirigeants. Qui les ai réunis ici. J'ai eu l'idée, mes amis. J'ai… eu… *l'idée* !

Ce dernier mot sortit comme un cri, dans un nuage de postillons.

Thomas recula d'un pas, imité par les autres.

— Seulement, après, continua John Michael, de plus en plus agité, après… j'ai attrapé la Braise. Cette… maudite… Braise. Après tous les efforts que j'avais faits pour essayer de sauver l'humanité. (Il baissa la tête, et des larmes coulèrent sur ses joues.) Ce n'est pas juste. Bientôt, on m'enfermera là-dedans avec…

Son regard se porta derrière eux, à travers eux, pour se poser sur les barreaux de l'autre côté de la grille.

— Mais… non, dit-il. On ne me laissera pas finir de cette façon indigne. Pas moi. Pas l'homme qui a fondé la Coalition post-éruptions, qui s'est battu pour sa survie, qui a prêché son importance. Vous jetteriez un homme comme moi dans la fosse ? Je vous le demande. Le feriez-vous ?

L'homme devenait hystérique. Le regard fixé sur Thomas, il insista :

— Le... feriez-vous ?

Thomas secoua la tête avec conviction, plus effrayé qu'il ne l'avait été de toute la soirée.

John Michael se rapprocha encore du groupe, d'un pas traînant, au bord du déséquilibre. Son visage entier luisait de larmes.

— Je ne suis pas là pour vous réclamer quoi que ce soit, dit-il. Je suis là pour vous dire qu'il n'y a pas d'alternative. Vous avez... le devoir d'aider les gens comme moi. D'aider les *futurs* gens comme moi. Est-ce que vous comprenez ?

Il prononça cette dernière phrase avec une tristesse déchirante.

Les gardes restaient là sans rien faire, figés comme des statues de cire. Impossible de voir leurs yeux, qui étaient plongés dans l'ombre.

— On comprend, assura Teresa d'une voix beaucoup plus ferme que celle qu'aurait pu prendre Thomas. On est désolés que vous soyez infecté. Nos parents sont tombés malades, eux aussi, alors on sait ce que c'est.

Le visage de l'homme se changea soudain en masque rouge grimaçant. Les yeux exorbités, il se mit à vociférer en écumant de rage :

— Vous n'avez aucune idée de ce que c'est ! Sinon, vous n'essayeriez pas de vous échapper, de nous priver de notre seul espoir d'aboutir à un remède !

L'homme paraissait sur le point d'exploser. Il risquait de craquer d'un instant à l'autre. Minho s'avança pour venir se placer juste devant lui. À la stupéfaction de Thomas, les gardes ne cherchèrent pas à s'interposer.

— On ne serait allés nulle part, se défendit Minho, s'efforçant tant bien que mal de conserver le contrôle de sa voix. Ce n'est pas juste de nous traiter comme ça.

— Mais pour qui vous prenez-v… ?

L'homme s'interrompit au beau milieu de sa phrase et se jeta à la gorge de Minho. Ses deux mains se refermèrent autour de son cou ils roulèrent au sol. John Michael se releva le premier et s'assit sur Minho, l'écrasant de tout son poids.

Minho se débattit, essaya d'obliger l'autre à lâcher prise. Thomas s'avança d'un pas hésitant, mais Alby l'écarta sans ménagement pour se lancer dans la mêlée. Il renversa John Michael d'un coup d'épaule alors que Minho se redressait, cherchant à reprendre son souffle.

Thomas regarda Alby et John Michael lutter au corps-à-corps, chacun cherchant à prendre le dessus. Puis l'homme se retrouva à califourchon sur Alby. Avant que Thomas ne puisse réagir, Minho se releva d'un bond et courut aider son ami. Il bondit sur John Michael et le plaqua au sol.

Les gardes s'arrachèrent à leur torpeur et se décidèrent enfin à intervenir.

— C'est bon, déclara calmement la femme. Ça suffit. Vous voyez bien qu'il n'a pas toute sa tête.

Ni Minho ni Alby ne donnèrent l'impression de l'avoir entendue.

La femme dégaina son arme, arma le chien puis cria :

— Arrêtez ! Tous les trois !

Thomas et Teresa empoignèrent leurs amis par les épaules et les arrachèrent à l'homme qu'ils étaient en train de rouer de coups. Ils se retrouvèrent bientôt debout tous les quatre, le souffle court, à contempler l'adulte qui gisait à leurs pieds, aussi faible qu'un enfant, le nez en sang et la lèvre tuméfiée. À la stupeur générale – y compris celle des gardes, à voir leur expression –, il se redressa sur les genoux et joignit les mains devant lui, les doigts serrés si fort qu'ils blanchissaient aux jointures.

— S'il vous plaît, implora-t-il d'une voix chevrotante. S'il vous plaît, ne me jugez pas. Sauvez-moi, s'il vous plaît. Ou au moins, ceux qui viendront après moi. S'il vous plaît, je vous en supplie. S'il vous plaît, s'il vous plaît, s'il vous plaît.

Il continua ainsi en geignant, ses larmes coulant à flots. Ses épaules, ses bras et ses mains tremblaient, son torse était secoué par les sanglots.

— S'il vous plaît, sauvez-nous. S'il vous plaît. Trouvez un remède. (C'était presque un murmure à présent. Il ferma lentement les yeux, puis il se laissa retomber en arrière sur les fesses.) S'il vous plaît, s'il vous plaît, s'il vous plaît.

Il ne parlait plus qu'entre deux sanglots, le corps entier agité de tremblements.

Puis Randall émergea de l'obscurité – à croire qu'il avait assisté à toute la scène depuis la pénombre. Il s'avança sans dire un mot et vint se placer directement au-dessus de John Michael.

— Voilà où nous en sommes réduits, déclara-t-il. Sauf pour ceux qui sont immunisés, bien sûr, et tant que nous n'aurons pas trouvé un remède. Les autres n'ont que deux possibilités. Soit devenir l'une de ces… choses que vous avez vues dans la fosse, soit tirer leur révérence avant d'avoir atteint le point de non-retour. Mettre fin à leurs jours. Ce que ce pauvre John m'a demandé de faire pour lui quand le moment serait venu. J'espère que vous mesurez les efforts qu'il a dû déployer pour parvenir à formuler quelques phrases cohérentes.

Il adressa un signe de tête aux gardes.

— Raccompagnez-les, ordonna-t-il. Je crois que notre vieil ami ici présent vient d'atteindre sa date d'expiration.

Randall dégaina le pistolet qu'il portait à sa ceinture.

— Qu'est-ce que vous allez faire ? s'inquiéta Thomas.

Randall resta muet, mais son silence constituait une réponse éloquente.

CHAPITRE 19

20/10/224, 04 h 01

Personne ne dit rien. Pas un mot. Ils retournèrent à l'intérieur du complexe et passèrent au contrôle. Puis les deux gardes les accompagnèrent à un ascenseur et ils montèrent plusieurs étages, avant de longer de nouveaux couloirs. Ils parvinrent finalement devant un autre ascenseur, qu'ils empruntèrent pour monter encore. Minho et Alby partirent ensuite de leur côté, escortés par le garde masculin. Ils saluèrent leurs amis d'un simple hochement de tête. Thomas et Teresa leur retournèrent la politesse et attendirent que les portes se referment. Thomas resta plongé dans ses pensées pendant le reste du trajet.

Finalement, à l'issue d'un parcours qui leur parut interminable, Thomas et Teresa se retrouvèrent devant leurs chambres, en compagnie de la femme garde.

— On est arrivés, dit-elle, rompant le silence pour la première fois depuis le tunnel.

Ce commentaire lâché avec indifférence mit Thomas en colère.

— Comment a-t-il pu faire ça ? s'exclama-t-il d'une voix qui résonna à travers le couloir. Abattre un homme d'une balle dans la nuque ?

« Et gifler un enfant qui avait à peine cinq ans », se retint-il d'ajouter.

La femme poussa un soupir qui semblait venir de loin.

— C'est John Michael lui-même, l'homme qui a rendu possible notre présence à tous ici aujourd'hui, qui le lui a demandé. (Elle ouvrit la porte de la chambre de Thomas.) Allez, maintenant, au lit ! Vous risquez de ne pas revoir vos copains avant un bon bout de temps, d'accord ? Tâchez de dormir un peu.

— Combien de temps ? voulut savoir Thomas.

Malgré tout ce qui s'était passé, il n'avait pas pensé qu'on le séparerait de ses amis.

— Peut-être deux ans, à ce qu'on m'a dit, répondit la femme. Il y a beaucoup de travail qui nous attend, et tout le monde a besoin de se reposer. Alors… plus d'escapades nocturnes dans l'immédiat. Pour votre propre sécurité.

Elle tourna les talons et partit d'un pas rapide.

Thomas rentra dans sa chambre, referma la porte et s'y adossa en fixant l'intérieur spartiate dans lequel il vivait depuis son arrivée au WICKED. En dépit des horreurs de la nuit, le plus difficile à accepter restait l'annonce de la femme garde.

« Peut-être deux ans », avait-elle dit. Cela ranima ses anciennes inquiétudes. Et si on le privait de ses réunions avec Teresa ? Ou du travail qu'on leur avait fait miroiter, leur participation à la construction du labyrinthe ? Mme McVoy avait dit que le WICKED avait besoin de toute l'aide disponible. L'incident de cette nuit ne devrait pas changer cela.

Il s'allongea sur son lit sans réussir à trouver le sommeil. Son horloge indiquait qu'il serait bientôt l'heure du petit déjeuner. Il avait le cerveau en ébullition après tout ce qu'il venait de voir. Il ferma les yeux et songea aux avantages et aux inconvénients d'être retenu dans cet endroit qu'on appelait le WICKED. Il repensa aux fondus qu'on l'avait forcé à approcher de si près quelques heures plus tôt – leurs yeux vides, leurs vêtements déchirés, leurs cris perçants. Ils étaient humains, et en même temps dépourvus de toute humanité. Il repensa à John Michael et à sa fin pathétique.

Il pensa surtout à la Braise. Cette saleté de Braise.

Les gens du WICKED voulaient trouver un remède. Et ils comptaient sur Thomas. N'était-ce pas ce qu'il devrait vouloir, lui aussi ?

Il avait un début de migraine quand on frappa à la porte pour lui apporter son petit déjeuner. C'était le Dr Paige. Thomas lui demanda si elle était au courant des événements de la nuit.

Pour toute réponse, elle lui adressa un sourire plein de tristesse.

CHAPITRE 20

11/05/225, 18 h 13

Quelques mois plus tard, Thomas passa l'une des pires journées de sa vie.

Cela commença par une batterie de tests médicaux comme il n'en avait plus subi depuis un moment. Des prises de sang, bien sûr, mais aussi de plasma, suivies d'une séance de quarante-cinq minutes sur le tapis de course avec plusieurs centaines d'électrodes sur le corps. Il eut mal au ventre pendant toute la durée de l'expérience. Il avait l'impression d'avoir été lardé de coups de couteau, et cela ne fit qu'empirer tout au long de la journée. Un mal de crâne se joignit bientôt à la fête et l'obligea à quitter prématurément le cours de M. Glanville. Il n'apprécia pas le regard désapprobateur que cela lui valut. Puis Mme Denton lui fit parvenir un billet indiquant qu'elle serait fâchée de le voir manquer son cours avec elle – le message était clair.

Depuis sa tentative d'évasion supposée, ses professeurs et les membres du personnel se montraient plus distants avec lui. Même le Dr Paige, qui avait toujours été si gentille. Son sourire ne lui paraissait plus aussi sincère et on voyait toujours une ombre dans ses yeux, comme si elle avait mille choses à dire mais se forçait à les garder pour elle.

Toutefois, Thomas était prêt à endurer crampes musculaires et migraine tous les jours si cela pouvait lui permettre de revoir ses amis. Il avait le cœur serré chaque fois qu'il évoquait leurs noms. Comme il s'était amusé au cours de ces quelques nuits, quand il avait pu oublier un peu sa solitude ! Ses rencontres avec Teresa avaient été supprimées, lui faisant craindre que son travail dans la caverne lui soit aussi retiré.

Leurs réunions clandestines au sous-sol semblaient désormais appartenir à un passé lointain. Une catastrophe cosmique avait dû détraquer le cours du temps, le ralentir à l'infini.

Ce soir-là, Thomas resta allongé sur son lit, sans toucher à son dîner posé sur son bureau. Il n'avait presque rien avalé depuis des heures ; de toute façon, son estomac ne gardait rien. Il était vidé dans tous les sens du terme.

Malgré sa fatigue, il ne parvenait pas à trouver le sommeil. Il se contenta donc de fermer les yeux en écoutant le bruit de sa propre respiration.

Quelque chose bourdonna dans sa tête.

Il s'assit, regarda autour de lui. Il avait entendu… ou plutôt *ressenti…* une sorte de bourdonnement dans les tréfonds de la migraine qui l'avait tenaillé toute la journée. Il secoua la tête, les doigts pressés sur ses tempes. Il se leva pour appeler le Dr Paige, réclamer quelque chose qui le fasse dormir, quand le bourdonnement revint – plus fort, cette fois.

Il se laissa retomber sur son lit, se recroquevilla en boule et se tint la tête à deux mains. Ce n'était pas douloureux, pas vraiment. Plutôt une sensation étrange, troublante. Quel test absurde WICKED lui avait-il encore réservé ?

Bzzz. Bzzz. Bzzz.

Le son était de plus en plus fort. C'était comme une violation de son corps ; Thomas, pétrifié de peur, pensa aux fondus. Il avait l'impression de devenir fou. De percevoir et d'entendre des choses qui n'existaient pas.

« Peut-être qu'ils nous ont menti, se dit-il. Peut-être que nous ne sommes pas immunisés. » Ils avaient reconnu que Newt ne l'était pas. Était-il possible que... ?

BZZZ.

Il roula sur le dos et fixa le plafond, les mains toujours plaquées sur la tête, comme si cela pouvait l'aider. Le Dr Paige. Il devait appeler le Dr Paige.

Thomas.

Cette fois, il s'agissait d'une voix. Enfin, presque. Ça ressemblait à une vibration, une secousse mentale, une perturbation dans son cerveau qui donnait l'impression que le bourdonnement s'était modulé en mots. Il se leva lentement, bras écartés pour garder l'équilibre.

Thomas, c'est Teresa.

Il était en train de perdre la raison. Cette fois, c'était sûr. Il reconnaissait le plus vieux et le plus connu des symptômes : entendre des voix dans sa tête.

— Euh..., fit-il à voix haute.

Est-ce que ça marche ? Dis-moi si ça marche.

Le dernier mot le frappa comme un coup de tonnerre entre les deux yeux. La douleur lui coupa les jambes et il s'écroula au sol. Jamais le monde ne lui avait paru si fluide, privé de toute solidité.

— Teresa ? appela-t-il, désorienté. Teresa ?

Pas de réponse. Bien sûr. Il était devenu fou. Il avait la Braise ; il se transformerait en fondu très bientôt. C'était fini pour lui.

Écoute-moi, reprit la voix, martelant les mots dans son crâne comme à coups de sabot. *Si tu peux m'entendre, frappe à ta porte. Je t'entendrai.*

Thomas se mit à genoux. Il se dit qu'il n'avait rien à perdre. Alors, ignorant le monde qui tanguait autour de lui, il se traîna jusqu'à la porte. Aussi étrange que cela paraisse, la voix qu'il entendait dans sa tête ressemblait beaucoup à une présence ; celle de Teresa.

Il parvint au pied de la porte, qui le dominait de sa hauteur vertigineuse.

Thomas ? insista la voix. *Thomas, s'il te plaît. Dis-moi que ça marche. Il m'a fallu des mois pour y arriver. Si tu m'entends, frappe à ta porte !*

Elle avait crié sur la fin – nouvelle succession de chocs contre son crâne, comme autant de coups de pic à glace.

Il se releva, posa les deux mains à plat sur la porte puis ferma les poings. « Ce que tu t'apprêtes à faire, se dit-il, va peut-être planter le dernier clou dans ton cercueil. Parce que si tu te trompes, ce sera la preuve définitive que tu es cinglé. »

Puis il entendit cette voix de nouveau. Teresa.

Thomas ? Thomas ? Fais-le.

Il s'exécuta. Il leva les deux poings, puis se mit à tambouriner contre la porte comme s'il s'agissait de l'ultime obstacle à sa liberté. Pendant dix bonnes secondes, il martela ainsi la surface plane jusqu'à en avoir les phalanges douloureuses et des tremblements dans les bras.

Puis il s'écroula de nouveau sur le sol, hors d'haleine. Il entendit crier dans le couloir, quelqu'un qui venait voir ce qu'il voulait. Une dernière phrase eut le temps de parvenir à sa conscience.

C'est bon, je t'entends, dit Teresa avec un frisson d'excitation dans la voix. *Je t'apprendrai comment faire un peu plus tard.*

Puis elle disparut – pas uniquement sa voix, sa présence également. Partie. Comme une lumière qu'on aurait éteinte.

La porte s'ouvrit et le Dr Paige apparut sur le seuil.

— Mais enfin, qu'est-ce qui t'arrive ? s'exclama-t-elle.

CHAPITRE 21

12/05/225, 19 h 44

Le jour suivant fut une véritable souffrance pour Thomas. Il brûlait d'envie de voir Teresa en chair et en os – ne serait-ce que quelques minutes. Il voulait juste la regarder dans les yeux et lui poser cette question : « C'était toi ? » Il avait désespérément besoin de cette confirmation. Pendant qu'il prenait son petit déjeuner, passait un check-up, se rendait d'un cours à l'autre, la même question lui revenait sans cesse à l'esprit.

« Suis-je fou ? »

Il avait même tenté d'interroger le Dr Paige au sujet de ses craintes ce matin-là.

— Comment savez-vous que je suis immunisé ? lui avait-il demandé tout en surveillant son expression.

— C'est facile, avait-elle répondu d'un ton léger, tandis qu'elle marchait à côté de lui dans le couloir. Il existe des marqueurs très spécifiques dans la composition sanguine, l'ADN et le fluide cérébrospinal, qu'on retrouve chez toutes les personnes immunisées. Ces marqueurs sont absents chez celles qui ne le sont pas. Il a fallu beaucoup de recherches pour en arriver là, mais aujourd'hui le diagnostic est très au point.

Il avait soupesé sa réponse. Elle semblait dire la vérité.

— Et puis, avait-elle ajouté, c'est doublement confirmé chez quelqu'un comme toi ou comme les autres immunisés que nous avons recueillis.

— Comment ça ?

— Eh bien, les scanners cérébraux nous ont permis de vérifier que tu es porteur du virus, qu'il réside bien dans ton organisme. Et pourtant il n'a aucun effet sur ta santé, ni sur tes capacités mentales ni sur tes fonctions corporelles. Et tu l'héberges depuis des années, sans le moindre changement. Alors, à moins que le virus n'ait connu une mutation majeure – ce qu'aucune de nos études n'a fait apparaître –, nous pouvons dire avec une quasi-certitude scientifique et médicale que tu es immunisé.

Il avait hoché la tête, plus ou moins convaincu de sa sincérité.

— Donc si je commençais à déclarer des symptômes de la Braise, par exemple demain, à quel point seriez-vous choquée ? Sur une échelle de un à dix ?

Elle l'avait dévisagé.

— Dix, Thomas. Je serais on ne peut plus choquée. Aussi choquée que s'il te poussait une troisième oreille. Pourquoi cette question ?

Il avait stoppé net dans le couloir.

— Dr Paige… vous pouvez me jurer, sur votre tête, que je suis immunisé ? Qu'il ne s'agit pas de… je ne sais pas, d'une sorte de test ? Je sais qu'ici vous raffolez des tests. Comment puis-je être sûr de ne pas être comme Newt ? Non immunisé ?

Le Dr Paige lui avait adressé ce fameux sourire qui le faisait toujours se sentir un peu mieux.

— Je te le jure, Thomas. Je te le jure sur la tombe de tous nos chers disparus. Je ne t'ai jamais menti. Tu es aussi immunisé que la science et la médecine permettent de l'établir. Et s'il y avait quoi que ce soit qui puisse mettre ta vie en danger, je ne l'autoriserais pas.

Il l'avait fixée dans les yeux, s'était rendu compte qu'il la croyait, et cela lui avait fait chaud au cœur.

— Pourquoi me demandes-tu tout ça ? avait-elle voulu savoir. Qu'y a-t-il ?

Il avait failli lui dire la vérité. Qu'il entendait des voix dans sa tête. Il avait failli…

— Des cauchemars, avait-il prétendu. Je fais sans arrêt des cauchemars où je deviens fou. Et le pire, c'est que je ne me rends même pas compte de mon état. Est-ce que les fondus ont conscience d'avoir perdu la tête ? Comment peut-on savoir qu'on n'est pas des fondus ?

Elle avait hoché la tête, comme si la question lui semblait pertinente.

— Vous aborderez cela dans ton cours de philosophie. Le mois prochain, je crois.

Elle était repartie dans le couloir, et cela avait mis un terme à la discussion.

Assis dans sa chambre, Thomas pensa une fois de plus à sa conversation avec le Dr Paige. Depuis son réveil, il attendait que Teresa lui parle de nouveau, tout en espérant qu'elle ne le ferait pas. C'était peut-être un symptôme supplémentaire de la dégradation de sa santé mentale.

Pourtant, plus il y réfléchissait, plus il croyait le Dr Paige. Soit elle était sincère, soit c'était la meilleure actrice que le monde ait jamais connue. Thomas finit par se sentir trop fatigué pour continuer à s'inquiéter. Il éteignit la lumière, espérant que le sommeil finirait par l'emporter.

Ce ne fut qu'une heure plus tard, alors qu'il commençait tout juste à somnoler, qu'il entendit la voix de Teresa.

Thomas, tu es là ?

Cette fois, il ne fut pas choqué. Il n'y avait pas eu de bourdonnement, et puis il s'y attendait, au fond, si bien que l'expérience n'était pas aussi perturbante. Toute envie de dormir le quitta aussitôt et il se leva pour aller s'asseoir à son bureau.

— Je suis là, répondit-il à voix haute.

Il se sentait un peu idiot, mais ne voyait pas du tout comment répondre par la pensée.

Je sens que tu essaies de me répondre, dit-elle. *L'implant qu'ils nous ont mis dans la tête. Depuis l'opération je cherche à comprendre ce que j'ai de différent, et du moment où j'ai réussi à le traverser pour prendre contact avec toi, tout s'est éclairci.*

Thomas resta assis là, à hocher la tête machinalement. L'étrangeté de la situation ne lui échappait pas : une fille s'adressait à lui par télépathie, et voilà qu'il commençait à trouver cela normal !

Il faut te concentrer, poursuivit Teresa. *Sonde ton cerveau pour y localiser le corps étranger, puis focalise-toi dessus. Et passe à travers. Tu comprendras de quoi je parle quand tu auras essayé.*

Ses paroles lui parvenaient en flot continu à présent ; le processus n'avait plus rien de douloureux bien qu'il s'avérât toujours aussi déstabilisant.

— D'accord, dit-il, tout en sachant qu'elle ne pouvait pas l'entendre.

Essaie ce soir avant de t'endormir, lui conseilla-t-elle. *Je te contacterai tous les soirs jusqu'à ce que tu me répondes. Ne te décourage pas !*

Il perçut l'intensité qu'elle avait mise dans cette dernière recommandation.

— D'accord, répéta-t-il dans le vide.

Après quoi, persuadé qu'elle ne lui dirait plus rien, il se recoucha et entreprit de fouiller dans son propre cerveau.

Il travailla là-dessus pendant plusieurs jours et plusieurs nuits. Il n'avait jamais rien entrepris d'aussi frustrant. Il n'avait à disposition que des outils mentaux, rien de tangible. S'il avait pu prendre un scalpel et s'ouvrir le crâne, peut-être lui aurait-il suffi de creuser dans sa cervelle jusqu'à trouver une sorte d'interrupteur sur lequel appuyer. Mais non, il devait fermer les yeux et tâtonner avec des doigts imaginaires.

Une fois qu'il eut cessé d'envisager les choses en termes aussi négatifs, il commença à considérer ses pensées et sa conscience comme des objets qu'il pouvait bel et bien manipuler mentalement. Et il se mit à faire des progrès. Il laissa ses pensées se disperser, se dissoudre dans le néant, et soudain la lumière se fit – il avait trouvé en lui une zone étrangère. Il se concentra dessus, s'en approcha le plus possible en pensant très fort au seul mot qu'il voulait envoyer : *Teresa.*

Finalement, un soir, il sentit plus qu'il n'entendit Teresa recevoir son message. Comme s'il l'avait piquée avec un aiguillon.

Il poussa un cri de triomphe, allongé sur son lit : il touchait au but. Il espéra qu'il ne lui avait pas fait trop mal.

Continue, lui dit-elle. *Tu y es presque. Et, la prochaine fois, tâche de ne pas m'électrocuter les yeux.*

Il n'avait aucune idée de ce qu'elle avait voulu dire par là, mais il sourit.

Et redoubla d'efforts.

CHAPITRE 22

09/03/226, 20 h 12

Je n'arrive pas à dormir, se plaignit Thomas auprès de Teresa. Près d'un an s'était écoulé depuis qu'il maîtrisait la télépathie par implant.

Peut-être parce qu'il est à peine huit heures ? suggéra-t-elle. *Et qu'aux dernières nouvelles, tu n'étais pas encore un petit vieux.*

Oh, j'aime me coucher tôt. C'est comme ça que j'entretiens ma bonne mine, qu'est-ce que tu crois ?

Elle ricana. Cela lui fit la même sensation que ces bourdonnements qu'elle lui adressait lors de leurs premières communications. *Oui, c'est vrai que je me pâme de jalousie chaque fois que je te vois.*

C'est-à-dire jamais.

Exactement.

S'ensuivit une longue pause, mais l'avantage avec leur télépathie, c'est que même sans parler, chacun ressentait la présence de l'autre. Après des mois et des mois d'entraînement, il aurait presque pu croire qu'elle se trouvait dans la pièce avec lui. Il attendait ce moment tous les soirs avec impatience.

Où en es-tu de ton plan ? demanda-t-il enfin, sachant pertinemment que ça l'agacerait. Il se demandait parfois s'il ne lui posait pas cette même question tous les soirs depuis des semaines juste pour l'agacer. Cette fois pourtant il n'obtint pas la réaction habituelle.

Ça avance bien, lui assura-t-elle.

Thomas s'assit dans son lit. *Vraiment ?*

Non. Dors maintenant, il est tard.

Thomas leva les yeux au plafond. Teresa perçut sa réaction.

Même si leurs portes n'étaient pas verrouillées, Thomas savait qu'ils étaient sous surveillance et continuaient à payer leur petite escapade. Teresa et lui avaient tenté à plusieurs reprises de se faufiler dans les couloirs pour aller retrouver leurs amis, mais à chaque fois un garde s'interposait et leur demandait de retourner dans leurs chambres. Soi-disant pour leur bien.

Même s'ils n'avaient pas le meilleur cuisinier du monde à leur disposition, les repas étaient l'une des rares choses que Thomas attendait avec impatience. Au moins, le WICKED faisait passer la quantité avant la qualité, ce qui lui convenait à merveille. En pleine croissance, il était constamment affamé.

Mais peut-être connaîtrait-il prochainement d'autres sources d'excitation que la nourriture.

Teresa, qui devenait de plus en plus compétente en matière d'ordinateurs et de systèmes informatiques – leurs études avaient divergé récemment et s'étaient spécialisées –, avait appris que la construction des labyrinthes était sur le point de s'achever et que le WICKED aurait bientôt besoin de leur aide pour la programmation du ciel factice ou le test des illusions d'optique. Aris et Rachel, deux autres sujets qu'ils n'avaient pas encore rencontrés, figuraient également sur le planning de travail.

Teresa avait montré un vrai talent pour l'aspect numérique des choses, si bien que sa formation portait principalement là-dessus. Et elle était devenue beaucoup plus forte que le WICKED ne le pensait.

Beaucoup, beaucoup plus forte.

On peut y arriver, déclara-t-elle un matin en l'arrachant au sommeil.

Thomas se frotta les yeux, groggy, sans prendre la peine de lui demander de quoi elle parlait. Elle le lui expliquerait en temps utile. Comme toujours.

Je connais le système de sécurité comme ma poche, maintenant. J'ai sauvegardé les séquences nécessaires pour nous permettre de nous éclipser discrètement, et puis j'ai effacé mes traces. Tout est prêt.

Aussitôt, Thomas fut pleinement réveillé. L'excitation lui donnait envie d'éclater de rire, et en même temps il avait une frousse bleue. Leur punition de la dernière fois – la fosse aux fondus – continuait à le hanter. Pourtant, après si longtemps sans nouvelles de leurs amis, il se sentait prêt à tenter n'importe quoi.

Tu es sûre qu'on ne se fera pas prendre ? s'inquiéta-t-il.

Sûre et certaine. Je connais la position exacte de chaque garde. Les autres seront tous endormis. Et la nuit, avec l'éclairage en veilleuse, il sera presque impossible de s'apercevoir que les séquences passent en boucle. Tout ira bien.

Tu en es sûre à cent pour cent ?

Quatre-vingt-dix-neuf.

Ça suffira.

Alors, on tente le coup cette nuit.

Ouvre ta porte dans vingt secondes, lui dit-elle juste après minuit. *Je veux traîner le moins de temps possible dans le couloir.*

Thomas s'exécuta, et moins d'une minute plus tard elle le rejoignait dans sa chambre. C'était la première fois qu'une autre personne qu'un employé du WICKED franchissait sa porte. Il la surprit – et se surprit aussi – en la serrant fougueusement dans ses bras, comme s'il avait peur de la voir disparaître. Par bonheur, elle lui rendit la pareille avec autant de vigueur.

Bon sang, c'est bon de te revoir, lui dit-il par la pensée, comme il en avait pris l'habitude.

Elle réagit en le serrant plus fort encore.

Ils finirent par se détacher l'un de l'autre, à regret. Il s'assit sur son lit et elle à son bureau.

— Attendons quelques minutes, le temps d'être sûrs que la première boucle fonctionne, suggéra Teresa avec un sourire.

Il ne l'avait jamais vue aussi excitée et vibrante d'énergie.

— Et si on se fait prendre ? demanda Thomas, soulagé de pouvoir de nouveau s'adresser à elle de vive voix. Ça pourrait nous coûter cher. Je veux dire, on doit bientôt collaborer activement aux labyrinthes et tout le reste. Est-on vraiment certains de vouloir prendre de tels risques ? Et s'ils décidaient de nous écarter ?

Pour toute réponse, Teresa leva les yeux au plafond. Ils partiraient en exploration, voilà tout.

Après quelques minutes de silence, Teresa lui parla dans sa tête.

Allons-y, dit-elle. *Et tenons-nous-en à la télépathie, au cas où. J'ai neutralisé les caméras mais quelqu'un pourrait nous entendre. Ne parlons que si on tombe sur nos amis, et seulement à voix basse. D'accord ?*

Ça me paraît un bon plan, approuva-t-il.

Ils ouvrirent la porte de sa chambre et sortirent dans le couloir.

J'ai tout soigneusement minuté, prévint Teresa. *Si je dis qu'il est temps de partir, fais-le sans discuter. Sinon quelqu'un risque de nous surprendre quand la boucle s'achèvera.*

Thomas se contenta de hocher la tête et ils s'élancèrent au pas de course, le cœur battant.

Quelques tours et détours, un petit trajet en ascenseur, nouveaux tours et détours, en s'arrêtant à chaque intersection pour s'assurer que la voie était libre.

Leur première étape fut le secteur du groupe B. L'objectif consistait à rencontrer Aris et Rachel – leurs noms étaient écrits sur leurs portes, tout comme Thomas et Teresa. Mais quand Teresa frappa à la porte d'Aris, elle n'obtint aucune réaction. Ils essayèrent à celle de Rachel, sans plus de succès.

Soit ils ont le sommeil lourd, soit ils sont très obéissants, observa Teresa. *À moins qu'ils ne soient en train d'enfreindre les règles comme nous.*

Thomas acquiesça. *Tant pis. Et si on allait faire un petit coucou à Newt et aux autres, maintenant ?*

Teresa opina du chef, et il ouvrit la marche, suivant une enfilade de couloirs et d'escaliers en se félicitant de l'éclairage réduit. Teresa le guidait en lui indiquant quelles caméras elle avait mises en boucle. Ils finirent par déboucher dans le secteur du groupe A. Thomas se figea et retint son souffle. Il y avait un petit garçon dans le couloir ; plutôt enrobé, il ne devait pas avoir plus de sept ou huit ans. Il se tenait assis dos au mur, les bras enroulés autour des genoux. Son visage était mouillé de larmes. En voyant Thomas et Teresa, il blêmit et se leva d'un bond.

— P-p-pardon, bafouilla-t-il. S'il vous plaît, ne me dénoncez pas.

Thomas s'approcha lentement et posa la main sur son épaule pour le rassurer.

— Tout va bien, petit. On est comme toi. Tu n'as pas de raison de t'inquiéter.

— C'est quoi, ton nom ? demanda Teresa.

Leur plan semblait sérieusement compromis désormais, mais le garçon paraissait si jeune, si innocent, si effrayé.

Le garçon fondit en larmes et répondit entre deux sanglots :

— Ils m'ont dit qu'à partir de maintenant ce serait Charles.

Thomas secoua la tête.

— Ça craint. Ne t'en fais pas, on t'appellera Chuck.

CHAPITRE 23

17/05/226, 02 h 42

— Est-ce qu'ils t'ont mis dans les baraquements ? demanda Thomas au garçon.

— Les baraquements ? Non. Dans une chambre. En tout cas pour l'instant.

Teresa échangea un regard avec Thomas, et il devina ce qu'elle pensait sans même recourir à la télépathie. Pourquoi ce gosse avait-il sa propre chambre ?

— Elle est loin ? demanda Teresa. On pourrait peut-être y retourner pour discuter.

Elle jeta un coup d'œil à Thomas.

— On allait retrouver d'autres amis, ajouta-t-elle. Ça te dirait qu'on les fasse venir ?

Chuck approuva de la tête, avec un soulagement manifeste. Il pensait probablement ne plus jamais avoir de copains. Il les conduisit jusqu'à sa chambre et Thomas s'installa confortablement dans le fauteuil devant le bureau pendant que Teresa partait chercher Newt, Alby et Minho. Grâce aux caméras de surveillance qu'elle avait piratées, ils avaient quelques heures devant eux avant d'être obligés de regagner leurs chambres.

Chuck s'installa sur son lit. Thomas s'approcha.

— Depuis combien de temps es-tu ici ? demanda-t-il.

— Deux semaines. Je ne sais pas si mes parents sont au courant. Je ne sais même pas s'ils avaient la Braise !

Il se remit à pleurer de plus belle.

— Ça va aller, promit Thomas pour tenter de réconforter le garçon. Teresa et moi sommes là depuis des années. On s'y fait, à la longue. Je sais qu'ils peuvent être pénibles avec leur changement de prénom, mais ensuite ça s'améliore. Tant que tu leur obéis sans discuter.

Chuck ne parut guère rassuré. Quelques larmes continuaient à rouler sur ses joues.

— Qu'est-ce qu'ils nous veulent ? demanda-t-il en sanglotant. J'ai l'impression de passer mon temps à me faire piquer.

— Ah, ça... Tu vas y avoir droit pendant des années. On s'y habitue, à ça aussi. (« Et encore, attends d'être au courant pour l'implant », se retint-il d'ajouter.) La plupart du temps, c'est un peu comme aller à l'école. Tu vas en cours, tu apprends des tas de choses. C'est plutôt marrant, au fond. Et puis, tu te feras des nouveaux amis.

Il se demanda une fois de plus pourquoi Chuck se retrouvait dans une chambre individuelle, et pas dans les baraquements avec les autres garçons du groupe A.

Chuck, curieux de tout ce que Thomas pouvait lui raconter, commença à le bombarder de questions :

— Pourquoi est-on immunisés, d'après toi ? Est-ce que tes parents ont eu la Braise ? Tu les as vus devenir cinglés ? Est-ce que tu as des frères ou des sœurs ?

D'autres questions s'enchaînèrent, sans que Chuck accorde une seule seconde à Thomas pour tenter d'y répondre. Heureusement, Thomas fut sauvé quand la porte s'ouvrit sur Alby, puis Minho, Newt et enfin Teresa.

— Quoi de neuf, Tommy ? s'exclama Newt, manifestement ravi de le revoir. Tu as drôlement bonne mine, pour quelqu'un qui ne dort toujours pas à trois heures du matin.

— C'est qui, le nouveau ? demanda Minho.

Alby, plus attentionné, s'approcha de Chuck et lui serra la main.

— Comment tu t'appelles ? Moi, c'est Alby.

— Chuck. Je viens d'arriver.

Alby hocha la tête.

— C'est cool, mec. Ils vont probablement te mettre dans les baraquements avec nous très bientôt. Tout ira bien, tu verras. On passe notre temps à s'amuser, là-bas.

Thomas n'avait jamais entendu d'aussi gentils mensonges.

Les deux heures suivantes se passèrent en conversations légères, éclats de rire et rêves dont chacun savait qu'ils ne se réaliseraient jamais. Mais pour un temps au moins, c'était agréable de faire semblant, de se détendre, de s'abandonner à croire qu'ils avaient un avenir.

C'était la meilleure nuit de Thomas depuis qu'il avait fait la connaissance de ses amis. Jamais il n'avait autant ri. Il se sentait en paix pendant qu'ils bavardaient, s'interrompaient les uns les autres, s'obligeaient à répéter parce qu'ils ne s'entendaient pas dans le brouhaha. Aux yeux rougis de Chuck et à ses joues mouillées de larmes avait succédé la joie d'un enfant. Thomas en avait chaud au cœur.

« Cet endroit, se dit-il. Le WICKED… cela aurait pu être bien pire. » On lui avait épargné de voir sa mère succomber à la Braise, de subir la réalité épouvantable du monde extérieur. On lui avait épargné une mort terrifiante entre les mains des fondus, beaucoup de chagrin et d'horreurs.

Et à quel prix ? L'ennui ? Quelques examens médicaux ? La fréquentation d'adultes un peu bizarres qui ne savaient pas toujours s'y prendre avec les enfants ? Finalement, Thomas était là, assis avec un groupe d'amis, à plaisanter, à rire, à se sentir bien. Et puis, il y avait le remède…

Newt interrompit le cours de ses réflexions :

— Tommy ? J'ai l'impression que ça cogite ferme, là-dedans, dit-il en se tapotant la tempe. Si tu nous racontais à quoi tu penses ?

Thomas haussa les épaules.

— Je ne sais pas, commença-t-il. On n'arrête pas de… enfin, je n'arrête pas de me dire que le WICKED a commis un crime affreux en nous arrachant à nos familles.

— Oui, approuva Alby, même si son petit sourire donnait à penser qu'il avait sans doute déjà réfléchi à ce que Thomas était sur le point de leur dire.

— Sauf que je ne suis pas sûr que ce soit vrai.

— Donc le WICKED n'est pas complètement mauvais ? demanda Chuck en dressant la tête.

Il y avait tant d'espoir dans la voix du garçon que Thomas en eut le cœur serré.

Il se tourna d'abord vers ses amis, puis vers Chuck.

— Un homme nous a adressé un message, un jour, qu'on n'oubliera jamais, dit-il. « *WICKED is good* ». Notre existence a peut-être une finalité bien précise en fin de compte. Je crois qu'il faut considérer le tableau dans son ensemble.

Drôlement profond, le complimenta Teresa par télépathie. *Tu es trop mignon avec ton air sérieux.*

Pas devant les autres ! Il avait fait de son mieux pour lui crier cela, et ne fut pas peu fier de la voir tressaillir.

— Thomas, tu recommences, le prévint Alby sur un ton de reproche. À fixer le vide comme un idiot.

Trop d'idées se bousculaient dans la tête de Thomas pour les formuler toutes.

— Je dis simplement qu'on devrait prendre un peu de recul, expliqua-t-il. On est en sécurité, nourris, logés. À l'abri du mauvais temps et des fondus.

— À t'entendre, on se croirait en vacances, murmura Newt.

— Ça pourrait être bien pire, répliqua Thomas. Sans oublier qu'on est là pour aider à sauver l'espèce humaine.

— Ce qui veut dire toi aussi, Newt, ajouta Alby. Je ne tiens pas à ce que tu te transformes en fondu un beau jour.

Newt s'assombrit d'un coup. Même Teresa parut chagrinée. Thomas avait voulu se montrer positif, mais il venait de gâcher la fête.

Il jeta un coup d'œil à Minho, qui ne disait plus rien depuis un moment. Assis dans son coin, dos au mur, il fixait le sol. Il croisa le regard de Thomas et se leva.

— Bercez-vous d'illusions si ça vous chante, dit-il. Racontez-vous que le WICKED travaille pour la bonne cause, qu'on est bien traités. Moi, je ne marche pas. J'ai l'impression d'être le seul qui se préoccupe encore de… (Il s'arrêta au milieu de sa phrase.) C'est bon, je vais me coucher. À plus.

Il sortit avant que les autres puissent réagir.

Alby fut le premier à retrouver sa voix :

— Mais de quoi est-ce que tu parles ? lança-t-il.

Minho ne se retourna même pas.

— On faisait des plans d'évasion avant de rencontrer Thomas et Teresa, répondit-il. Eh bien moi, je continue d'y penser. D'élaborer des plans. Ça devrait être notre choix d'être ici, pas le leur. Ils n'ont aucun droit de nous traiter comme des prisonniers. J'espère que vous viendrez avec moi. Quand je serai prêt.

Puis il referma la porte derrière lui.

CHAPITRE 24

12/11/226, 11 h 21

Thomas n'entendit plus Minho parler de ses grands projets d'évasion pendant six mois. La vie était belle, excitante. Une fois par semaine environ, Teresa s'employait à remettre en boucle les bandes des caméras de surveillance et ils se réunissaient dans l'une de leurs chambres, ou bien, le plus souvent, dans la vieille salle de maintenance au sous-sol.

C'était toujours le même groupe : Alby, Minho, Newt, Thomas et Teresa. Et parfois le petit Chuck. Il était devenu leur mascotte. Il se montrait drôle, innocent, naïf, et gobait toutes leurs plaisanteries. Il était en quelque sorte le petit frère qu'ils avaient perdu, ou, dans le cas de Thomas, qu'il n'avait jamais eu.

Parfois, ils volaient un peu de nourriture qu'ils se partageaient en discutant à bâtons rompus. Au bout de plusieurs mois, ils avaient largement oublié leurs craintes. La peur d'être surpris par Randall ou Ramirez. D'être renvoyés dans la fosse aux fondus. Sans barreaux pour les protéger, cette fois.

Ils se sentaient en sécurité. Ce fut la période la plus heureuse de leur vie.

D'accord, dit Teresa dans la tête de Thomas. *Préviens-moi quand tu verras un point rouge au centre exact du plafond.*

Bien reçu, répondit-il.

Tu vas arrêter avec ça, oui ?

Thomas se retint de rire. Il se tenait au pied des gigantesques murs de pierre que les équipes de construction avaient bâtis sur des charpentes d'acier et de fibres de verre. Le labyrinthe n'était qu'à moitié terminé et promettait déjà d'être spectaculaire. En attendant le signal de Teresa, il s'efforça d'imaginer l'endroit entièrement achevé, notamment avec ses illusions optiques. La technologie serait renforcée par de puissantes… suggestions fournies aux sujets par leurs implants cérébraux, qui leur donneraient l'impression que tout était trois fois plus haut, plus grand, plus large et plus long. Alors que le chantier couvrait déjà un terrain immense.

Même si Teresa et lui participaient activement à la construction, les ingénieurs du WICKED ne leur disaient pas grand-chose sur le fonctionnement du labyrinthe une fois qu'il serait en service. Le mot « variables » revenait souvent dans leur discours, et Thomas savait que les psys avaient consacré des années à élaborer leurs expérimentations sur la zone mortelle.

Il savait aussi que l'entreprise ne serait pas de tout repos. Thomas et Teresa n'étaient pas stupides, et ils saisissaient la moindre occasion d'en découvrir un peu plus à propos du projet sur lequel ils travaillaient. Un jour, ils tombèrent sur une liste de variables préliminaires dont quelques termes leur sautèrent aux yeux : « douleur imposée », « attaques » ou « suppression des éléments de confort ». Le tout était enrobé dans un jargon scientifique incompréhensible.

Les choses avançaient, quoique avec un peu de retard. Un jour, peut-être à l'issue de plusieurs années de recherches et d'expérimentations, le WICKED obtiendrait son remède. Et Thomas pourrait dire qu'il avait joué un rôle dans sa découverte. Il se le répétait souvent. Cela ne coûtait rien et le faisait se sentir mieux.

Sérieusement, tu ne le vois toujours pas ? lui demanda Teresa avec une pointe d'agacement.

Oh ! Désolé. Il n'arrêtait pas de se perdre dans ses pensées depuis quelque temps. *Si, si, je vois ton point rouge, pratiquement juste au-dessus de moi.*

Pratiquement ? Ou juste au-dessus ?

Eh bien… il est peut-être décalé d'un mètre environ. Et, heu… j'en vois une dizaine d'autres plus ou moins flous à côté. Désolé.

Il aurait dû n'y avoir qu'un seul point. Rouge, et parfaitement centré.

Tom, il faut absolument qu'on réussisse avant de pouvoir passer à autre chose. Et je commence à en avoir marre.

Ne m'en parle pas. Je suis en train d'attraper un torticolis à force de scruter toutes tes erreurs.

Elle l'ignora, ayant appris que c'était la meilleure manière de couper court à ses sarcasmes.

Laisse-moi réessayer, dit-elle.

Ils s'échinaient là-dessus depuis deux semaines au moins, multipliant les tentatives infructueuses. Mme McVoy les avait assignés au projet Ciel, et leur mission consistait à programmer le système et à le régler de façon à lui donner l'allure d'un ciel parfaitement authentique. Ciel bleu, ciel nocturne, voûte étoilée, lever et coucher du soleil, tout cela dans les moindres détails. Thomas était impatient de voir le résultat.

Mais d'abord, Teresa devait parvenir à un étalonnage correct. Thomas soupçonnait le WICKED de savoir qu'ils communiquaient par télépathie bien avant qu'on leur dise officiellement qu'ils en étaient capables et qu'on leur apprenne comment faire ; mais on ne leur avait fait aucune remarque. Le WICKED n'était sans doute pas fâché de constater qu'ils maîtrisaient déjà la technique, car la communication instantanée faisait d'eux les candidats idéaux pour ce genre de projets. Et il semblait y en avoir en abondance.

Teresa projetait des points rouges de mille sources différentes réparties un peu partout dans la caverne, et tant que

Thomas n'en voyait pas un seul, dans un endroit précis, les techniciens ne pouvaient pas progresser sur le logiciel de projection.

Une demi-heure plus tard, Teresa procéda à un nouvel essai. Cette fois, il ne restait plus que six points rouges et le plus gros n'était qu'à trente ou quarante centimètres du centre. Ils touchaient au but.

Finissons ça demain, suggéra Thomas après l'essai. *J'aimerais dormir un peu avant notre rendez-vous avec les gars cette nuit.*

D'accord.

Sa réponse n'avait tenu qu'en un mot, prononcé en silence, mais elle trahissait néanmoins une grande fatigue.

Ils se retrouvèrent dans la salle de maintenance à une heure du matin. Malgré une sieste de quelques heures, Thomas se sentait encore groggy quand Minho lui fit passer une bouteille remplie d'un breuvage infect qui lui brûla la gorge. Alby avait ramené un énorme paquet de chips ; personne ne savait où il avait pu le voler, et personne ne prit la peine de lui poser la question. Les pétales croquants et salés étaient particulièrement savoureux à une heure aussi tardive. Chuck s'en remplit le ventre.

— J'ai demandé à un nouveau de nous rejoindre ici cette nuit, leur annonça Minho.

Thomas se figea. Teresa se pencha en avant. Newt haussa les sourcils. Alby dit simplement :

— Pardon ?

Seul Chuck n'eut aucune réaction particulière. Il continua à s'empiffrer comme si le remède à la Braise en dépendait.

Devant l'accueil mitigé de son annonce, Minho se leva et fit un geste vague avec le bras pour indiquer qu'il n'y avait pas de quoi s'inquiéter.

— Ne vous en faites pas, les gars. Il est pas mal, vous verrez.

Il n'ajouta rien de plus, même si on lisait dans ses yeux qu'il avait encore beaucoup de choses à dire.

— Pas mal ? répéta Teresa. C'est ça, ton critère pour confier notre secret à un nouveau ?

L'assurance et la désinvolture qui caractérisaient encore Minho vingt secondes plus tôt s'évanouirent subitement.

— Il s'appelle Gally. Et il, heu… Vous vous rappelez de ce plan dont je vous avais parlé ? Mon plan d'évasion.

Thomas eut un mauvais pressentiment. Il avait cru, ou du moins espéré, que le projet de Minho était tombé aux oubliettes.

— Oui, on s'en souvient, répondit Alby. On se souvient aussi de la fosse aux fondus, des bons lits qui nous attendent, de nos repas réguliers et des murs qui nous protègent de cet asile de fous qu'on appelle le monde extérieur. Et alors ?

— Gally va m'aider, expliqua Minho en jetant un regard embarrassé autour de lui. Il devrait être là d'une seconde à l'autre.

À peine eut-il fini sa phrase qu'on frappait discrètement à la porte.

CHAPITRE 25

13/11/226, 01 h 34

Thomas se sentit désolé pour Gally à la seconde où il entra dans la pièce. Non pas qu'il ait quoi que ce soit de particulier – avec ses cheveux bruns, sa grande carcasse osseuse et son teint pâle. Il avait de vilaines dents mais cela n'avait rien d'inhabituel. Thomas lui-même ne se rappelait pas avoir jamais consulté un dentiste.

Néanmoins, Gally dégageait quelque chose de… pathétique. À cause de son regard, peut-être. Quand on le regardait dans les yeux, on avait l'impression que quelque chose s'était cassé en lui depuis longtemps.

— Les gars, je vous présente Gally, dit Minho. Gally, les gars. Certains d'entre vous le connaissent déjà, ou au moins l'ont déjà croisé. Je suis sûr qu'on va tous s'entendre à merveille.

— Tant mieux, approuva Newt.

Gally leur adressa à tous un hochement de tête amical, assorti d'une vraie tentative de sourire. Thomas et les autres lui retournèrent la politesse.

Après un long silence gêné, Alby formula à voix haute la question que se posait Thomas :

— Et comment Gally est-il censé nous aider dans ton plan d'évasion foireux ?

— Il va vous expliquer lui-même, répondit Minho avec une tape dans le dos au nouveau venu.

Gally se racla la gorge.

— Je travaille sur le terrain avec deux autres gars. On fait surtout du jardinage : on fauche, on déblaye la neige après chaque tempête, on essaie de faire pousser des fleurs. Mais je fais aussi des petits travaux d'électricité, de l'entretien, ce genre de trucs. On travaille tous les trois sous les ordres d'un certain Chase.

— En quoi cela va-t-il nous aider ? insista Alby, sans dissimuler ce qu'il pensait de ce projet d'évasion. Tu comptes transporter Minho dans la forêt avec une brouette ?

Newt ricana, avant de se reprendre.

— Pardon, marmonna-t-il.

Au lieu de se vexer, Gally sourit.

— Si quelqu'un doit se faire transporter en brouette, ce serait plutôt moi.

— Pourquoi ? demanda Teresa.

Ce fut Minho qui répondit :

— Parce que ça ne pourrait pas fonctionner sans lui.

Tout le monde se tourna vers Gally pour entendre ses explications. Tout le monde sauf Chuck, qui s'était endormi à même le sol, la tête posée sur une serpillière.

— Disons juste que Chase n'est pas vraiment une lumière, répondit Gally. (Il fixait le sol tout en parlant – Thomas ne savait pas trop ce qu'il fallait en penser.) Je prépare ce coup depuis des semaines, en bricolant des petits trucs qui devraient permettre de tromper le système de sécurité du WICKED.

— Et qu'est-ce que tu comptes faire une fois en liberté au cœur de l'Alaska ? demanda Teresa. Louer une voiture et chercher un appartement à Juneau ?

— C'est ça, fichez-vous de moi, fit Gally. Vous me prenez vraiment pour un débile ? Tout ça parce que je ne sors pas en douce la nuit pour tenir des petites réunions dans le placard à balais ?

— Hé, mollo, intervint Minho.

Gally leva les bras en l'air.

— C'est eux qui ont besoin de grandir un peu !

— Dis donc ! protesta Alby. Si c'est pour débarquer avec tes grands airs et prendre tout le monde de haut, je te rappelle qu'on ne t'a pas invité.

— C'est bon, je me tire, décida Gally en se dirigeant vers la porte.

Minho s'interposa en lui posant une main sur le torse. Gally s'arrêta.

Minho se retourna vers ses amis.

— Allez, les gars... Vous pourriez au moins m'accorder le bénéfice du doute. Pourquoi vous croyez que j'ai attendu des mois avant de vous parler de ça ? Parce que je suis patient et pas idiot. Gally a trouvé un moyen de communiquer avec son cousin au Canada – il vit près de la frontière. Gally s'est servi des codes du transpondeur de Chase. Des gens nous attendront dans la forêt à quelques kilomètres – tout est prévu.

Thomas n'en croyait pas ses oreilles. Minho était sérieux. Malgré tous les dangers de la vie à l'extérieur, il tenait vraiment à s'enfuir.

— Pourquoi ? demanda-t-il, captant l'attention générale. Dis-moi simplement pourquoi, Minho. On sait que tu n'es pas idiot, et je suis sûr que Gally non plus. Alors pourquoi est-ce que vous tenez tellement à partir ?

— Parce qu'on est prisonniers, rétorqua Minho. On est retenus ici contre notre volonté. Pas besoin d'une raison supplémentaire.

— Sauf que dehors, c'est l'enfer ! s'exclama Teresa en criant presque. Alors qu'ici on peut aider à sauver le monde.

Pour la première fois depuis qu'ils se connaissaient, Minho donna l'impression de ne pas tellement les apprécier.

— Je suppose qu'on ne voit pas les choses de la même façon, dit-il. Si vous ne comprenez pas, tant pis. Mais moi je ne supporte pas qu'on m'enlève ma liberté.

— On a démarré du mauvais pied, intervint Gally. Désolé, je crois que je suis un peu nerveux. Mais je vous promets que ça peut marcher. (Il jeta un regard circulaire sur le petit groupe.) Qui veut venir avec nous ?

Un silence de mort accueillit ses paroles.

— Quand ça ? finit par demander Newt.

Minho et Gally répondirent ensemble :

— Demain soir.

CHAPITRE 26

14/11/226, 03 h 17

Ils vinrent chercher Thomas quelques heures avant l'aube.

Randall, le Dr Leavitt, et Ramirez. Les trois mousquetaires. Thomas comprit tout de suite que pour qu'ils viennent tous les trois, quelque chose de grave avait dû se produire. Ou était sur le point de se produire.

— Que se passe-t-il ? demanda-t-il.

— Mon petit doigt me dit que tu le sais parfaitement, répliqua sèchement Randall. C'est pourquoi tu vas venir avec nous, tout de suite. Nous avons besoin de ton aide.

Thomas voulut poser une autre question, mais le Dr Leavitt lui coupa aussitôt la parole.

— Viens, Thomas. Tout ira bien. Fais ce qu'on te dit, c'est tout.

— Et dépêchons, ajouta Ramirez.

C'était la première fois que Thomas entendait le chef de la sécurité prononcer un mot.

Les trois hommes escortèrent Thomas à travers le complexe, lui prenant souvent le bras au détour d'un couloir ou pour sortir d'un ascenseur. Ils ne se montraient pas brutaux mais manifestaient de l'impatience.

Ils s'arrêtèrent devant une porte blindée. Ramirez posa son doigt sur une plaque de verre et prononça son nom. La porte s'ouvrit. Randall poussa Thomas pour l'encourager à entrer.

Thomas aurait voulu des réponses, mais il décida de s'en passer et de se tenir tranquille. Randall paraissait de meilleure humeur que la nuit de la fosse aux fondus et Thomas n'avait aucune envie de l'agacer plus que nécessaire.

Il jeta un coup d'œil circulaire à la pièce dans laquelle il venait de pénétrer. L'endroit était nouveau pour lui – cela ressemblait au centre de contrôle d'un service de sécurité. Des écrans de surveillance occupaient un mur entier, montrant aussi bien les chambres médicales que les dortoirs en passant par les chantiers des labyrinthes. Curieusement, les images tournées dans les labyrinthes tressautaient constamment, comme si leurs caméras étaient fixées sur le dos de gros chats en colère. Au centre de la pièce, face aux rangées d'écrans, se trouvait une grande console chargée de manettes et de boutons ainsi que plusieurs fauteuils. Deux gardes y étaient installés, les yeux fixés sur un écran à leur droite.

Thomas suivit leur regard et sentit son cœur se serrer. L'image montrait Minho dans une petite pièce, ligoté sur une chaise – ses liens lui rentraient dans la chair –, le visage en sang et couvert de bleus. Il regardait droit vers la caméra, d'un air de défi qui rendit Thomas fier de lui. Et un peu honteux également. Honteux de s'être opposé à l'évasion de Minho, et d'avoir même douté qu'il essayerait vraiment.

— Ça m'ennuie de dire ça, commença Randall, mais on dirait que ton copain n'a pas retenu la leçon de la dernière fois. Je suppose que nous avons été trop indulgents avec lui, comme avec vous tous. Maintenant, nous allons devoir nous montrer plus sévères. Tu n'es pas de cet avis ?

Thomas dévisagea Minho. Minho lui retourna son regard. La caméra fonctionnait-elle dans les deux sens ? Thomas se sentit tout à coup gêné.

— Le silence n'est probablement pas ta meilleure option dans l'immédiat, remarqua le Dr Leavitt. Assieds-toi, nous allons discuter. Les garçons comme Minho et Gally – qui se croient trop bien pour participer à l'effort collectif – méritent une bonne leçon. Observe bien, tu pourrais apprendre quelque chose.

Ramirez posa la main sur l'épaule de Thomas et le fit asseoir entre les deux gardes.

— C'est bon, vous pouvez y aller, dit Randall.

Pendant une fraction de seconde, Thomas crut que Randall s'adressait à lui, ce qui aurait été très étrange car il ne l'avait jamais vouvoyé. Mais son erreur lui apparut aussitôt quand il vit les gardes se lever et quitter la pièce.

Ramirez s'installa dans le siège à la gauche de Thomas, le Dr Leavitt à sa droite. Randall s'avança dans l'espace libre entre les manettes et les écrans puis croisa les mains dans le dos, comme s'il se préparait à délivrer un sermon.

— Thomas, commença-t-il, parlons sans détour. Tu sais que nous avons suivi vos réunions nocturnes, n'est-ce pas ? Tu as beau être jeune, tu es beaucoup trop malin pour avoir cru nous tromper.

Thomas ouvrit la bouche, puis la referma. Il avait au moins *espéré* échapper à leur surveillance. Il ne comprenait pas pourquoi on leur avait permis de continuer à se retrouver la nuit.

Randall posa les mains de chaque côté de la console de commande et se pencha en avant pour se rapprocher de Thomas.

— Écoute, lui dit-il. Nous ne sommes pas là pour te reprocher l'erreur de Minho. Nous avons bien vu que la plupart d'entre vous ont essayé de le dissuader. Mais il y a une leçon à retirer de tout cela, et nous comptons profiter de cette occasion.

Thomas aurait bien voulu qu'il se dépêche d'en venir au fait.

— Tu vas rester assis avec nous et assister à sa punition. Pour être franc, nous avons besoin d'un témoin. Il faut que le mot se répande. Ce genre de chose ne doit pas se reproduire, jamais. Nos sujets doivent savoir que les actions de cet ordre entraînent des conséquences.

— Qu'est-ce que vous allez lui faire ? cria Thomas, inquiet pour son ami.

Randall grimaça, puis il poursuivit comme s'il n'avait pas entendu la question.

— Ensuite, nous ferons venir Teresa pour lui montrer. Et pareil pour Aris et Rachel dans la salle de contrôle du groupe B. Mais nous voulions que tu sois seul dans un premier temps, pour que tes réactions ne soient pas influencées par celles de tes amis.

— C'est une grande étape que nous sommes sur le point de franchir, ajouta le Dr Leavitt. Les épreuves du Labyrinthe débuteront dans un an ou deux maintenant, au vu de la progression du chantier, et ceci… (Il indiqua la pièce d'un geste ample.) C'est une chose que tu verras souvent lorsque nous enverrons les premiers sujets dans les labyrinthes. Alors considère ce petit exercice comme une préparation. D'accord ?

Thomas ne dit rien. Ils pouvaient se montrer tellement condescendants, par moments.

— Thomas ? Tu es d'accord ? insista le Dr Leavitt.

Thomas se sentit submergé par une rage forte comme un feu en quête d'oxygène qu'il contint à grand-peine.

— D'accord, maugréa-t-il.

Randall indiqua un autre écran que celui qui montrait Minho. On y voyait une sorte de conteneur ovale. Il s'ouvrait d'un côté, avec des charnières de l'autre. On aurait dit le cercueil d'un alien gigantesque.

— Qu'est-ce que c'est ? demanda Thomas, entrant dans leur jeu.

Il n'avait jamais su résister à la curiosité.

— Des caissons, répondit Randall. Les caissons de production d'une créature biomécanique que l'armée nous a aidés à concevoir. Pour l'instant, nous les appelons des Griffeurs. Ils en sont encore aux premières étapes de leur développement, mais nous avons accompli de sérieux progrès avec cette dernière fournée. Je crois que nous ne sommes plus qu'à une ou deux modifications pour obtenir notre monstre du labyrinthe.

Thomas se sentit tellement décontenancé par cette réponse toute simple qu'il ne pouvait qu'imaginer l'expression ridicule qu'il devait afficher. Il ferma la bouche et s'obligea à cligner des yeux plusieurs fois.

— À quoi t'attendais-tu ? demanda Randall.

— Je… je ne… à quoi je m'attendais ? répéta-t-il, à court de mots. Qu'est-ce que c'est que cette histoire ? Une créature biomécanique… un monstre du labyrinthe… Comment avez-vous dit que vous les appeliez ? Des Griffeurs ?

Ramirez prit la parole :

— Tu connaîtras tous les détails bien assez tôt. Honnêtement, nous n'avions pas l'intention de t'en faire part tout de suite mais puisque l'occasion se présente… Je dois dire, pour avoir fait partie du comité qui a supervisé la mise au point de ces armes vivantes, qu'elles représentent un sacré tour de force.

— En résumé, intervint Randall, si nous voulons comprendre comment le cerveau des Munies parvient à fonctionner malgré la Braise, nous devons pouvoir le stimuler par tout le panel des émotions et activités cérébrales possibles. Une fois que nous aurons lancé les épreuves du Labyrinthe, ces créatures nous seront d'une aide précieuse. Tu devrais lire le rapport des psys. C'est très intéressant.

Thomas sentit une ombre passer sur lui. Comme si quelque chose avait brusquement vidé l'air, le chassant hors de ses poumons. Tout ce que ces hommes lui racontaient le mettait de plus en plus mal à l'aise.

— Finissons-en, trancha Randall. (Il se pencha sur la console et pressa un bouton.) Allez-y, Alice. Ouvrez le caisson.

Thomas vit le couvercle du conteneur commencer à se soulever. Des jets de vapeur s'échappèrent de l'ouverture, brouillant la scène. Des volutes tourbillonnantes envahirent la pièce. Thomas jeta un coup d'œil à l'écran où figurait Minho et saisit aussitôt l'horreur de ce qui était en train de se jouer. Minho avait enfin détourné les yeux et regardait anxieusement vers sa droite. Un filet de brume s'avançait au ras du sol de ce côté-là de l'écran.

Thomas se leva, glacé d'effroi.

Minho et le conteneur se trouvaient dans une seule et même pièce.

CHAPITRE 27

14/11/226, 05 h 52

— Arrêtez ! s'écria Thomas. Arrêtez ce... truc ! (Son imagination s'emballait, tâchait de se représenter quelle chose abominable était sur le point de se révéler.) J'ai compris, d'accord ?

— Assis ! aboya Ramirez dans son dos.

L'homme le saisit par les épaules et le força à se rasseoir. Thomas ne l'avait pas entendu se lever de son siège.

Randall se détourna de l'écran noyé de brume.

— Si nous ne mettons pas nos menaces à exécution, expliqua-t-il, comment pouvons-nous espérer garder le contrôle sur cette expérience ? Si nous laissons certains sujets s'échapper – ou au moins essayer – sans qu'il y ait de conséquences, que penseront les autres ? Minho a fait son choix. À présent les choses doivent suivre leur cours.

— S'il vous plaît, murmura Thomas.

Toute volonté de se battre l'abandonnait. Minho, d'habitude si coriace, si courageux, toujours en train de plaisanter, affichait une telle frayeur que Thomas ne supportait plus de le regarder.

La brume s'était dissipée juste assez pour dévoiler le caisson, son couvercle posé à même le sol. Thomas le fixa en silence pendant qu'une forme s'en extirpait.

Quoi qu'il se fût attendu à voir, il n'aurait jamais imaginé la suite, même dans ses pires cauchemars. Impossible de décrire sa silhouette ; la créature était moite et luisante, partiellement recouverte de poils hirsutes. Mais on voyait du métal également : des appendices en acier, des disques tranchants qui émergeaient de la masse tremblotante. Thomas vit la créature hideuse se hisser par-dessus le rebord du caisson et se laisser retomber au sol, dévoilant un corps de limace de la taille d'une vache.

Il frémit en voyant cette… abomination se déplacer. Il se tourna vers Minho et le vit se débattre dans ses liens, hurlant en silence. Le brouillard l'avait atteint et dépassé. Il flottait à l'arrière-plan, s'élevant vers le plafond.

Thomas acheva de perdre son sang-froid.

— Arrêtez ! cria-t-il en se levant. (Ramirez le repoussa aussitôt sur son siège.) Vous ne pouvez pas faire ça !

Randall lui jeta un coup d'œil ; jusqu'ici son attention était restée focalisée sur Minho.

— Nous n'avons pas le choix, dit-il simplement.

Teresa ! hurla mentalement Thomas. *Il faut faire quelque chose. Ils ont attaché Minho sur un siège, et ce… cette… saloperie, ce monstre est sur le point de l'attaquer !*

Les mots résonnèrent bizarrement dans sa tête, cette fois. Comme si une barrière invisible lui renvoyait tout ce qu'il venait de dire.

« Bien sûr, pensa-t-il. Bien sûr que le WICKED a le pouvoir de bloquer notre communication. Ils peuvent faire tout ce qu'ils veulent. »

Minho continua à se débattre en vociférant. Il parvint à déplacer son fauteuil et à reculer contre le mur le plus loin possible du Griffeur. Quelque chose apparut du côté gauche de l'écran, une masse hérissée de pointes qui se traînait au sol. Juste avant d'atteindre Minho, elle s'arrêta. Les pointes en métal se rétractèrent dans la chair et la créature s'aplatit.

— Randall ! supplia Thomas. Écoutez-moi ! S'il vous plaît… arrêtez ça, d'accord ? Arrêtez-le. Écoutez-moi, simplement.

Laissez-moi parler, et si vous ne changez pas d'avis vous pourrez toujours continuer. S'il vous plaît.

Une partie du corps de la créature était en train de s'élever, et les pointes en métal ressortirent. Massives, elles se terminaient par toutes sortes d'instruments mortels – lames, scies et griffes qui s'ouvraient et se refermaient. Thomas, au bord des larmes, regarda le monstre se rapprocher lentement de Minho.

Décidant d'essayer une approche plus calme, il inspira profondément.

— Randall, s'il vous plaît. Minho est trop précieux pour ça. Si vous n'arrêtez pas cette chose, je ne vous aiderai plus. Pour rien du tout. Et peu importe ce que vous me ferez.

La créature s'était assise sur son train arrière et se dressait maintenant à plus d'un mètre au-dessus de Minho. Les bras métalliques sortis de son corps enveloppaient complètement le pauvre garçon, désormais coincé contre le mur.

— Randall, insista Thomas, qui luttait pour garder son sang-froid. Contactez le Dr Paige. Les psys. Le chancelier. Demandez à n'importe qui ! Ils ont besoin de moi, et aussi de Minho. Il a trop de potentiel pour être sacrifié comme ça.

La créature leva son appendice terminé par une scie et la lame se mit à tourner, de plus en plus près du front de Minho. Ce dernier avait déjà la tête plaquée en arrière contre le mur. Thomas vit son visage se déformer sous l'effet de la terreur.

— Dernière chance ! glapit Thomas. S'il meurt, vous pouvez aussi bien me...

Il s'interrompit soudain en voyant Randall presser le bouton d'appel.

— Stop ! ordonna Randall, comme s'il avait laissé les choses aller un peu trop loin et craignait qu'il ne soit trop tard pour tout arrêter.

La créature se figea. Thomas poussa un énorme soupir de soulagement. Il se laissa retomber sur son siège, la tête entre les mains. Il lui fallut un gros effort pour ne pas fondre en larmes.

— Regarde-le, s'il te plaît, fit Randall d'une voix douce. Regarde l'écran.

Thomas leva la tête et se focalisa sur l'image de Minho.

— Tu vois ça ? demanda Randall. (Lui aussi regardait Minho. La créature était drapée autour de lui comme une couverture.) Ne t'avais-je pas dit que nous touchions au but, que nous avions presque mis au point le soldat parfait ?

Thomas ne voyait rien d'autre que son ami, littéralement à deux doigts de la mort, et un homme qui semblait avoir perdu tout contact avec la réalité – si tant est qu'il en ait jamais eu.

— Je pense que la suite va sans dire, continua Randall d'une voix empreinte d'émerveillement. N'oublie jamais ce que tu as vu aujourd'hui. Je veux que tu comprennes la puissance et le danger de ces créatures. Le schéma de ton empathie pourrait bien constituer une pièce décisive du puzzle.

Thomas éprouvait quelques difficultés à se concentrer sur ce que l'autre lui racontait. Il ne parvenait pas à détacher son regard de Minho et de son visage baigné de larmes. Même si elle n'avançait plus, la scie circulaire continuait à tourner à toute vitesse. Thomas avait du mal à respirer, sachant qu'il suffirait d'un mot de Randall pour tuer Minho.

L'homme pressa de nouveau le bouton et dit :

— C'est bon, vous pouvez le rappeler.

Deux secondes plus tard, les bras métalliques du Griffeur se rétractaient dans son corps boursouflé. Le Griffeur parut s'étaler au sol comme une flaque de chair molle, il se roula en boule et se traîna hors champ. Thomas reporta son attention sur le deuxième écran et vit la créature rejoindre son caisson, rétracter ses piquants et se blottir à l'intérieur. Quelques instants plus tard, le caisson se refermait dans un dernier jet de vapeur et le silence se fit.

Thomas se tourna vers Minho, espérant que son ami aurait retrouvé un peu de sa combativité.

Pas cette fois.

Minho tremblait, vaincu, secoué par les sanglots. Thomas baissa la tête avec tristesse. Il ne comprenait rien à la scène à laquelle il venait d'assister.

— Nous allons te raccompagner jusqu'à ta chambre, Thomas, annonça Randall. Nous avons encore trois autres sujets dans l'attente de cette démonstration. Si j'étais toi, je consignerais soigneusement tout ce que j'ai appris aujourd'hui.

Thomas avait l'impression d'avoir raté quelque chose.

— Attendez…

Randall l'ignora.

— Tu te doutes bien que nous n'aurions jamais laissé le Griffeur faire du mal à Minho, et encore moins le tuer. Nous voulions simplement faire passer un message clair : les règles sont là pour être suivies. Sortir à l'extérieur, quitter le complexe du WICKED… Eh bien, maintenant tu en connais les conséquences.

— Mais…, bredouilla Thomas, trop secoué pour parvenir à formuler sa question.

Le Dr Leavitt intervint :

— Ne t'inquiète pas à propos de ta réaction, Thomas. Elle correspondait en tout point à ce que nous attendions, et nous avons apprécié la passion avec laquelle tu as pris fait et cause pour ton ami. Je peux te dire que les psys vont se régaler à l'étudier. Cela représente une foule de données à analyser.

Thomas saisit enfin ce qu'on était en train de lui expliquer.

— Quand vous dites que vous avez encore trois autres sujets auxquels vous comptez montrer… ça, dit-il en indiquant les écrans et le tableau de commande, vous parlez d'un enregistrement, n'est-ce pas ?

La demi-seconde suivante lui parut durer une éternité. « S'il vous plaît, s'il vous plaît, s'il vous plaît, pensa-t-il. Dites-moi oui. Dites-moi que vous avez tout enregistré. »

— J'ai bien peur que la réponse soit non, répondit Randall. La démonstration sera plus efficace si Minho la revit. (Il soupira.) À tous les niveaux, Thomas.

CHAPITRE 28

03/04/228, 07 h 00

Thomas activa le bouton de rappel de son réveil puis laissa son bras retomber le long de son lit. Il détestait ce réveil les lendemains de rendez-vous à la salle de maintenance. Il le détestait encore plus qu'une pièce remplie de fondus. De fondus affamés.

En revanche, il appréciait les dix minutes de trêve qui suivaient l'enclenchement du bouton de rappel, avant que l'alarme ne sonne à nouveau. C'était comme un petit bonus qu'il s'accordait chaque matin.

Il se roula en boule sous les draps et savoura l'instant présent.

Il n'avait pas revu Minho depuis un an, même si ce dernier avait survécu à sa punition avec le Griffeur. Enfin, physiquement ; parce que d'après Alby, sur le plan psychologique... Minho avait changé. Il n'était plus aussi combatif et ne mentionnait plus jamais le mot « évasion ». Le temps guérissait bien des blessures, mais à écouter la manière dont Alby décrivait leur ami, Minho allait avoir besoin d'une bonne vingtaine d'années.

Les membres de leur petit clan de la salle de maintenance se retrouvaient une fois par semaine. Tous, sauf Minho. Il ne s'était plus montré depuis ce jour fatidique, et Newt disait que leur ami ne voulait plus en entendre parler. Thomas en était profondément attristé. Mais comment lui en vouloir de réagir ainsi après le châtiment épouvantable que le WICKED lui avait infligé ?

Thomas croyait en l'éventualité d'un remède – du moins parvenait-il à s'en persuader. Mais le WICKED continuait de les traiter comme des rats de laboratoire, ce qui changeait sa tristesse en colère. Souvent, il s'agenouillait au bord de son lit et le martelait de ses deux poings jusqu'à l'épuisement. Il était impatient que tout soit fini, que le remède soit prêt, et faisait de son mieux pour conserver une attitude positive. Le Dr Paige affirmait toujours que les données s'accumulaient avec rapidité.

Peut-être qu'une issue heureuse se profilait à l'horizon, aussi lointain soit-il.

Teresa et lui en avaient presque terminé avec le labyrinthe. Mais ils n'en savaient pas davantage. Thomas éprouvait de plus en plus de difficultés à croire ce qu'on lui racontait. Le WICKED continuait de les isoler, Teresa et lui, de sorte qu'il devait s'en remettre aux infos recueillies par Alby, Newt, et sa source la plus prolifique : Chuck. Ce garçon avait un cerveau comme une éponge, absorbant le moindre commentaire qu'il entendait ou qu'on lui répétait. Tout le monde avait beau se moquer de lui, quand Chuck disait quelque chose, les autres l'écoutaient.

Les dix minutes de trêve matinale de Thomas prirent fin dans la cacophonie quand son alarme retentit de nouveau. Il détestait ce son ; encore plus que les éruptions solaires.

Le Dr Paige vint lui apporter son petit déjeuner, pile à l'heure. Depuis combien de temps connaissait-il cette femme ? Depuis plus longtemps que sa propre mère, c'était certain. Depuis des années.

Il remarqua tout de suite que quelque chose avait changé dans son attitude et dans son sourire. Il lut de la douleur derrière l'intelligence qui brillait dans ses yeux.

Il faillit lui demander ce qui n'allait pas, mais depuis le traitement infligé à Minho leur relation avait changé. Pourtant, de toutes les personnes avec lesquelles il collaborait, le Dr Paige restait celle qu'il appréciait le plus, et il avait bien du mal à maintenir une sorte de mur entre eux. Un mur très mince, dont le mortier commençait à s'effriter.

— Comment te sens-tu aujourd'hui ? lui demanda-t-elle après avoir posé son petit déjeuner sur le bureau. Il y a beaucoup de travail qui t'attend, je crois ?

Thomas acquiesça puis s'assit pour manger. D'habitude, ils discutaient un moment, parlaient du déroulement des tests, de ses cours, de l'avancement du labyrinthe, et ainsi de suite. Mais avant que Thomas n'ait pu avaler une bouchée de ses œufs, le Dr Paige se dirigea vers la porte. Elle était sur le point de sortir dans le couloir quand Thomas la rappela.

— Euh… Vous auriez une seconde ?

Elle hésita, poussa un gros soupir. Puis elle revint s'asseoir sur l'autre chaise et le dévisagea avec des yeux tristes.

Thomas ne put s'en empêcher – la curiosité prenait toujours le dessus chez lui :

— Ça m'ennuie de vous demander ça, dit-il, mais… est-ce qu'il y a un problème ?

Pendant un moment, il eut peur. Et si l'un de ses amis était mort ? Pas Teresa, en tout cas. Il aurait perçu son absence, ou ses derniers instants. Il l'aurait senti.

— Thomas…, commença le Dr Paige en promenant son regard dans la chambre comme si elle cherchait son texte sur les murs. Nous sommes à deux doigts d'envoyer nos premiers sujets dans les labyrinthes. (Elle lâcha un petit rire avant de croiser son regard de nouveau.) Enfin, tu le sais mieux que personne. Comment avancent les choses de ton côté ?

Elle parlait de leur travail dans la caverne, à Teresa et à lui.

— Sans difficulté. Enfin, je crois.

— Tu n'as pas l'air très enthousiaste.

— C'est juste qu'il y a certains trucs qui me restent en travers de la gorge. Je sais que vous avez vos petits secrets, que vous ne nous dites pas tout. Et je ne trouve pas ça très correct. Et puis certains d'entre vous pourraient se montrer plus aimables. Comme Randall. Ou Ramirez. Ou le Dr Leavitt.

Cela lui fit du bien de déballer ce qu'il avait sur le cœur.

Elle croisa les jambes et lui adressa un regard soucieux.

— Je ne sais pas si tu accepteras de le croire, Thomas, mais je partage les mêmes préoccupations que toi. Je pourrais te présenter des excuses, mais je suppose que ce n'est pas ce que tu attends de moi.

Thomas secoua la tête.

— Le fait que vous nous appeliez des sujets… Je veux dire, nous sommes des êtres humains, pas des cobayes.

Sa voix se fit plus âpre ; le Dr Paige conserva son sang-froid, comme si elle comprenait parfaitement.

— Je crois qu'il y a deux explications, dit-elle. D'abord, si tout ce que nous faisons en ce moment doit nous conduire aux épreuves du Labyrinthe, cela ne veut pas dire que nos psys ne saisissent pas la moindre occasion pour explorer les schémas de la zone mortelle. Chaque minute qui passe a son importance, tu t'en doutes bien. Rien que pendant notre petite discussion de ce matin, combien de centaines ou de milliers de personnes ont contracté la Braise dans le monde extérieur ? Combien sont mortes ?

— Donc votre solution, c'est… de vous venger sur des enfants ? répliqua Thomas.

Il se rendit compte aussitôt de la bêtise de cette réflexion. Ces gens les avaient sauvés d'une mort certaine.

Une expression de colère déforma un court instant les traits du Dr Paige.

— Nous sommes confrontés à un virus impitoyable, qui nécessite… un traitement impitoyable, Thomas. Si tu voulais bien arrêter une minute de te lamenter sur ton sort… Tu n'as aucune idée de… (Elle s'interrompit, et le regret assombrit son visage.) Je te demande pardon. Je… suis désolée. La vérité est trop cruelle pour en parler.

Elle se leva, les yeux mouillés de larmes. Elle parut sur le point d'ajouter quelque chose mais préféra quitter la chambre, tirant doucement la porte derrière elle.

CHAPITRE 29

03/04/228, 08 h 04

Thomas avait touché une corde sensible. Il l'avait amenée à se livrer avec plus de sincérité que jamais et n'avait pas l'intention de laisser filer cette opportunité. Il se leva et sortit derrière elle.

Elle s'éloignait dans le couloir d'un pas rapide, trottinant presque, au point qu'il dut courir pour la rattraper. Il la saisit par le bras.

Elle se dégagea vivement et recula d'un pas, avant de buter contre le mur. Le souffle rapide, elle le dévisagea avec une expression de dégoût. Une bouffée de colère lui fit briller les yeux. Puis elle redevint la personne qu'il avait toujours connue. Douce, gentille. La tristesse qui se lisait sur ses traits faillit pousser Thomas à s'excuser puis à retourner dans sa chambre.

— Qu'y a-t-il ? demanda-t-il. Pourquoi ne voulez-vous rien me dire ? (Voyant qu'elle secouait la tête, il insista.) Chaque jour, je me lève et je travaille à peaufiner un peu plus votre fichu labyrinthe. Sans jamais me plaindre. Je me donne à fond, et Teresa aussi. On sait tous les deux quels sont les enjeux.

Le Dr Paige hocha la tête.

— Oui. Tu as raison. Je suis désolée.

— Et c'est précisément ce que je suis en train de vous dire, continua-t-il. Parce que nous avons dû grandir très vite, nous méritons d'être traités comme des adultes. Pas comme des bébés, des cobayes ou des idiots. On veut tous la même chose. Pourquoi ne pas nous considérer comme des partenaires plutôt que des… sujets ? Minho, Alby, Newt : tous ceux que je connais ici se montreraient beaucoup plus coopératifs si vous vouliez bien nous témoigner un peu de respect.

Le Dr Paige se tenait désormais aussi droite que jamais, les bras croisés, le regard fixé sur lui.

— Écoute-moi. Dans ta chambre, j'ai dit qu'il y avait deux explications. D'abord, certains épisodes que tu considères comme cruels ont été planifiés d'un bout à l'autre par nos psys. C'était un moyen de stimuler vos schémas cérébraux avant de démarrer les tests grandeur nature à l'intérieur des labyrinthes. D'accord ?

Non, pas d'accord. Thomas n'appréciait pas du tout, même si cela constituait bel et bien une explication.

— Admettons. Et la deuxième chose ?

— Ces gens sont des survivants, Thomas. Je sais que tu étais très jeune – terriblement jeune – mais tu dois bien te rappeler l'état épouvantable du monde après que le virus s'est répandu jusqu'ici. Les choses n'étaient pas censées…

Elle s'interrompit, et quelque chose dans son regard fit comprendre à Thomas qu'elle en avait trop dit.

— Bref, reprit-elle, ce que je veux dire… c'est que le monde était devenu un lieu d'horreur, de mort et de folie. Tous ceux qui ont réchappé à ces premières vagues de terreur absolue sont nécessairement plus durs que les autres. Plus coriaces. C'est ce qui leur a permis de s'en sortir. Quant aux plus faibles… soit ils sont morts, soit ils n'en ont plus pour longtemps.

Thomas, pris de court, ne savait plus quoi ajouter.

— Alors oui, poursuivit-elle. La plupart des gens qui travaillent ici ne sont pas aussi gentils qu'on pourrait l'espérer. Ils n'ont ni le temps ni l'envie de faire dans les grands sentiments.

Ils ont vu l'enfer se répandre à travers le monde, et ils sont prêts à tout pour trouver un remède et mettre un terme à ces horreurs. Il va falloir que tu l'acceptes. D'accord ?

— D'accord, concéda Thomas.

Ce discours enflammé avait douché toutes ses velléités de poursuivre la discussion.

— Maintenant, ressaisis-toi et mets-toi au travail, conclut le Dr Paige.

Thomas se dit qu'il n'obtiendrait pas mieux dans l'immédiat.

— Tout de suite, maugréa-t-il d'un ton boudeur.

En s'enfonçant dans les méandres du labyrinthe, Thomas éprouva une certaine fierté des progrès effectués au cours des derniers mois. Certes, il ne pouvait guère s'attribuer de mérite pour l'édification des immenses murs recouverts de lierre ; et encore moins pour la technologie complexe qui permettait de les déplacer et de modifier à volonté la configuration du labyrinthe. Ces transformations étaient fascinantes à voir mais il n'avait aucune idée de la façon dont elles s'opéraient. Rarement amicaux, les ingénieurs étaient toujours trop occupés pour donner quelque information.

Pourtant, une multitude de points de détail – toutes ces petites choses qui rendaient le décor plus vivant et plus crédible – découlaient directement de leurs efforts inlassables, à Teresa et à lui.

Il repensait justement à tout ce qu'ils avaient accompli. Même les médecins, psys et techniciens du WICKED avaient été surpris de constater l'apport de la télépathie. Non seulement celle-ci permettait à Thomas et Teresa de communiquer instantanément, mais elle les avait rendus beaucoup plus sensibles à leurs sentiments respectifs. Ils pouvaient ainsi anticiper les pensées de l'autre, saisir des concepts presque impossibles à formuler…

Tu y es, ou pas encore ? s'impatienta Teresa du centre de contrôle.

Une seconde, répondit-il. *Je contemple notre œuvre.* Il leva les yeux vers le grand ciel bleu et vers le soleil qui pointait au ras du mur à sa gauche. Cela leur avait réclamé des jours et des jours d'un travail acharné, mais le résultat final – un ciel splendide qui semblait parfaitement réel – lui faisait oublier le mal que ça leur avait donné.

Un bruit de petites pattes métalliques s'approcha dans son dos, et il sut tout de suite de quoi il s'agissait : l'une des caméras-scarabées disséminées partout à travers le complexe, prêtes à enregistrer tout ce qui se déroulerait lors des épreuves. Il voulut l'ignorer mais la créature lui sauta dessus et se mit à grimper le long de sa jambe.

— Ahhh ! glapit-il en bondissant sur place.

Il se tortilla pour tenter de chasser la bestiole. Il pivota sur lui-même pendant qu'elle se cramponnait à ses vêtements et lui piquait la peau avec ses pattes pointues. Elle atteignit son cou et s'y accrocha douloureusement.

Tu disais ? demanda Teresa avec un brin d'ironie dans la voix. *Jolie danse ! Ne t'en fais pas, j'ai tout enregistré pour la montrer à Newt et aux autres lors de notre prochaine réunion.*

— Pas drôle ! cria-t-il à haute voix.

Le scaralame s'insinuait dans le creux de son oreille en lui faisant un mal de chien. Thomas réussit enfin à se saisir du petit corps métallique pour le projeter loin de lui. La créature atterrit sur ses pieds et détala.

Tu as gagné, dit-il. *J'arrive.* Il s'efforça de réprimer son sourire, mais ce fut plus fort que lui.

La prochaine fois, j'enverrai un Griffeur, répliqua-t-elle. *Ou pire : Randall.*

Il rit, et elle aussi.

C'est bon, j'y suis, annonça-t-il. Il était parvenu au bout du couloir, qui s'achevait par un dénivelé de six mètres au-dessus d'un sol peint en noir. C'était l'une de ces zones étranges à l'intérieur du labyrinthe où l'illusion d'optique n'était pas encore complètement terminée, ce qui donnait la sensation d'avoir perdu la tête. Au-dessus de lui, Thomas ne voyait qu'un ciel immaculé. Mais en bas, quand il se penchait au bord du vide, il voyait le sol se prolonger jusqu'à un mur noir : la paroi de la caverne. Ciel et paroi ne se touchaient pas avec précision – la limite entre les deux ne cessait de fluctuer, de se mélanger en tourbillonnant. Thomas en avait la nausée.

Tu vois la trappe des Griffeurs ? demanda Teresa.

Il avait fermé les yeux pour lutter contre son mal au cœur, et les rouvrit aussitôt. Au milieu de ce kaléidoscope délirant où se brassaient des fragments d'illusion et de réalité, il vit un conduit monter du sol et s'achever par une ouverture circulaire. C'était par ce trou que les Griffeurs entreraient dans le labyrinthe et en sortiraient.

Oui, répondit-il, *mais l'illusion n'arrête pas de trembloter. Je crois que je vais vomir.*

Elle ne lui témoigna pas une once d'empathie. *Préviens-moi quand tu ne verras plus rien.*

Il fixa l'ouverture, les paupières plissées dans l'espoir que cela l'aiderait à maîtriser ses haut-le-cœur. L'image vacillait devant lui, devenait floue, se précisait à nouveau puis vacillait de plus belle. Mais bientôt le trou des Griffeurs disparut sous ses yeux, et tant qu'il ne regardait pas en bas, il ne voyait plus qu'un immense ciel bleu devant lui. Il se sentit alors envahi par une sensation de vertige, comme s'il tombait. Il recula d'un pas.

Ça marche ! s'écria-t-il. *L'illusion est parfaite !*

Teresa poussa un cri triomphal qu'il ressentit jusque dans ses os. Ils travaillaient sur cette zone depuis près d'un mois, et voilà qu'ils touchaient au but.

Joli boulot, la complimenta-t-il. *Sérieusement, qu'est-ce qu'ils feraient sans nous ?*

Il leur faudrait facilement deux ou trois ans de plus.

Thomas admira la vue qui s'offrait devant lui, stupéfait par son réalisme. Comme si le couloir du labyrinthe s'achevait sur une falaise au bord du monde, un gouffre ouvert sur le néant.

Je me demande qui sera le premier à tomber nez à nez avec un Griffeur, dit-il. *Et s'il mouillera son pantalon. On prend les paris ?*

Il fut surpris par la tonalité sinistre de la réponse de Teresa ; et plus encore par sa teneur.

Je me demande surtout qui sera le premier à mourir.

Ils ne laisseront pas les choses en arriver là, affirma Thomas. *Sûr et certain.*

Teresa rompit le contact sans ajouter un mot.

CHAPITRE 30

12/06/229, 10 h 03

Thomas n'en revenait pas de voir autant de monde autour de la table. Toutes les personnes importantes qu'il connaissait ou dont il avait entendu parler, et plus encore. Des psys, des médecins, des techniciens. Randall, Ramirez et Leavitt. Le Dr Paige était assise à côté de lui et de Teresa, le chancelier Kevin Anderson en bout de table, Katie McVoy à ses côtés. Il n'y avait que deux autres adolescents dans la pièce – Aris et Rachel. Même s'ils ne s'étaient jamais rencontrés, Thomas savait exactement qui ils étaient.

Tu crois qu'ils vont finir par nous réunir un de ces jours ? lui demanda Teresa par la pensée.

Thomas lui envoya une image de lui en train de hausser les épaules. *J'étais en train de me dire qu'ils nous ont peut-être mis en concurrence. Peut-être qu'ils espèrent que les deux groupes fonctionneront mieux si chacun essaie de… d'y arriver le premier. Il y a peut-être même un prix à gagner !*

Assez de tee-shirts du WICKED pour nous habiller une vie entière !

Thomas sourit intérieurement.

Le chancelier Anderson se racla la gorge pour réclamer l'attention générale.

— Je souhaiterais accueillir nos candidats à leur première réunion du comité. C'est une étape importante dans leur progression. Thomas, Teresa, Aris, Rachel… nous sommes vraiment très fiers de vous. Le travail que vous avez accompli sur le chantier des labyrinthes a été phénoménal. Absolument phénoménal. Nous vous avons sélectionnés très tôt dans le processus, et vous n'avez pas déçu nos attentes. Félicitations.

Il leur adressa un sourire trop large pour être honnête, mais Thomas se dit qu'il devait être soumis à un stress important.

Thomas se tourna vers Aris – teint olivâtre, cheveux châtains, regard vif et vigilant – puis vers Rachel – peau brune, cheveux frisés, souriante. Sans avoir rien de remarquable, ils inspiraient immédiatement la sympathie. Ils avaient l'air gentils, sans aucune trace de l'arrogance ou du dédain auxquels se serait attendu Thomas.

— À présent, continua le chancelier Anderson, cela fait dix ans que le projet du WICKED a été imaginé par John Michael, et depuis que nous avons commencé à rassembler des personnes immunisées contre la Braise, nous avons beaucoup avancé dans nos recherches. Les progrès ont d'abord été lents, bien sûr. Tâcher de comprendre la maladie elle-même, tester nos sujets pour confirmer leur immunité, approfondir notre connaissance du virus et de ses interactions avec le corps et le cerveau… Il ne s'est pas écoulé une année sans que nous ne parvenions à franchir une étape importante, et je dirais que c'est plus que nous n'étions en droit d'espérer.

« Dix ans », songea Thomas. Cela lui paraissait long, très long. Et de toute évidence, ils étaient encore loin d'une solution, sans quoi ils ne se donneraient pas tant de mal avec leurs labyrinthes.

— Thomas ? l'interrogea le chancelier. Tu as l'air sceptique.

Il lui adressa un autre de ses sourires forcés.

— Oh… euh…, fit Thomas en se tortillant sur son siège. Non, c'est juste que… J'ai l'impression que ça fait drôlement longtemps que vous travaillez dessus. Je ne sais pas, on dirait que les choses ne se déroulent pas aussi bien qu'elles le pourraient.

Anderson hocha la tête, lèvres pincées, comme si c'était une observation judicieuse.

— Docteur Leavitt, vous désirez répondre ?

Le savant chauve ne se fit pas prier.

— Plonge-toi dans n'importe quel manuel d'histoire, fiston. Je te mets au défi de trouver au cours des deux ou trois cents dernières années un seul virus que l'homme ait su guérir en quelques décennies. Du simple rhume au virus Ebola, en passant par le sida ou les stades précoces de certains cancers... le processus est toujours très long. Et les chercheurs ne travaillaient pas dans un monde en ruine infesté de fondus. Le fait que nous ayons eu la patience et l'endurance de suivre cette stratégie à long terme tient du miracle. Mais, même s'il ne reste plus que dix pour cent de la population mondiale, le jour où nous aurons enfin trouvé un remède, nous aurons au moins sauvé l'espèce humaine de l'extinction.

— Et les Munies ? intervint Aris. L'espèce humaine pourrait-elle en réchapper s'ils étaient les seuls à survivre ?

Le Dr Leavitt ricana, puis parut gêné de l'avoir fait.

— À ton avis, répliqua-t-il, combien de temps survivraient-ils dans un monde en proie aux fondus ?

Je ne l'aime pas du tout, confia Teresa à Thomas.

Moi non plus.

— Le Dr Leavitt a raison, renchérit Anderson. Nous avons fait de notre mieux pour réunir les gens les plus intelligents, le matériel le plus perfectionné et les meilleurs sujets, puis assuré notre protection vis-à-vis du monde extérieur. Nous avons tout planifié sur le long terme depuis le début, et nous n'envisageons pas d'arrêter tant que nous n'aurons pas entre les mains une solution à présenter au monde. Et je ne pense pas surprendre les candidats ici présents en leur disant que nous avons saisi la moindre occasion de procéder à des tests et des expériences depuis le premier jour. N'est-ce pas ?

Thomas acquiesça même s'il trouvait curieux que l'on pose directement la question aux personnes que l'on testait. En fait, toute cette histoire – à commencer par leur présence à cette réunion – lui paraissait bizarre.

Qui sait, peut-être s'agissait-il d'un nouveau test en soi. L'une de ces variables dont on leur rebattait les oreilles.

— Les épreuves du Labyrinthe vont bientôt commencer, continua Anderson. Il y a un moment que nous les préparons. Mais avec les progrès accomplis ces dernières années dans l'élaboration d'un schéma complet de la zone mortelle… (Il chercha les mots justes.) Je crois que nous disposons d'une base solide grâce aux tests que nous avons menés sur nos sujets jusqu'ici. Les chances sont minces, mais peut-être aurons-nous ce qu'il nous faut à l'issue des épreuves. Et qui sait ? Il ne sera peut-être pas nécessaire d'en passer par les Phases Deux et Trois. Je me sens d'humeur optimiste, aujourd'hui.

Il marqua une pause, le regard dans le vague, comme s'il se projetait mentalement plusieurs années en avant, imaginant la fin idéale à laquelle il avait consacré sa vie. À côté de Thomas, le Dr Paige se mit à applaudir. Lentement, les autres l'imitèrent, et bientôt la salle entière, au point que même Thomas ressentit un élan d'enthousiasme. C'était ridicule.

Le chancelier Anderson leva les deux mains pour ramener le calme.

— Merci, merci. Ces applaudissements s'adressent à chacun de nous, bien sûr. Ainsi qu'à tous les sujets des groupes A et B. J'ai vraiment le sentiment que nous sommes sur la bonne voie. Vraiment… (Il sourit, parut hésiter puis poursuivit.) Très bien, mettons-nous au travail. D'ici un ou deux mois, quatre tout au plus, nous enverrons nos premiers sujets dans les labyrinthes.

Après une ultime pause dramatique – Thomas se dit que le chancelier avait bien mérité son quart d'heure de gloire après dix ans de travail –, il ouvrit la réunion pour de bon.

— Nous abordons la dernière ligne droite, les amis. C'est le moment de tout donner.

CHAPITRE 31

12/06/229, 18 h 10

Ce soir-là représenterait le plus grand changement que Thomas avait connu dans sa vie. Dorénavant, Teresa et lui seraient entièrement intégrés aux autres sujets du groupe A ; ils partageraient leurs repas, leurs cours et leurs moments de récréation. Ils n'auraient plus à se faufiler discrètement dans les couloirs.

Naturellement, ce n'était pas la plus grande faveur qui soit puisque la plupart des amis de Thomas seraient envoyés dans le labyrinthe d'ici quelques mois tout au plus.

Au grand étonnement de Thomas, ce fut Ramirez qui vint les chercher, Teresa et lui, pour leur premier dîner à la cafétéria. À leur entrée dans la grande salle – comptoirs en acier inoxydable, longues tables en plastique et chaises moulées –, le silence se fit et tous les regards convergèrent sur les nouveaux venus.

— Écoutez-moi, tout le monde ! aboya Ramirez d'une voix sonore. La plupart d'entre vous ont déjà entendu parler de Thomas et de Teresa – nous les considérons comme des candidats d'élite depuis des années.

Il vient de signer notre arrêt de mort ! s'exclama Teresa dans l'esprit de Thomas, avec une colère qu'il ressentit comme une décharge électrique. *Qu'est-ce qui lui prend ?*

— Soyez gentils avec eux, ils ont travaillé très dur, poursuivit Ramirez. Les épreuves du Labyrinthe vont bientôt commencer, comme vous le savez tous, et il reste beaucoup de choses à faire. Ces deux-là serviront d'intermédiaires entre vous, les sujets, et le personnel du WICKED attaché à la préparation des épreuves. Le planning des entrées dans le labyrinthe sera prochainement établi. En attendant, prenez le temps de faire connaissance avec Thomas et Teresa, préparez-vous mentalement et physiquement, et pensez aux aventures excitantes qui vous attendent. Et maintenant, je vous laisse manger.

Il hocha la tête avec raideur et sortit de la cafétéria sans un mot pour Thomas ou pour Teresa.

On ne fait pas plus aimable, bougonna la jeune fille.

Avant que Thomas ne puisse répondre, il vit Newt et Alby s'avancer vers eux, le visage éclairé par un large sourire.

— Visez un peu qui nous ramène ce foutu flic, s'exclama Newt en prenant Thomas dans ses bras. (Il lui martela le dos plusieurs fois avant de le lâcher.) Ça fait bizarre de se retrouver sans avoir à faire le mur. Bienvenue parmi les gens normaux.

Alby serra Teresa dans ses bras, puis ils échangèrent.

— Content de te revoir, mec, déclara Alby. Tu n'as pas trop les chevilles qui enflent après une présentation pareille ? On croirait que c'est toi le nouveau chancelier. Ça ne va pas te valoir que des amis, tu sais ?

Thomas ouvrit la bouche pour répondre, mais quelqu'un se jeta sur lui, manquant de le faire tomber. C'était Chuck.

— Comment ça va, petite canaille ? lui demanda Thomas en lui ébouriffant les cheveux.

— Bien, il faut dire que je suis presque le patron, ici, répliqua Chuck en bombant le torse. Quand je ne me glisse pas en douce dans le groupe B pour chercher un peu d'affection auprès des filles, bien sûr.

Cela déclencha un fou rire général. Puis Thomas remarqua Minho assis un peu plus loin, qui semblait hésiter à se lever. Thomas s'avança vers lui.

— Salut mec, dit-il. Tu n'as pas énervé trop de monde ces derniers temps ?

Minho sourit, mais on lisait encore l'ombre de la défaite dans son regard. Il allait mieux, pourtant, depuis l'incident du Griffeur. C'était visible.

— Je suis sage comme une image, répondit-il. Des fois, j'invente des mots devant Randall. Tu devrais voir sa tête, à moitié renfrogné, comme s'il se doutait que je me fiche de lui, et à moitié en train de rigoler. Quel abruti.

Oui, Minho allait incontestablement mieux.

Tom, dit Teresa, *regarde par là, sur ta droite. Gally.*

Thomas jeta un coup d'œil dans la direction indiquée et vit le garçon aux cheveux bruns qui avait malgré lui valu tous ces ennuis à Minho. Quelque chose avait changé chez lui, et Thomas mit une seconde à comprendre quoi. Son nez avait doublé de volume et semblait complètement déformé. Comme une patate écrasée qu'on aurait collée. Ou pire, agrafée – cela paraissait douloureux.

Gally croisa le regard de Thomas et hocha la tête, piteux, comme pour s'excuser. Puis il s'empressa de reporter son attention sur ses camarades de table.

— Que lui est-il arrivé ? demanda Thomas à Minho.

Son ami montra le poing.

— Ça. C'est lui qui nous a mouchardés, j'en suis sûr. Probablement pas exprès, peut-être juste en bavardant dans les douches ou quelque chose comme ça. Mais même si ce n'était pas sa faute, ça m'a fait me sentir mieux.

Thomas s'attendait à le voir ricaner, ou au moins sourire, mais le visage de Minho s'était assombri. Thomas haussa les sourcils puis secoua la tête. Alby, Teresa, Chuck et Newt les avaient rejoints.

— Allez vous chercher des assiettes, suggéra Alby. On ne mange pas si mal ici, vous verrez. Ensuite, on pourra rattraper le temps perdu, se moquer des autres et tirer des plans sur la comète.

Et pendant un moment, les conséquences des éruptions solaires et les fondus passèrent à l'arrière-plan de leurs préoccupations.

Plusieurs semaines s'écoulèrent, et la date officielle du début des épreuves se rapprochait inexorablement. Thomas se rendait le plus souvent possible dans le labyrinthe, qu'il voyait comme une sorte de refuge. Il appréciait tout particulièrement l'arène centrale, avec ses grands espaces et son petit bois ; elle était censée devenir un lieu sûr où ceux qu'on enverrait sur place pourraient se reposer. Le WICKED tenait à ce que les sujets en construisent eux-mêmes la plus grande partie – la ferme, les jardins, les logements ; ce serait sans doute une bonne occasion d'analyser les schémas de leur zone mortelle en pleine productivité.

Thomas ressentait une certaine fierté lorsqu'il arpentait le labyrinthe et se demandait si on l'y enverrait un jour. Il brûlait de curiosité à l'idée de cette expérience, et chaque jour il attendait le début des épreuves avec un peu plus d'impatience. Ils avaient tous grand besoin de changement.

Mais alors que le jour de l'insertion approchait, il se souvint qu'il avait une promesse à tenir. Un soir, il décida que le moment était venu. Même s'il jouissait de plus de liberté qu'auparavant, il ne put s'empêcher d'éprouver une pointe de culpabilité en se faufilant dans les couloirs qui menaient au dortoir du groupe A. Il n'avait parlé à personne de ce qu'il avait l'intention de faire, se disant qu'il vaudrait mieux s'excuser platement le cas échéant que de demander la permission. La plupart des gens étaient trop occupés, même en soirée, pour prêter attention à eux de toute manière.

Newt l'attendait devant la porte.

— Tommy, tu es venu ! s'exclama-t-il, ne plaisantant qu'à moitié.

Thomas craignait toujours que leurs amis se méfient de Teresa et de lui en raison de leur statut de candidats d'élite.

— Qu'est-ce que tu croyais ? répondit-il. Je n'ai qu'une parole.

Ils se serrèrent la main puis partirent ensemble, s'enfonçant toujours plus profondément dans les entrailles du complexe.

CHAPITRE 32

28/10/229, 23 h 04

— Tu connais probablement cet endroit mieux que moi, commença Thomas tandis qu'ils s'engageaient dans un autre couloir interminable. Depuis le temps que vous sortez en douce.

— Probablement, reconnut Newt.

— Eh bien, je crois que j'ai trouvé un raccourci pour atteindre les dortoirs du groupe B. Avec moins de risques de nous faire prendre.

La voie est libre ? demanda mentalement Thomas à Teresa. Elle avait accepté de l'aider en lui indiquant les endroits les moins fréquentés. Elle avait étudié les vidéos de surveillance un peu plus tôt, signifiant clairement à Thomas qu'il lui devrait une grosse faveur.

Oui, répondit-elle. *Passez par le labo de recherche et développement dont on a discuté tout à l'heure et ça devrait aller. Vous trouverez ensuite un tunnel de secours, au fond, qui mène directement aux dortoirs.*

Compris, dit-il.

Après plusieurs tours et détours, ils arrivèrent devant une porte blindée sur laquelle il était écrit : RECHERCHE & DÉVELOPPEMENT. Derrière se trouvaient des pièces auxquelles il n'avait jamais eu accès.

Elle devrait être ouverte, dit Teresa. On aurait dit qu'elle suivait leur progression en temps réel. *Vous n'aurez qu'à revenir par là. Je vais me coucher, maintenant. Si vous vous faites arrêter ou tirer dessus, tant pis.* Elle rompit la communication avant qu'il ne puisse répliquer, non sans lui avoir envoyé une dernière image mentale – celle d'un baiser sur la joue dont elle savait très bien qu'elle le mettrait mal à l'aise.

— Tommy, chuchota Newt, blotti contre la porte blindée. Efface-moi cet air ahuri et amène-toi, tu veux bien ?

Thomas l'ignora, poussa la porte et se faufila à l'intérieur en faisant signe à Newt de le suivre. Après avoir refermé derrière eux, ils s'enfoncèrent dans le laboratoire. C'était une vaste salle encombrée de matériel et de bureaux où ronronnaient des ordinateurs et des écrans. On voyait partout des flacons de verre et des engins mystérieux reliés par des tubes et des câbles. Les murs étaient tapissés d'instruments qui paraissaient sortir d'une salle de torture moyenâgeuse, tout en acier lustré et arêtes scintillantes. Thomas et Newt s'avancèrent courbés en deux dans l'allée qui traversait la pièce.

— Qu'est-ce qu'ils peuvent bien fabriquer ici ? murmura Newt, dont la voix semblait résonner dans ce silence inquiétant.

Surpris par la question, Thomas sursauta et trébucha. Newt se cogna contre lui et ils se retrouvèrent au sol tous les deux, bras et jambes pêle-mêle, à pouffer et glousser. Peut-être commençaient-ils à craquer sous l'effet du stress.

— Tu es sûr que le WICKED ne s'est pas gouré en te choisissant ? Tu parles d'un candidat d'élite ! Un bouffon, oui, railla Newt alors qu'ils se relevaient en s'époussetant.

Thomas cherchait une réplique cinglante quand son regard se posa sur quelque chose d'intrigant. Une masse verte et brillante, dissimulée dans la pénombre de la pièce. Elle dégageait une lueur étrange, hypnotique, dont il ne parvenait pas à détacher les yeux.

Le sourire de Newt s'estompa avant de disparaître entièrement.

— Qu'est-ce que c'est ? demanda-t-il, tourné dans la même direction.

Un halo de brume enveloppait la lueur verdâtre.

Thomas savait qu'ils feraient mieux de continuer sans s'arrêter et de chercher le passage conduisant au groupe B. Mais c'était plus fort que lui.

— Allons voir, murmura-t-il, comme s'il craignait de réveiller un monstre baignant dans la masse verte.

Newt et lui dépassèrent plusieurs bureaux et postes de travail pour s'approcher prudemment de la lueur fantomatique. De près, Thomas vit qu'elle émanait d'une grande plaque de verre, de trois mètres sur trois environ, qui couvrait une cuve, laquelle lui arrivait jusqu'au torse. Des filets de vapeur s'en échappaient sur les côtés pour se dérouler dans la pénombre de la pièce.

Thomas se pencha au-dessus de la plaque trempée de gouttelettes, puis se tourna vers Newt. Dans la lueur verdâtre, son ami avait l'air malade. Thomas chassa cette idée en secouant la tête.

— On ferait mieux de ne pas y toucher, suggéra Newt. Ça m'a tout l'air d'un truc radioactif. Je ne voudrais pas me réveiller avec trois doigts supplémentaires et un œil en moins.

Thomas sourit, mais il l'écoutait à peine ; il était comme hypnotisé par cette cuve mystérieuse. La brume ondulait sous le verre et s'enroulait en tourbillons minuscules. Il y avait quelque chose dessous. Il distinguait vaguement une forme sombre. Il avait l'impression que s'il continuait à la fixer, elle finirait par se révéler à lui.

— Tommy ? insista Newt. Allons-y, d'accord ? Je commence à avoir les jetons.

Mais Thomas ne pouvait pas bouger. Il avait désespérément besoin de savoir…

Une masse molle bougea dans la cuve, venant cogner contre le verre avec un choc sourd. Thomas recula d'un bond. La masse racla le verre pendant plusieurs secondes avant de disparaître à nouveau dans la brume. Elle avait une couleur sombre, parcourue de lignes évoquant des veines. Un bras. On aurait dit un bras.

Thomas frissonna et sentit ses poils se hérisser dans sa nuque et sur ses avant-bras. Il se tourna vers Newt qui le regardait d'un air horrifié.

— Qu'est-ce qu'on attend pour filer d'ici ? demanda Newt.

— Bonne question…

Soudain, une autre masse de chair vint se coller contre la vitre. On aurait dit le torse de la créature enfermée dans la cuve. Lui aussi était parcouru de veines apparentes et recouvert d'une sorte de mucus. Thomas eut bien du mal à ne pas rendre le contenu de son estomac.

— Regarde, Tommy, dit Newt en pointant le doigt vers la vitre. Il y a… des trucs qui poussent sous sa peau.

Il s'écarta de la cuve en secouant la tête.

Thomas se rapprocha pour voir ce dont lui parlait son ami. Il rassembla tout son courage pour se pencher au-dessus de la cuve et essuyer un peu la condensation. La masse charnue plaquée contre le verre comportait plusieurs excroissances. Cela ressemblait à des tumeurs, ou à des cloques géantes. Et Thomas aurait juré que c'étaient elles qui diffusaient cette lueur verdâtre.

Il finit par s'écarter en se frottant les yeux. Il avait vu beaucoup de choses étranges dans sa vie, mais celle-ci les dépassait toutes.

— Qu'est-ce que c'est que… ce truc ? murmura-t-il d'une voix traînante.

— Aucune idée, mec, répondit Newt en refusant de jeter un regard de plus vers la cuve. On en a vu assez, c'est bon ?

— Largement, confirma Thomas. Tirons-nous.

Il venait d'avoir un nouvel aperçu de l'envers du décor du WICKED, et il n'appréciait pas ce qu'il avait vu.

C'est dans une humeur lugubre qu'ils traversèrent le reste de la salle, empruntèrent le tunnel de secours dont Teresa leur avait parlé et parvinrent finalement derrière la fausse cloison d'un placard des dortoirs du groupe B. Chaque fois que Thomas avait l'impression de s'habituer aux sales petits secrets du WICKED, il tombait sur quelque chose comme une cuve de verre dans laquelle un monstre hideux avait des tumeurs lumineuses qui poussaient dans son corps comme autant de fœtus.

À l'évidence, on ne lui disait pas tout. Bien sûr que non – il n'était pas naïf. Mais il avait parfois le sentiment qu'on ne lui disait rien, qu'on jouait avec lui comme avec tous les autres. Qu'il n'était qu'un sujet de plus. Qui sait quelles horreurs étaient réservées à ceux qu'on enverrait dans les deux labyrinthes. Les Griffeurs, cette chose conservée dans la cuve du laboratoire de recherche…

Il soupira en voyant Newt appuyer sur la cloison et la faire coulisser. Ils découvrirent un petit placard plongé dans la pénombre, avec une porte qui donnait sur le dortoir principal. La porte n'était pas complètement fermée, et par l'entrebâillement Thomas pouvait voir des lits superposés alignés contre le mur.

— Et si on leur fait peur ? s'inquiéta Thomas. Je ne tiens pas à voir une quarantaine de filles se jeter sur moi.

— Je croyais que tu étais venu pour ça, murmura Newt.

Thomas ne distinguait pas ses traits mais savait que son ami était en train de sourire.

Il secoua la tête, le poussa du coude puis le suivit à l'intérieur du placard. Ils jetèrent un coup d'œil de l'autre côté de la porte. Les bruits de respiration étaient interrompus de temps à autre par un ronflement sonore ou le grincement d'un ressort de sommier.

Thomas attendit que ses yeux se soient habitués à l'obscurité. Il examinait les couchettes quand une silhouette se dressa brusquement devant lui. Il étouffa un petit cri et recula d'un pas. La fille le suivit à l'intérieur du placard.

— Qu'est-ce que vous voulez ? leur demanda-t-elle farouchement. Qui êtes-vous ?

Thomas reprit son sang-froid.

— Désolé si on t'a fait peur. On est du groupe A. On est venus pour que Newt puisse dire au revoir à sa sœur avant le début des épreuves du Labyrinthe.

Il supposait que Newt était hilare à cause de la peur qu'il avait eue.

— Vous auriez pu prévenir, protesta la fille, au lieu de vous faufiler ici comme des voleurs. Comment vous vous appelez ? Enfin, comment tu t'appelles, parce que lui, c'est Newt. On le connaît toutes. Sonya est l'une de mes meilleures amies.

— Je m'appelle Thomas.

— Ah.

Elle parut déçue. Ou agacée. Elle et son groupe avaient probablement entendu autant de choses sur Teresa et lui que les amis de Thomas sur Aris et Rachel. Le WICKED avait dû leur parler d'eux.

— Moi, c'est Miyoko, dit-elle. Je vais chercher Sonya.

Elle s'éclipsa dans le dortoir, ombre parmi les ombres.

— J'espère qu'elles sont de notre côté, murmura Newt. Cette fille pourrait nous étaler d'une seule main, tu ne crois pas ?

Thomas ne répondit pas ; l'obscurité du placard avait pris subitement une dimension menaçante. Il savait que le WICKED avait séparé ses sujets en deux groupes pour de multiples raisons. C'était en rapport avec la gestion des variables pendant les épreuves. Mais il savait aussi qu'on ne lui disait pas tout, et cela ne lui plaisait pas.

Miyoko revint, accompagnée d'une autre fille. Vive comme l'éclair, celle-ci se faufila dans le placard, passa devant Thomas et se jeta au cou de Newt. Ils s'étreignirent maladroitement dans l'espace exigu.

— Pardon, fit Miyoko en repoussant doucement Thomas de manière à pouvoir refermer la porte.

Puis elle alluma une lumière aussi éclatante que deux soleils. Thomas, temporairement aveuglé, plissa les paupières et se couvrit les yeux.

Newt pleurait, et Thomas n'avait pas besoin d'y voir clair pour s'en rendre compte. Son ami sanglotait bruyamment dans le cou de sa sœur. Thomas ignorait depuis combien de temps ils ne s'étaient pas vus, ou s'ils avaient un moyen de se faire passer des messages. En tout cas, leurs retrouvailles étaient poignantes.

— Viens, souffla Miyoko à Thomas en l'attrapant par le bras. Laissons-leur un peu de…

— Je les déteste, cracha Newt entre deux reniflements. (Il se détacha de sa sœur pour s'essuyer les joues.) Je les déteste tous ! Comment ont-ils pu nous faire ça ? Venir nous enlever chez nous et nous tenir séparés comme ça ? Ce n'est pas juste !

Il avait presque crié le dernier mot, et Miyoko fit la grimace en jetant un coup d'œil vers la porte.

— Non, non, non, répliqua Sonya d'un ton apaisant. (Elle posa ses mains sur le visage de son frère et le regarda droit dans les yeux.) Ne dis pas ça. Tu ne prends pas les choses de la bonne façon. On est mieux lotis que quatre-vingt-dix-neuf pour cent du reste du monde. Ils nous ont sauvés, grand frère. Tu crois qu'on serait encore en vie s'ils nous avaient laissés chez nous ?

Elle serra Newt à nouveau dans ses bras.

— Mais pourquoi nous empêchent-ils de nous voir ? protesta-t-il avec une tristesse dans la voix qui brisa le cœur de Thomas. Pourquoi tous ces examens, ces petits jeux, cette cruauté ? Tu peux dire ce que tu veux, je les déteste.

— Ça se terminera un jour, murmura la jeune fille. Rappelle-toi que tu n'es pas immunisé. Un jour, tu ne risqueras plus rien et nous pourrons enfin être réunis. Allez, c'est toi le grand frère ; c'est toi qui es censé me remonter le moral.

— Je t'aime, Lizzy, souffla-t-il en la serrant fort. Je t'aime tellement.

Il se pencha en arrière pour la regarder.

Elle lui sourit ; Newt secoua la tête et serra de nouveau sa sœur contre lui. Thomas avait la sensation qu'ils ne se reverraient pas avant un sacré bout de temps.

CHAPITRE 33

12/11/229, 07 h 31

Ils n'étaient plus qu'à quelques jours de l'insertion. Thomas n'arrivait plus à trouver le sommeil. Teresa et lui se connectaient par télépathie tous les soirs au moment du coucher et restaient le plus souvent silencieux. La seule présence de l'autre, le simple fait de sentir qu'il était là, avait quelque chose de réconfortant. En dehors de sa mère, qu'il aimerait toujours, Teresa était devenue pour Thomas ce qui ressemblait le plus à une famille ; l'équivalent de ce que Newt avait avec Lizzy.

Quand on vint frapper à sa porte pour le réveiller ce matin-là, il avait encore en mémoire le souvenir de Teresa en train de fredonner dans sa tête. Elle faisait cela machinalement. La vibration, le ton et l'humeur de la chanson étaient parvenus jusqu'à lui et l'avaient plongé dans un sommeil profond comme il n'en avait plus connu depuis longtemps.

Il s'arracha de son lit et alla ouvrir. Le Dr Paige se tenait à la porte ; elle semblait inquiète.

— Désolé, s'excusa Thomas en se frottant les paupières. Je dormais. Croyez-moi, j'en avais besoin.

Ils travaillaient d'arrache-pied pour se préparer au début des épreuves du Labyrinthe.

— Ce n'est rien, répondit-elle distraitement. Le chancelier Anderson voudrait vous voir au plus vite ce matin, Teresa et toi. Aris et Rachel seront là aussi. C'est urgent. Dépêche-toi de t'habiller. Tu prendras ton petit déjeuner après la réunion.

Thomas se rendit compte qu'elle aussi semblait mal réveillée, et il hésita.

— Je suis sérieuse, Thomas ! insista-t-elle. Fais vite.

— D'accord, d'accord. J'arrive dans cinq minutes.

— Je t'en donne trois.

C'était la salle de conférences où ils avaient rencontré Aris et Rachel plusieurs mois auparavant. La dernière fois, elle était pleine de monde. Aujourd'hui, ne s'y trouvaient que trois personnes en dehors de Thomas et des trois autres candidats « d'élite ». Le chancelier Anderson, le chef de la sécurité, Ramirez, ainsi que le Dr Paige. Ils se tenaient assis d'un côté de la table, face à Thomas, Teresa, Aris et Rachel. Personne n'avait l'air particulièrement réjoui.

— Merci d'être venus, dit Anderson. (Les réunions commençaient toujours par une déclaration de ce genre – comme si Thomas et ses camarades avaient le moindre choix en la matière.) J'ai peur d'avoir de mauvaises nouvelles. Et je ne vais pas tourner autour du pot, je vais vous dire les choses telles qu'elles sont.

Au lieu de quoi, il fit précisément le contraire. Il se tut, échangeant des regards gênés avec Ramirez et Paige. Thomas observa ce petit manège qui en devenait presque comique. Sauf que la peur dans la voix d'Anderson était bien réelle, presque palpable.

— On vous écoute, l'encouragea Aris.

Anderson hocha la tête avec raideur.

— Il est possible… enfin, probable que nous ayons un début d'épidémie sur les bras.

Il s'enfonça dans son fauteuil avec un soupir las puis se tourna vers le Dr Paige.

— Un début d'épidémie, répéta Teresa. De Braise ?

— Paige, dites quelque chose, grommela Anderson.

Le Dr Paige croisa ses mains sur la table et contempla les adolescents.

— Oui, de Braise. Comme vous l'imaginez, aucun des adultes de ce complexe n'est immunisé. C'est pourquoi nous avons toujours observé la plus grande prudence afin de nous préserver du virus. Mais il y a quelques mois, nous avons commencé à avoir des craintes, même si aucun membre de notre personnel ne manifestait le moindre symptôme.

— Qu'est-ce qui vous a inquiétés, dans ce cas ? demanda Rachel.

Une fois de plus, Thomas regretta que le WICKED ne les laisse pas davantage travailler ensemble tous les quatre.

— Vous connaissez la fosse aux fondus ? fit Anderson, sur le ton de l'évidence plutôt que comme une question. C'est le point le plus vulnérable du complexe, malgré son importance vitale. Elle constitue à la fois un piège et un lieu de détention pour les fondus qui s'aventurent jusque chez nous, et elle nous fournit un matériau biologique pour nos études sur le virus.

— Que s'est-il passé ? demanda Thomas.

— Nous tenons un inventaire très strict, répondit Ramirez. (C'était toujours une surprise d'entendre cet homme bourru prendre la parole.) L'endroit fonctionne un peu comme une nasse à l'ancienne – on peut y entrer, mais pas en sortir. Les prisonniers restent constamment sous surveillance. Nous avons des caméras partout.

Il marqua une pause, le temps de se racler la gorge avec un bruit répugnant.

— Il est rigoureusement interdit de les approcher sans combinaison bactériologique, reprit-il, pas à moins de sept mètres – sauf bien sûr en ce qui concerne les Munies. Comme vous.

Il renifla, montrant par là que le mot lui répugnait.

— Vous ne nous avez toujours pas dit ce qui s'était passé, rappela Teresa, sans chercher à dissimuler son aversion pour cet homme.

Thomas savait que, comme lui, elle l'associait à tout ce que leur avait fait Randall.

— L'un des fondus a disparu, expliqua Ramirez. Nous vérifions l'inventaire trois fois par jour, pour comptabiliser ceux qui arrivent de la forêt moins ceux que nous utilisons dans nos labos. Depuis des années que je suis en fonction, les comptes ont toujours été justes. Sauf il y a quelques mois. L'un de nos prisonniers s'est évanoui dans la nature.

Personne ne dit plus rien pendant un moment, le temps d'assimiler ces mots. Malgré son immunité, Thomas fut parcouru par un frisson de peur. Le virus ne l'inquiétait pas vraiment, mais les fondus le terrifiaient. Et l'idée que l'un d'entre eux rôdait peut-être quelque part dans le complexe lui liquéfiait les entrailles.

— Nous ne voulons pas vous alarmer inutilement, ni vous ni personne, dit le chancelier Anderson, mais nous tenions à vous informer que nous avons pris plusieurs décisions. Des décisions difficiles. Pour commencer, nous allons réduire la durée des épreuves du Labyrinthe de cinq à deux ans. Nous avions d'abord envisagé un processus long et méticuleux, mais l'éventualité d'une nouvelle épidémie nous oblige à reconsidérer nos plans. Il se peut que nous soyons obligés d'appliquer les variables avec plus de… dynamisme.

Thomas n'avait jamais ressenti un tel malaise. Anderson leur cachait quelque chose, cela paraissait évident. Teresa ne lui adressa aucun commentaire spécifique, mais elle s'ouvrit mentalement à lui pour lui montrer qu'elle partageait ce sentiment de menace.

— Nous avons élaboré différents scénarios pour une Phase Deux, et même une Phase Trois si c'est nécessaire. Nous verrons comment la situation évolue après les premières insertions dans les labyrinthes.

Thomas repensa immédiatement à ce que Newt et lui avaient vu dans le laboratoire de recherche et développement : le conteneur au couvercle transparent, la peau veinée, les tumeurs bulbeuses…

Anderson soupira, posa la tête entre ses mains puis releva les yeux vers eux. Thomas ne l'avait jamais vu en proie à une frustration pareille.

— J'ai parfois l'impression qu'il y a trop de choses à faire à la fois, avoua-t-il. (Il plaqua bruyamment une main sur la table.) Écoutez, nous aurons l'occasion d'en reparler ces prochains mois en examinant et en analysant les premiers résultats reçus des labyrinthes. Pour l'instant, nous avons la technologie du transplat, des ressources humaines conséquentes et nous sommes même en train de procéder à des repérages en prévision d'épreuves supplémentaires. Ce qui doit arriver arrivera, mais chaque chose en son temps. Réduire les épreuves de cinq à deux ans est la bonne décision. (Il leur adressa un sourire hésitant.) Je crois que ce qui m'agace le plus dans ce changement, c'est qu'après le mal que nous nous sommes donné pour construire ces fichus trucs, c'est dommage de les utiliser moitié moins longtemps que prévu.

Il gagne du temps, confia Teresa à Thomas. *Il y a quelque chose qu'il n'a pas envie de nous dire.*

Thomas lui retourna un hochement de tête presque imperceptible. Elle avait tout à fait raison.

— Qu'est-ce que vous ne nous dites pas ? demanda Aris.

Anderson fit d'abord semblant d'être surpris par la question, avant de leur adresser un sourire entendu.

— Par moments, j'oublie à quel point vous saisissez tout. Alors voilà. Je suis un peu nerveux, d'accord ? Je ne devrais pas le montrer, et encore moins le reconnaître, mais c'est la vérité.

Son regard parcourut la salle, puis revint se poser devant lui sur la table. Après quoi il regarda chacun des adolescents tour à tour et poussa un gros soupir.

— Ce que j'essaie de vous dire, reprit-il, c'est que j'ai bien conscience que ce sera dur, mais je suis sûr que vous serez à la hauteur.

La réunion se poursuivit, d'autres informations furent échangées. Thomas n'écoutait plus ; ce n'était que de l'habillage. Quelque chose avait changé. Ou quelqu'un s'était dégonflé. Thomas ignorait pourquoi, en tout cas il était convaincu qu'à la dernière seconde, le chancelier Anderson et ses deux acolytes avaient décidé de ne pas tout leur dire.

Que nous cache-t-il ? finit par demander Thomas à Teresa à la fin de la réunion. Après quoi, il jeta un coup d'œil au Dr Paige et comprit à son expression qu'il ne s'interrogeait pas sur la bonne personne.

CHAPITRE 34

22/11/229, 08 h 47

Regarde un peu Minho, suggéra Teresa à Thomas.

C'était leur dernier matin avant le grand jour – celui de la première insertion dans le labyrinthe. Quarante garçons du groupe A étaient alignés dans le couloir, à attendre un ultime examen médical. Newt, Minho, Alby, Gally – tous les garçons que Thomas avait appris à connaître au cours des dernières années feraient partie de ce groupe. Des infirmiers allaient et venaient dans le couloir pour achever de les préparer – prenant leur température, leur pression sanguine, inspectant leurs pupilles, leur langue.

Oui, je le vois, répondit Thomas. Teresa et lui étaient présents à la demande du chancelier Anderson – pour observer et offrir un soutien moral. Or Thomas ne ressentait qu'une profonde tristesse à l'idée de dire au revoir à ses amis, et il n'avait pas prononcé un mot depuis son arrivée.

Minho se trouvait à quelques mètres de Teresa et lui. Il n'avait pas cessé de s'agiter pendant toute la matinée. À présent, c'était pire encore : il faisait penser à une grenade dégoupillée, les muscles bandés comme s'il se préparait à passer à l'action.

Oh non, fit Thomas. *Ne me dis pas qu'il va encore tenter quelque chose. Pas maintenant ?*

Il fallait convenir que leur ami avait toutes les raisons d'être nerveux. À l'intérieur des salles d'examen, on apercevait des machines inquiétantes suspendues au-dessus des tables ; on aurait dit des masques de robots, tout en métal chromé, avec des câbles et des tuyaux. Thomas supposa qu'elles étaient conçues pour répertorier chaque type de mesure possible dans la zone mortelle, référence indispensable afin d'apprécier son évolution au fil des épreuves.

Fais comme moi, dit Teresa. Elle se dirigea vers Minho. Thomas la suivit de près. Elle dégageait une telle assurance que c'est à peine si les infirmiers jetèrent un coup d'œil dans sa direction. Elle s'arrêta devant Minho et posa une main sur son épaule. Il tressaillit, et pendant un instant Thomas crut qu'il allait la frapper. Puis une vague de calme parut submerger leur ami, dont les muscles se détendirent un à un. À sa grande surprise, Thomas vit des larmes se former aux coins de ses yeux.

— Tout va bien, lui assura Teresa. Ne leur résiste pas, ça ne ferait qu'empirer les choses. Tout se passera bien dans le labyrinthe. Tu verras.

— Vous ne venez pas avec nous ? demanda Minho.

Sa réaction prit Thomas et Teresa au dépourvu.

— Euh, eh bien…, bredouilla Teresa.

— Pas tout de suite, intervint Thomas, sans plus de précision.

Il espérait que leurs amis ne chercheraient pas à approfondir la question.

Le visage de Minho s'empourpra de nouveau ; cette fois, il semblait en colère.

— Sérieusement ? Donc vous me conseillez de ne pas m'opposer à *eux* ? Vous voulez dire à *vous* ? Qu'est-ce que vous faites ici au juste ? Je ne vois personne vous examiner sous toutes les coutures comme du bétail.

Alby, un peu plus loin dans le couloir, se tourna vers le trio.

— Pas faux, observa-t-il. Je trouve qu'il soulève un point important. Vous allez nous balancer en pleine expérience puis retourner tranquillement vous allonger et vous détendre ? Quand alliez-vous nous en parler ? À moins que vous ne comptiez nous réserver la surprise ?

Thomas ne savait plus quoi dire. Il avait réussi à se convaincre qu'il était semblable à tous ses amis. Que le fait qu'il soit séparé d'eux, qu'il ait des responsabilités différentes, n'avait aucune importance. Comment avait-il pu s'imaginer une chose pareille ? Croire que la situation ne finirait pas tôt ou tard par lui exploser à la figure ?

— Eh bien quoi ? Tu as oublié ton texte ? railla Alby. Ou tu as seulement peur d'en dire trop devant tes copains ?

Il indiqua d'un coup de menton les médecins et infirmières qui continuaient à s'affairer comme si de rien n'était.

— Enfin, les gars, protesta Teresa qui avait retrouvé sa voix. On est exactement comme vous – on fait simplement ce qu'ils nous disent.

— Si ça t'aide à te sentir mieux…, répliqua Alby.

Il croisa les bras, s'adossa contre le mur et regarda de l'autre côté. Ils étaient tous sur les nerfs, et cela pouvait se comprendre.

C'est alors que la vérité apparut à Thomas, claire comme le jour. Ses amis allaient être envoyés dans le labyrinthe et pas lui. Il ne savait même pas si on l'y enverrait un jour. Il était différent de ses amis, personne ne pouvait plus l'ignorer. Ils se tenaient dos au mur, certains le fusillant du regard comme s'il avait été au courant depuis le début. Comme s'il leur avait menti. Même Newt, au bout de la file, le toisait d'un air furibond.

Thomas était effondré.

Minho n'avait rien dit mais il avait repris son allure de serpent prêt à frapper. Colère, peur, angoisse des changements à venir – Thomas comprenait ce qu'ils ressentaient. Comme il comprenait qu'il faisait un coupable idéal.

Minho chassa la main de Teresa de son épaule.

— Alby a raison, cracha-t-il. J'ai essayé de vous accorder le bénéfice du doute à tous les deux. De me dire que vous pourriez peut-être nous aider. Aujourd'hui, je vois clair dans votre jeu. Vous avez toujours travaillé pour eux. En attendant d'être prêts à nous faire ça !

Il se frappa le torse deux fois, comme pour souligner son propos.

— Minho, écoute…, commença Teresa.

— Fous-moi la paix ! rugit Minho.

Tout se délitait autour de lui et Thomas ne trouvait rien à dire. Alby, Minho, Newt. Cinq minutes plus tôt, il les considérait comme ses meilleurs amis et supposait qu'ils le comprenaient à merveille. Tout cela venait de s'écrouler et il se tenait planté là, comme un parfait idiot. Tout ce qu'il leur avait dit sonnait faux, même à ses propres oreilles.

Du coin de l'œil, il vit quelqu'un approcher dans le couloir. Il tourna la tête et vit qu'il s'agissait de Gally. Il avait quitté sa place dans la file et son visage était rouge de colère. Deux infirmiers lui couraient après.

— Thomas ! s'écria le garçon, pressant le pas. (À présent qu'il était plus proche, Thomas comprit que son visage n'exprimait pas de la colère mais de la peur.) Tu dois nous aider ! Tu ne peux rien faire pour nous ?

Les deux infirmiers l'empoignèrent avant qu'il n'atteigne Thomas et le tirèrent en arrière.

— On sait que tu as de l'influence auprès d'eux. Fais quelque chose ! insista-t-il.

Visiblement désespéré, il s'efforçait de rester tourné vers Thomas pendant que les infirmiers l'entraînaient sans ménagement dans une salle d'examen.

Thomas se sentait impuissant. Il contempla la longue file des garçons qui avaient été ses amis, et son cœur se serra. Minho, Alby, Newt – leurs yeux débordaient de ressentiment. Comment la situation avait-elle pu dégénérer si vite ?

Il devait dire quelque chose, tout de suite. Il n'aurait pas de seconde chance. Il devait absolument trouver une solution ! Leur faire savoir qu'ils se trompaient, que Teresa et lui ne travaillaient pas pour le WICKED, pas vraiment ; qu'ils aideraient leurs amis, quitte à se rendre eux-mêmes dans le labyrinthe s'il le fallait. Il devait parler, maintenant !

Thomas ouvrit la bouche, prêt à tout déballer, arguments, excuses.

Mais il se produisit quelque chose. Tout au fond de son cerveau, un mécanisme s'enclencha, comme si une main invisible plongeait dans son cœur et le manipulait, jouait avec ses nerfs, ses pensées. Comme s'il était possédé par un esprit malin. Il perdit tout contrôle – au profit de qui ou de quoi, il n'aurait pas su le dire. Mais les mots qui sortirent de sa bouche échappaient à sa volonté.

— Je suis désolé, prononça-t-il d'une voix qui semblait appartenir à un autre. Je ne peux rien faire.

Et il resta là, figé sur place, impuissant, hurlant intérieurement, pendant qu'on emmenait ses amis.

CHAPITRE 35

23/11/229, 10 h 28

Le lendemain, le Dr Paige arriva pile à l'heure. Thomas avait passé la nuit à repenser à ce qui venait d'arriver, sentant la colère monter en lui, de plus en plus forte. Quand son réveil sonna enfin, il était prêt à la déchaîner contre la première personne qui se présenterait. Mais quand il ouvrit la porte et vit le visage du médecin, il se dégonfla. Ce qu'il ressentait lui donnait l'impression d'être à moitié cinglé, et il n'osa pas lui en faire part.

— Ne dis rien, Thomas, le prévint-elle. Nous avons des raisons que tu ne connais pas. Sache aussi que je n'ai pas mon mot à dire sur tout. Je t'ai quand même obtenu une petite victoire aujourd'hui. Que dirais-tu d'avoir une journée libre ? Tu pourrais la passer à observer tes amis dans le labyrinthe. J'ai pensé que tu méritais au moins ça.

Thomas sentit son humeur s'éclaircir, avant de s'assombrir.

— Vous me proposez ça uniquement pour pouvoir m'observer en train de les observer.

Elle soupira.

— Tu veux venir ou pas ?

Il ravala sa fierté.

— J'arrive.

Le Dr Paige conduisit Thomas jusqu'à la salle d'observation de laquelle il avait vu Minho se faire tourmenter par un

Griffeur. Cette fois, les écrans montraient différentes vues du grand espace vert au centre du labyrinthe – où se trouvaient désormais la plupart de ses amis. Le Dr Paige lui indiqua un siège devant la console de contrôle et il s'assit, déjà fasciné par les scènes qui se déroulaient sous ses yeux. Elle le quitta sans dire un mot et referma doucement la porte derrière elle.

Thomas se pencha en avant.

Il observa.

Ils venaient de passer une première nuit dans leur nouveau foyer, même si aucun d'eux n'avait encore vu le labyrinthe à proprement parler. Le WICKED n'avait pas ouvert les portes qui y menaient ; il réservait cela pour le lendemain.

Thomas regarda les garçons aller et venir dans le champ niché au cœur des murs géants du labyrinthe. Leurs visages étaient éloquents. Leurs yeux surtout, clairement visibles quand un scaralame parvenait à s'en approcher suffisamment. Ils ignoraient complètement où ils se trouvaient. Ils avaient l'air désorientés – et plus Thomas les observait, plus il percevait un malaise. Chacun semblait marcher de son côté, sans trop faire attention aux autres.

Il zooma sur des garçons qu'il ne connaissait pas très bien, qui venaient de se croiser.

— Hé, fit l'un d'une voix tremblante. Tu sais où on est ? Ou comment on est arrivés là ?

L'autre se contenta de secouer la tête. Il paraissait au bord des larmes.

— Je… je ne sais même pas…

Sans achever sa phrase, il tourna les talons et s'éloigna d'un pas vif.

Le même genre de situation se produisait un peu partout. La plupart des garçons s'évitaient et, lorsqu'ils s'adressaient la parole, ils se comportaient comme des étrangers. Comme s'ils ne s'étaient jamais vus. Ou ne savaient même plus qui ils étaient. Certains s'échangèrent leurs noms, mais toujours sur un ton hésitant.

C'était forcément les masques. Voilà donc à quoi ils étaient destinés. Le WICKED avait trafiqué leur mémoire. En s'appuyant sur leurs implants, probablement.

S'il voyait juste, si les dégâts infligés à leur mémoire étaient définitifs, Thomas ne pouvait rien imaginer de plus terrible. Leurs souvenirs étaient la seule chose qui leur appartenait encore. Il se rappela l'époque où Randall lui avait pris son nom – il avait eu l'impression de perdre une partie de son âme. Mais là, c'était encore pire. Jusqu'où s'étendait cette amnésie ? Se pouvait-il qu'elle ne soit que temporaire ?

Il repéra Minho qui longeait les murs d'un pas vif, examinant chaque centimètre carré de la construction. Peut-être le faisait-il depuis des heures, avant même le lever du faux soleil. Il avait peur, cela se voyait. La perte de vos souvenirs, combinée au fait de se retrouver jeté dans une prison de pierre – voilà qui devait vous emplir d'un sentiment de panique au-delà de toute imagination. Il marchait, marchait et marchait encore, passant d'un mur à l'autre et ainsi de suite. Il s'était forcément rendu compte qu'il ne faisait que tourner en rond.

Sur un autre écran, Alby se tenait assis près du bosquet, adossé à un sapin. Il restait immobile, au point de se demander s'il était encore en vie. Thomas fut bouleversé de le voir aussi abattu. Ce jeune homme qu'il avait connu volontaire et déterminé, toujours prêt à relever tous les défis… Le WICKED en avait fait une coquille vide.

Newt allait et venait avec les autres. Il marchait sans but, de la grange aux champs, en passant par le petit bâtiment destiné à les héberger – guère plus qu'une cabane, en réalité. Il avait le même regard éteint qu'Alby. Il s'approchait de son vieil ami avec prudence, comme s'il ne le reconnaissait pas. Thomas pressa un bouton pour capter le son.

— Tu sais où on est ? demanda Newt.

Alby redressa la tête.

— Non, je ne sais pas où on est, aboya-t-il comme si Newt lui avait déjà posé la question cent fois et qu'il ne supportait plus de l'entendre.

— Oui, eh bien moi non plus.

— Je crois qu'on est tous au courant, maintenant.

Ils se fixèrent l'un l'autre un long moment, sans qu'aucun ne se décide à baisser les yeux. Puis Newt dit :

— Au moins, je me rappelle mon nom. C'est Newt. Et toi ?

— Alby.

Il avait répondu cela d'un air dubitatif.

— On ne devrait pas penser à s'organiser un peu ?

— Si, on devrait.

Alby semblait aussi peu commode que la nuit où ils s'étaient fait surprendre en dehors du complexe du WICKED.

— Quand ? insista Newt.

— Demain, mec. Laisse-nous une journée pour déprimer, tu veux bien ?

— D'accord.

Newt s'éloigna, shootant dans un caillou sur le sol poussiéreux.

Plus tard dans l'après-midi, Minho entreprit d'escalader l'un des murs.

Le lierre était plutôt tentant, offrant une voie d'accès à ceux qui auraient l'audace de l'emprunter. Minho s'y accrocha à pleines mains, trouva des prises précaires et se lança. Main après main, pied après pied, il se hissa de plus en plus haut.

Trois mètres.

Cinq mètres.

Sept mètres.

Neuf mètres.

Il s'arrêta. Il jeta un coup d'œil vers le ciel, puis en contrebas. Un petit attroupement s'était formé pour l'encourager. Deux autres garçons s'attaquaient au lierre à leur tour, tâchant de suivre son exemple.

Minho regarda de nouveau vers le haut. Puis en bas. Le mur. Ses mains. Le ciel. Le sol. Le ciel. Le mur. Ses mains. Puis, sans explication et malgré l'abondance de lierre qu'il avait encore au-dessus de lui, il entreprit de redescendre. Quand il ne fut plus qu'à un mètre de haut, il sauta au bas du mur et s'essuya les mains sur son pantalon.

— Impossible ici, décréta-t-il. Essayons ailleurs.

Trois heures et quatre murs plus tard, alors que le soir commençait à tomber, il renonça.

Les autres firent pareil.

Ce soir-là, quand le Dr Paige vint le chercher, Thomas s'aperçut avec stupeur que la journée était terminée.

— Il est temps de retourner dans ta chambre, lui dit-elle avec douceur.

Comme elle s'était montrée conciliante en lui faisant apporter ses repas sur place pendant la journée, Thomas décida d'en profiter pour solliciter une faveur. Et pour ne pas risquer de pousser le bouchon trop loin, il remit à plus tard ses questions sur l'amnésie apparente de ses amis.

— Est-ce que je pourrai revenir ici demain matin ? demanda-t-il. J'aimerais assister à leur réaction au moment de l'ouverture des portes. Ça me paraît important.

Il dit cela comme si cela lui semblait important pour leurs recherches.

— D'accord, Thomas. Pas de problème. Tu n'auras qu'à prendre ton petit déjeuner ici.

Il se leva, le cœur si lourd qu'il eut l'impression de le laisser au fond de son siège. Après un dernier regard à ses amis – qui s'installaient pour la nuit, discutant par petits groupes, partageant la nourriture qu'on leur avait fournie –, il tourna les talons et partit.

Le lendemain matin, il arriva dans la salle d'observation juste à temps.

Le labyrinthe tout entier venait de se mettre à trembler, et Thomas alluma le son. La pièce s'emplit brusquement d'un grondement de tonnerre tandis que les portes géantes s'écartaient lentement. Le spectacle devait être stupéfiant pour quiconque y assistait pour la première fois ; Thomas lui-même, qui avait aidé à construire ces portes, était impressionné.

Il vit ses amis se rassembler dans la confusion. Certains poussaient des cris d'effroi. D'autres affichaient un tel espoir dans leur expression que Thomas en eut le cœur brisé. Il paraissait évident qu'ils n'avaient pas recouvré la mémoire.

Il les regarda s'aventurer dans les couloirs du labyrinthe proprement dit et commencer à explorer ses méandres, à reconnaître son schéma. Il se demanda ce qu'ils penseraient la première fois que les murs se déplaceraient pour former un nouveau plan. Il pensa aux moments terrifiants qui les attendaient, puis se souvint de la créature gélatineuse qui s'était penchée au-dessus de Minho et à ce qui se produirait quand le WICKED déciderait de la lâcher dans le labyrinthe.

— Thomas ?

Il se retourna en sursaut pour découvrir le Dr Paige debout derrière lui.

— Tu auras plein d'autres occasions d'observer tes amis, lui promit-elle. Mais tes responsabilités doivent passer avant tout le reste, d'accord ? Tu as un emploi du temps à respecter. Allons-y.

Il quitta la pièce, abandonnant ses amis derrière lui.

CHAPITRE 36

13/03/230, 14 h 36

Assis dans son fauteuil à contempler les rangées d'écrans au-dessus de la console de contrôle, Thomas se sentait mieux que depuis des mois. Ce qui ne voulait pas dire grand-chose ; du moins respirait-il librement, au lieu de souhaiter qu'une maladie mystérieuse le frappe brutalement et que son prochain souffle soit le dernier. Ce jour-là, il se sentait bien.

Le Dr Page l'autorisait à observer ses amis dans le labyrinthe tant qu'il continuait à suivre son programme habituel de cours et d'examens. Faute de travail depuis l'achèvement du chantier du labyrinthe, il avait du temps libre, et même s'il savait qu'on scrutait la moindre de ses réactions pendant ces séances, il n'aurait pas voulu le passer ailleurs.

Les techniciens avaient installé un nouveau système d'affichage, ce qui contribuait peut-être à expliquer pourquoi il avait réussi à s'arracher à ses idées noires, ne serait-ce que pour un court instant. Désormais, il pouvait choisir n'importe quel scaralame et projeter les images qu'il renvoyait sur un écran central beaucoup plus grand, de plus de deux mètres de diagonale, avec un rendu spectaculaire en matière de couleurs, de détails et de son. Il adorait cela – voir de près et entendre ses amis dans le labyrinthe, comme s'il se trouvait avec eux. Le nouveau système rendait cent fois mieux, et il trouvait sans cesse des prétextes pour passer de plus en plus de temps dans cette pièce. À observer. Étudier. Chercher à comprendre ce qu'ils pensaient. Malheureusement, ils n'avaient toujours pas recouvré la mémoire, ce qui frustrait Thomas au plus haut point.

Il sélectionna le scaralame numéro trente-sept et bascula ses images sur l'écran principal. On y voyait Alby et un dénommé George debout à la porte est du labyrinthe, qui bavardaient et riaient en mangeant des pêches cueillies dans le verger. Thomas n'avait jamais échangé un seul mot avec George mais il raffolait de ce genre de scènes. La vision de blocards en train de profiter de la vie. Cela lui donnait de l'espoir, l'aidait à oublier momentanément ce qu'ils subissaient. Et comme il ne se passait rien de plus intéressant ailleurs, il s'enfonça dans son fauteuil et regarda, regrettant de ne pas pouvoir être sur place. Ne serait-ce que pour une petite visite.

On frappa à la porte.

— Entre ! cria Thomas.

Il ne se donna pas la peine de vérifier qui ouvrait la porte, puis la refermait derrière lui. Il l'avait deviné rien qu'au bruit de ses pas. Sans l'ombre d'un doute.

— Salut, Chuck, dit-il sans se retourner.

— Salut, Thomas ! lança le jeune garçon avec son enthousiasme habituel.

Il saisit un fauteuil, le fit rouler à côté de celui de Thomas et se hissa dedans avec un grognement jovial.

— Il se passe des trucs intéressants ? demanda-t-il.

— Juste sous tes yeux, répliqua Thomas. Tu vois ? Regarde attentivement. Vise un peu ce qu'Alby et George sont en train de manger. Tu ne vas pas en croire tes yeux.

Chuck se pencha en avant, les cheveux ébouriffés comme toujours, et plissa les yeux devant l'écran qu'il scruta avec le plus grand sérieux.

— On dirait des pêches, observa-t-il enfin.

— Bingo ! confirma Thomas en lui assénant une claque dans le dos. Je crois que tu es le meilleur analyste de tout le WICKED.

— Bidonnant, railla le gamin comme chaque fois que Thomas se moquait de lui. Tu es trop rigolo.

Thomas avait imploré le Dr Paige de permettre à Chuck de lui servir d'assistant une heure ou deux tous les jours. Le WICKED appréciait manifestement son opinion et Thomas avait prétendu avoir besoin de quelqu'un à qui parler pendant ses séances d'observation. Teresa apprenait l'informatique en marge de son programme normal et se trouvait souvent trop occupée pour l'aider.

Il prétendait former Chuck pour le préparer à endosser de grandes responsabilités plus tard, mais la vérité, c'était qu'il avait besoin de lui. Quand il restait seul trop longtemps, ses souvenirs revenaient le tenailler et Chuck lui faisait l'effet d'un rayon de soleil dans l'obscurité. Le Dr Paige avait donné son accord sans se faire prier, trop contente de pouvoir étudier les réactions de Chuck devant ce qu'il voyait. C'était purement égoïste de la part de Thomas mais il ne pouvait pas y renoncer. Il avait besoin de Chuck comme un petit enfant de son doudou.

Chuck constituait l'un des rares points positifs au cours des mois lugubres qui avaient suivi l'envoi des premiers sujets dans le labyrinthe, après effacement de leur mémoire. Sans lui et sans Teresa, Thomas ne savait pas s'il aurait tenu le coup.

Comme si cette simple réflexion avait suffi à éveiller son attention – ce qui était tout à fait possible –, Teresa s'adressa à lui par la pensée.

Salut, tu fais quoi ? Moi, je viens juste de préparer le prochain gamin. Il partira dans la Boîte demain à la première heure. Le pauvre.

Je suis dans la salle d'observation, répondit-il. *Devine un peu qui est assis à côté de moi. Je te le donne en mille.*

Ce bon vieux Chucky-Chuck ? Il la sentit sourire à distance. Ils partageaient tous les deux la même tendresse à l'égard du garçon. *Ça t'ennuie si je viens vous rejoindre ?*

Tu rigoles ? Ça n'a pas la même saveur sans toi.

Voyant qu'elle ne réagissait pas tout de suite, il comprit qu'elle se préparait à lui faire une réponse sérieuse. Il attendit en grimaçant.

J'ai l'impression que tu vas mieux, finit-elle par dire. *Et j'en suis très heureuse.*

Il poussa un soupir de soulagement.

Pas tant que moi, répliqua-t-il. *Allez, ramène tes fesses par ici.*

Teresa arriva dans la salle d'observation quelques minutes plus tard. Elle s'assit sans dire un mot à côté de Thomas. Cette routine était aussi familière qu'une vieille paire de chaussons. Chuck se tourna vers elle et lui adressa un clin d'œil – il trouvait hilarant de flirter avec une fille plus âgée que lui –, puis il leva les deux pouces en l'air.

— Comment ça va, Chuck ? lui demanda-t-elle. Personne ne t'a encore renvoyé dans ta chambre aujourd'hui ?

— Non, m'dame, répondit-il en battant des cils. Un vrai petit ange, comme toujours.

— Tu parles.

Elle posa deux doigts sur la cuisse de Chuck et le pinça fort.

Le jeune garçon glapit de douleur et bondit de son siège, sautillant sur place en se frottant la cuisse.

— Pas cool ! protesta-t-il. Pas cool !

— Ça, c'est pour m'avoir piqué mes œufs durs au curry sur mon plateau-repas pendant que j'étais allée me chercher à boire, l'accusa-t-elle en fronçant les sourcils. Tu sais à quel point j'aime les œufs.

— Hein ? s'étonna-t-il. Comment sais-tu… (Il se tourna vers Thomas.) Elle lit dans les pensées ou quoi ?

— Pas d'embrouilles avec Teresa, déclara Thomas, qui était impressionné par les pouvoirs de leur amie. Si je dois t'enseigner une seule chose dans la vie, fiston, c'est bien ça. Jamais d'embrouilles avec Teresa.

— Viens un peu par ici, espèce d'œuf dur au curry ! s'écria Teresa.

Et elle pourchassa Chuck à travers la pièce pour l'étouffer sous les câlins.

Il avait beau s'amuser à jouer les séducteurs, Chuck détestait quand elle faisait cela.

Thomas se renfonça dans son fauteuil, savourant le spectacle.

Oui, pensa-t-il. *Je me sens beaucoup mieux.*

CHAPITRE 37

14/03/230, 06 h 30

Nouvelle journée d'insertion.

Le garçon s'appelait Zart, et c'était son tour d'entrer dans la Boîte. C'était Teresa qui avait supervisé l'opération cette fois. Elle avait préparé Zart la veille et il avait subi l'Effacement tôt dans la matinée. À présent, il reposait sur son brancard, inconscient. Thomas ignorait ce qu'on leur administrait mais cela aurait assommé un rhinocéros.

Thomas leva les yeux vers Teresa et lui adressa un sourire. Ils se trouvaient dans l'ascenseur en compagnie du Dr Paige, de deux infirmiers et de Chuck. Une fois de plus, Thomas avait convaincu le Dr Paige de laisser son acolyte les accompagner, au grand ravissement de ce dernier. Chuck était toujours enthousiaste à l'idée d'échapper aux cours et aux tests. Thomas se disait de plus en plus souvent qu'il n'était pas juste de lui cacher ce qui l'attendait, qu'ils devraient le préparer mentalement, ne serait-ce qu'à un niveau subconscient.

La cabine bourdonnait en s'enfonçant dans les entrailles du bâtiment. Personne ne dit un mot pendant tout le trajet, pas même Chuck, ce qui constituait en soi un petit miracle. Thomas était perdu dans ses pensées.

Quelle impression ça fait ? se demandait-il en contemplant le visage détendu de Zart. C'était sans doute très bizarre de se réveiller sans le moindre souvenir. Le Dr Paige lui avait expliqué le principe à de nombreuses reprises, mais que pouvait-on bien *ressentir* ? Voilà ce que Thomas aurait voulu savoir. Garder parfaitement intacte sa vision du monde, mais dépouillée de tout ce qui importait vraiment. Amis, famille, endroits connus… C'était une idée à la fois terrifiante et fascinante.

Un tintement leur signala qu'ils étaient arrivés. Le sous-sol. Thomas sentit son cœur se serrer. C'était là que ses amis et lui s'étaient retrouvés chaque semaine pendant si longtemps. Là que le garçon solitaire et mélancolique était devenu quelqu'un de relativement heureux, avec des amis.

Les portes s'ouvrirent et les infirmiers firent rouler le brancard dans le couloir. Après un bref regard, Thomas et Teresa suivirent le Dr Paige hors de la cabine. Chuck leur emboîta le pas, les yeux brillants d'excitation. Si l'avenir qui l'attendait le tracassait, il n'en montrait rien.

Les roulettes du brancard grincèrent sur le carrelage tandis qu'ils partaient en direction de la Boîte.

— Pourquoi vous ne dites rien ? demanda Chuck.

Il devait régulièrement trottiner pour rester à la hauteur des autres.

— Parce qu'il ne fait même pas jour, répliqua Teresa. Parce qu'on devrait tous être au lit à cette heure-là, et qu'on n'a pas encore pris notre petit déjeuner.

— Ni avalé un café, renchérit le Dr Paige. Je pourrais tuer un Griffeur de mes propres mains en échange d'une seule tasse.

Thomas et Teresa échangèrent un regard surpris, puis amusé. Le médecin venait de plaisanter. C'était peut-être bien la fin du monde, après tout.

Ça me fait peur, avoua Teresa de but en blanc.

Quoi donc ? demanda Thomas.

L'idée du labyrinthe. De l'insertion. En même temps, je trouve ça très excitant. Parfois, j'envie presque ceux qui sont au Bloc. D'accord, leur vie n'est pas facile, mais au moins ils s'amusent.

Thomas haussa les épaules, comme s'il n'avait jamais vraiment réfléchi à la question. La vérité, c'était qu'il y pensait beaucoup ces derniers temps. *Je ne sais pas,* dit-il. *Tu te doutes bien que les psys ne vont pas les laisser se tourner les pouces indéfiniment.*

Teresa ne répondit pas tout de suite. Ils continuèrent à marcher dans le couloir en silence.

Oui, ça va se gâter tôt ou tard, finit-elle par convenir.

Ils arrivèrent enfin devant la porte à double battant qui ouvrait sur la salle de la Boîte. Malgré toute la sophistication qui caractérisait le WICKED, ses tests, ses expériences et ses bijoux de technologie, la Boîte elle-même ne payait pas de mine. Elle se trouvait dans une grande pièce poussiéreuse au fond d'un puits, lequel permettait d'accéder directement au Bloc par un système imposant de chaînes et de poulies. Un ascenseur magique vers un monde nouveau.

Thomas frémit en songeant à ce qu'on devait éprouver en reprenant connaissance à l'intérieur de cette pièce obscure, privé de tous ses souvenirs. Ce devait être effroyable.

— Nous y voilà, déclara le Dr Paige pendant que les infirmiers poussaient le brancard. Ces dernières semaines, nous avons envoyé de nombreux sujets dans le labyrinthe afin de permettre aux psys de procéder à des ajustements du programme. Mais après Zart, nous serons plus méthodiques. Nous n'enverrons plus qu'un seul garçon par mois, le même jour, à la même heure. Réglé comme une horloge. Sauf décision contraire.

Ils se ménagent toujours plusieurs options, hein ? dit Thomas à Teresa.

Toujours. Elle lui projeta une image d'elle-même en train de tirer la langue tout en louchant. Cela n'avait aucun sens, et pourtant cela lui sembla approprié.

Les infirmiers s'arrêtèrent juste à côté de la Boîte, qui mesurait environ trois mètres de haut. L'un d'eux passa derrière pour en ramener un escabeau à roulettes.

— Où est la porte de ce truc ? demanda Chuck, qui examinait la face parfaitement lisse qu'il avait devant lui.

Personne ne lui répondit avant qu'il ait fait le tour de la Boîte et se soit retrouvé à son point de départ.

— Tu verras bien, lui dit Teresa, sans chercher à masquer sa répugnance pour le procédé.

— Ce n'est pas vraiment de la haute technologie, prévint Thomas.

— J'ai hâte de voir ça ! fit Chuck avec un enthousiasme un peu forcé.

Thomas le soupçonnait parfois d'avoir un humour plus subtil qu'il n'y paraissait.

— Bien, déclara le Dr Paige. Allez-y, montez-le là-haut. Ils sont tous prêts dans la salle de commande.

Les infirmiers attrapèrent Zart – l'un par les pieds, l'autre sous les aisselles – et le soulevèrent du brancard. Après quoi, lentement et avec précaution, ils entreprirent de grimper à l'escabeau ; il tremblait sous leur poids. Au sommet, l'exercice devint encore plus périlleux quand l'infirmier qui tenait Zart par le torse le hissa jusqu'au bord de la Boîte et fit passer tant bien que mal ses bras par-dessus bord. Il attendit alors, le temps de s'assurer que le garçon ne retomberait pas, puis se pencha pour aider son collègue à soulever Zart par les jambes.

Lamentable, dit Thomas à Teresa. *Ils ne pouvaient pas trouver une meilleure solution ? Ils ont des implants cérébraux, des transplats, des petits robots équipés de caméras. Et là…*

Il s'interrompit quand l'un des infirmiers lâcha prématurément le corps de Zart, lequel bascula de l'autre côté et s'écrasa au fond de la Boîte avec un choc sourd qui résonna jusqu'au plafond. Chuck pouffa, puis rougit sous le regard assassin que lui jeta le Dr Paige.

— Désolé, marmonna-t-il.

— Il n'a rien ? demanda le Dr Paige sur un ton agacé.

Les deux infirmiers se hissèrent sur la pointe des pieds et se penchèrent par-dessus bord pour examiner Zart en contrebas.

— On dirait que non, répondit l'un d'eux. Il s'est roulé en boule – il dort comme un bébé.

— Pourquoi ne pas avoir installé de trappe sur le côté de la Boîte ? demanda Chuck, avec une douceur dans la voix qui signifiait certainement : Comment peut-on être aussi bête ?

— Nous ne faisons jamais rien sans raison, répliqua le Dr Paige, sans se donner la peine d'y mettre trop de conviction. (Se pouvait-il qu'il s'agisse encore d'une plaisanterie ?) Venez, allons assister à l'insertion.

— Et maintenant ? s'enquit Chuck alors qu'ils repartaient comme ils étaient venus par le couloir interminable. Quand va-t-il se réveiller ?

Contre toute attente, le Dr Paige lui répondit, pour une fois d'humeur à satisfaire sa curiosité.

— Dans une heure environ, dit-elle. À ce moment-là, nous pourrons lancer la simulation de montée et commencer nos observations. Nous devrions découvrir des schémas nouveaux – et très intéressants – d'ici les prochains jours.

Son humeur avait radicalement changé ; son ton et son pas léger exsudaient l'enthousiasme.

— Cool, commenta Chuck.

Ils continuèrent à avancer.

Thomas observait, à côté de Teresa. Ils avaient renvoyé Chuck dans sa chambre pour qu'il ne voie pas l'angoisse qui s'emparait des garçons au moment de leur réveil dans la Boîte. Inutile de lui montrer ce qui l'attendait.

Ensemble, Thomas et Teresa observaient donc Zart en tâchant d'imaginer ce qu'il pouvait éprouver.

Zart se réveilla dans l'obscurité ; c'est tout juste si les caméras de la Boîte captaient ses gestes. Au début, il ne dit rien et se contenta de tituber comme un homme ivre dans le caisson métallique. Puis il saisit d'un coup l'horreur de sa situation. La perte de mémoire, l'endroit où il se trouvait, le mouvement, les bruits. Pris de panique, il se mit à tambouriner contre les cloisons en hurlant :

— Au secours ! Au secours !

Son agitation se prolongea ; il s'entailla le poing et se mit à saigner. Il finit par s'écrouler sur le sol avant de se recroqueviller dans un coin. Il ramena ses genoux contre son torse et les serra dans ses bras. Il se mit bientôt à pleurer.

La Boîte s'arrêta brusquement et une bulle de silence se forma autour de lui, fragile. Zart faillit avoir une attaque quand le plafond se fendit au-dessus de lui et s'ouvrit en grinçant. La lumière de dix soleils incandescents l'éblouit. Il se couvrit les yeux avec les mains et se balança d'avant en arrière sur le sol en geignant.

Il entendit des froissements de pas, des chuchotements, des petits rires qui venaient d'en haut. Il risqua un coup d'œil entre ses doigts et s'aperçut qu'il voyait. Il distingua un carré de lumière au bord duquel se découpaient les silhouettes d'une trentaine de garçons penchés au-dessus de lui. Certains se poussaient du coude, le pointaient du doigt, ricanaient.

On lui jeta une corde terminée par une boucle. Il se leva, passa un pied dans la boucle et s'accrocha des deux mains à la corde. Ils le hissèrent jusqu'à eux, l'aidèrent à sortir de la Boîte et à se mettre debout. Trois ou quatre garçons l'époussetèrent, sans ménagement, mais avec des rires et des acclamations. Comme des amis qui accueilleraient un vieux camarade.

Un garçon aux cheveux châtains s'avança. Zart lui serra la main.

— Je m'appelle George, lui dit l'autre. Bienvenue au Bloc.

CHAPITRE 38

15/03/230, 15 h 15

La journée s'était déroulée comme toutes les autres. Petit déjeuner, quelques cours, un passage par la salle d'observation. Ensuite, déjeuner et retour à la salle d'observation. Tout cela en compagnie de Teresa. Chuck avait été autorisé à les rejoindre à la fin de ses cours.

Chuck à sa gauche.

Teresa à sa droite.

Thomas ne savait plus très bien où se situer dans le projet du WICKED. On le laissait faire ce qu'il voulait, aller et venir à sa guise. Il prenait généralement ses repas dans la cafétéria avec les autres sujets qu'on n'avait pas encore envoyés dans le labyrinthe. Il ne s'entendait pas aussi bien avec eux qu'avec Newt, Alby et Minho, mais dans l'ensemble il les trouvait plutôt cool. Deux d'entre eux, Jeff et Leo, étaient particulièrement agréables, même si bien sûr ils se faisaient du souci pour ce qui les attendait – ils avaient entendu des rumeurs au sujet du labyrinthe. Le plus souvent, cependant, ils gardaient leur inquiétude pour eux.

Fixant les écrans, Thomas décida qu'il allait bien. En attendant que les choses s'améliorent, le statu quo lui convenait.

— Que se passe-t-il là-bas ? demanda soudain Teresa, arrachant Thomas à ses réflexions.

Elle pointait un écran sur sa droite. Thomas bascula l'image sur le grand écran central pour mieux voir.

Un groupe de garçons mené par Alby et Newt se pressait d'un air méfiant contre l'appentis où ils rangeaient le bois, le long du mur, dans le coin nord-ouest du Bloc. Le WICKED ne leur avait offert au départ qu'un abri rudimentaire pour se protéger des intempéries, dans l'espoir que les sujets l'amélioreraient à mesure qu'ils recevraient des fournitures. Ils avaient déjà commencé à en parler depuis quinze jours et traîné contre le mur toutes les grosses branches qu'ils avaient pu trouver. Certains avaient même dormi sous l'appentis ces dernières nuits.

Mais à présent, le groupe rassemblé à l'entrée de l'appentis avait l'air… troublé. Les garçons se tenaient bizarrement, trop près les uns des autres, comme s'ils voulaient empêcher que les scaralames puissent voir à l'intérieur. Ils n'arrêtaient pas de jeter des coups d'œil à gauche, à droite, surveillant les environs comme des malfaiteurs redoutant l'arrivée de la police. Alby et Newt échangeaient des chuchotements furieux – soit ils se disputaient, soit ils s'inquiétaient au sujet de quelque chose.

— Que font-ils ? se demanda Thomas à haute voix.

Il se pencha pour tâcher de distinguer l'intérieur de l'appentis plongé dans la pénombre, mais on ne voyait rien sous cet angle.

Teresa le prit de vitesse en pressant le bouton de communication qui les reliait à la salle de commandement – où les vrais responsables travaillaient.

— Y aurait-il un moyen d'envoyer un scaralame là-dedans ? demanda-t-elle dans le micro.

— Non, répondit une voix d'homme. (Celle d'un psy, probablement. Ils interagissaient très peu avec les sujets, voire pas du tout, pas plus avec Thomas et Teresa.) Nous préférons attendre de voir la suite avant de leur faire savoir que nous les surveillons de près.

Cela ne fit que renforcer la curiosité de Thomas.

— Est-ce qu'on pourrait avoir un gros plan, au moins ?

— Nous ferons au mieux, répondit sèchement leur interlocuteur. Salle de commandement, terminé.

Un déclic leur signifia l'interruption de la communication. Autrement dit : Fichez-nous la paix. Les psys pouvaient parfois se montrer abrupts.

Un mouvement à l'écran retint l'attention de Thomas. Alby s'était penché dans l'abri triangulaire et empoignait quelque chose, les muscles bandés sous l'effort. Newt vint lui prêter main-forte et en s'y mettant à deux ils tirèrent la chose en question à découvert – le faux soleil avait déjà disparu derrière le mur ouest, plongeant ce coin du Bloc dans l'obscurité.

— Qu'est-ce que c'est ? demanda Teresa.

— C'est quelqu'un ! s'écria Chuck, faisant sursauter Thomas dans son siège.

Il avait raison. Alby et Newt, tenant une jambe chacun, traînaient quelqu'un vers le point de jonction des murs nord et ouest. Arrivé là, Alby s'agenouilla auprès du garçon et lui asséna un coup de poing au visage. Teresa lâcha une exclamation de stupeur et Thomas eut un mouvement de recul. Alby releva le poing et cogna encore, et encore. Newt finit par l'attraper par le bras pour le tirer en arrière.

— Vous voyez qui c'est ? demanda Teresa.

Chuck avait contourné la console pour se coller à quelques centimètres de l'écran.

— Je le connais, affirma-t-il. C'est George.

— Celui qui a accueilli Zart au Bloc ? protesta Thomas. Il s'est à peine écoulé vingt-quatre heures depuis. Comment la situation a-t-elle pu dégénérer à ce point en si peu de temps ?

— Oui, que s'est-il passé ? dit Teresa. Pour qu'Alby soit en train de démolir ce pauvre George ?

Thomas vit l'image se brouiller sur un écran à gauche de l'écran principal ; un scaralame fonçait à travers le lierre pour s'approcher de la scène.

— Chuck, viens par ici, aboya Thomas. Tu m'empêches de voir.

Chuck obéit, avec une expression partagée entre la crainte et l'excitation. Thomas s'empressa de sélectionner l'image qu'il voulait et de la basculer sur le grand écran central. Au même instant, la caméra surgit du feuillage pour leur offrir une vue plongeante sur Alby, Newt et George. Malgré le bruit qu'elle avait dû faire, aucun des garçons ne parut s'apercevoir de sa présence.

Désormais, Thomas voyait tout dans les moindres détails ; il pouvait les entendre respirer et suivre le plus discret de leurs gestes.

George se trouvait dans un triste état. Il se tortillait au sol, les muscles crispés dans une position raide et figée. Il avait les yeux exorbités, les lèvres réduites à une ligne pâle, et la peau de son visage donnait l'impression d'avoir été arrachée, bouillie puis remise en place avec des agrafes. Thomas cligna des paupières, se frotta les yeux. George avait presque l'air artificiel, produit en studio par des effets spéciaux. Tout en se tordant de douleur, il poussait des petits geignements aigus sans ouvrir la bouche.

— Mais qu'est-ce qu'il a, nom de Dieu ? s'écria Newt.

Un autre garçon, que Thomas ne connaissait pas, se tenait à côté de lui. Il répondit :

— Je vous l'ai dit. On explorait le labyrinthe. Il marchait devant moi. J'ai entendu des espèces de bruits mécaniques, et puis Georgie s'est mis à hurler. J'ai eu un mal de chien à le ramener.

Il fulminait en racontant cela.

— Qui est-ce ? demanda Thomas.

Il avait presque l'impression de se trouver dans le Bloc en compagnie de ses vieux amis.

— Il s'appelle Nick, répondit Chuck. Il mange ses crottes de nez.

Thomas s'arracha à la contemplation de l'écran pour lever les yeux vers lui.

— Tu crois que c'est le moment ? Franchement…

— C'est tout ce que je sais sur lui !

— Je ne voulais pas que les autres le voient, déclara Alby, ramenant l'attention de Thomas sur le grand écran. Je voulais éviter qu'il fasse peur à tout le monde. C'est fichu, maintenant.

— Pourquoi l'as-tu cogné comme ça ? protesta le dénommé Nick, toujours aussi furieux. C'est mon pote, tu sais. Il a besoin de soins médicaux, pas de se faire dérouiller.

— Il a essayé de me mordre ! s'emporta Alby en lui postillonnant à la figure. Alors fous-moi la paix !

— Les gars, du calme, s'interposa Newt. Il faut qu'on réfléchisse. Qu'est-ce qu'on va faire ?

Ils se tenaient au-dessus de George, dont l'état avait empiré. Sa tête enflée paraissait sur le point d'exploser. Il était rouge comme une betterave. Les veines saillaient sur son front, ses tempes. Et ses yeux… étaient énormes. Thomas n'avait jamais rien vu de pareil.

— Est-ce que tu as vu ce qui l'a attaqué ? demanda Alby, qui semblait avoir oublié qu'ils étaient sur le point d'en venir aux mains quelques secondes plus tôt.

Nick secoua la tête.

— Non.

— Et George, tu crois qu'il a vu quelque chose ? insista Newt.

Nick acquiesça.

— Eh bien, oui, je crois. Je n'en suis pas sûr, mais… il n'arrêtait pas de répéter : « Ça m'a piqué, cette saleté m'a piqué »… C'était trop bizarre. On aurait dit qu'il était possédé, ou, je ne sais pas… Qu'est-ce qu'on peut faire ?

Thomas se renfonça dans son fauteuil. Sans qu'il sache pourquoi, ces quelques mots lui avaient glacé le sang.

« Ça m'a piqué. »

CHAPITRE 39

15/03/230, 17 h 01

— Aidez-moi, dit Alby en se baissant pour attraper George par les jambes. Plus la peine de chercher à le cacher. Portons-le au milieu du Bloc et rassemblons tout le monde. Quelqu'un aura peut-être une idée.

À cet instant précis, Newt leva les yeux et regarda droit vers la caméra. Thomas eut un mouvement de recul, comme si son ami avait pu le repérer.

Newt plaça ses mains en coupe autour de sa bouche et cria :

— Hé ! Vous qui nous avez amenés ici ! Vous ne pourriez pas nous envoyer des médicaments ? Ou un foutu docteur ? Ou mieux encore, faites-nous sortir de ce trou à rats !

Thomas se raidit, glacé jusqu'aux os. C'était insensé, mais Newt et les autres ignoraient qui les avait placés là. Ils avaient oublié jusqu'au nom du WICKED. Ils savaient juste qu'ils étaient piégés au cœur d'un labyrinthe – et que des caméras fixées à des insectes robotisés les espionnaient en permanence. Et, de toute évidence, ils étaient sur le point de découvrir l'existence des Griffeurs.

« Ça m'a piqué. » Personne n'avait prévenu Thomas que des gens se feraient piquer. C'était forcément en rapport avec les appendices métalliques qui sortaient du corps de ces créatures.

Les garçons avaient soulevé George – ils avaient dû s'y mettre à quatre, tant il se débattait. Et il poussait toujours ces gémissements abominables qui donnaient envie à Thomas de se boucher les oreilles.

Le petit groupe contourna la bâtisse qu'ils avaient surnommée la ferme pour se diriger vers le centre du Bloc, à proximité de la Boîte. D'autres garçons – certains occupés aux champs, d'autres dans l'enclos, quelques-uns en train de flâner – remarquèrent aussitôt qu'il se passait quelque chose, et bientôt tous les blocards furent réunis autour de George, que ses porteurs laissèrent tomber par terre.

Se sachant repérés, les observateurs du WICKED avaient renoncé à toute discrétion et envoyé des scaralames en masse. Des images de la scène filmée sous différents angles envahirent les écrans, et Thomas choisit le meilleur angle – regrettant de ne pas avoir une vue « du ciel » – pour l'afficher au centre.

— Écoutez-moi ! cria Nick. (Thomas fut un peu surpris que ce ne soit pas Alby qui prenne les choses en main.) Georgie et moi étions dans le labyrinthe, en train d'explorer les couloirs, et il a pris un peu d'avance sur moi. Quelque chose l'a attaqué. Il a répété plusieurs fois qu'il s'était fait *piquer*. Ça dit quelque chose à quelqu'un ?

— Minho a dit qu'il avait aperçu des créatures là-dedans, intervint Alby. Où est-il ?

— Il n'est pas rentré, répondit l'un des garçons. Il doit encore faire la sieste quelque part au fond d'un cul-de-sac.

— C'était forcément l'une de ces bestioles, insista Alby. À tous les coups.

— Pour l'instant, on s'en fiche un peu, dit Nick en montrant George qui s'était roulé en boule sur le sol et se balançait d'avant en arrière. Que va-t-on faire de lui ? Tout ce qu'on a, c'est de l'aspirine et des bandages.

— Il y avait un drôle de truc dans les provisions qu'on nous a envoyées la semaine dernière.

Thomas n'avait pas vu qui avait dit cela, mais ensuite un garçon noir à la carrure imposante sortit des rangs pour venir se placer à côté de Nick.

— De quoi est-ce que tu parles, Siggy ? lui demanda le chef.

— Son nom, c'est Poêle-à-frire ! cria quelqu'un. Il n'y a que toi qui ne l'appelles pas comme ça.

Quelques rires fusèrent ici et là, parfaitement incongrus alors qu'un garçon se tordait de douleur sur le sol.

Nick les ignora, mais Thomas vit Alby jeter un regard sombre aux rieurs.

— C'était au fond d'un carton, expliqua Siggy, ou Poêle-à-frire. Une espèce de seringue avec le mot « sérum » écrit dessus. J'ai pensé qu'il s'agissait d'une erreur – que quelqu'un l'avait laissée tomber là-dedans par accident. Je l'ai jetée ce matin avec les restes de saucisses.

Alby s'avança jusqu'au garçon et l'empoigna par son tee-shirt.

— Tu l'as jetée ? Sans rien dire à personne ? Pas étonnant que tu sois volontaire pour la cuisine – tu n'es pas assez malin pour quoi que ce soit d'autre.

Siggy sourit.

— Si ça t'amuse de le penser. En tout cas, je vous le dis maintenant, pas vrai ? Alors écrase.

— Où l'as-tu jetée ? demanda Nick. Elle est peut-être intacte. Ça vaut la peine de vérifier.

— Je reviens tout de suite, annonça Siggy.

Il partit au petit trot en direction de la ferme.

Son absence ne dura que trois ou quatre minutes, mais le temps que le garçon revienne avec un mince cylindre métallique au creux du poing, l'état de George s'était encore détérioré. Il allait de plus en plus mal.

Il ne bougeait presque plus, hormis son torse qui se soulevait et retombait à un rythme soutenu. Sa bouche était déformée, ses membres, flasques, ses muscles, complètement relâchés. Il ne semblait plus en avoir pour très longtemps.

— Le WICKED ne le laisserait pas mourir, hein ? s'inquiéta Chuck. C'est juste un test. Pour voir comment les autres vont réagir.

Teresa se pencha derrière Thomas pour donner à Chuck une petite tape dans le dos.

— La seringue est là pour ça. J'en suis sûre. Par contre, ils ont intérêt à se dépêcher.

Elle se tourna vers Thomas, et lui dit mentalement : *Ça va mal finir.*

Celui-ci secoua la tête, puis reporta son attention sur l'écran. Siggy avait passé la seringue à Nick, qui s'était agenouillé auprès de George. Le malade – le garçon qui s'était fait *piquer* – était inerte ; tout juste s'il respirait encore. Ses yeux paraissaient vides.

— Quelqu'un sait comment il faut faire ? demanda Nick à la cantonade. Où je dois l'injecter ?

— N'importe où ! lui cria Alby. Mais grouille-toi. Regarde-le !

Personne d'autre ne prit la peine de lui répondre, alors Nick saisit la seringue, posa le pouce sur le piston et planta l'aiguille dans le bras de George. L'autre ne réagit même pas. Nick enfonça le piston jusqu'au bout ; après quoi il retira et laissa tomber la seringue, se releva et fit deux pas en arrière. Les autres s'écartèrent eux aussi pour laisser George respirer, mais restèrent à proximité pour observer la suite, bouchant la vue à Thomas.

— Allez, Georgie, marmonna Nick à voix basse.

Seul le frisson du vent dans l'herbe du Bloc lui répondit.

Un long moment s'écoula. Teresa pressa le genou de Thomas ; il perçut la chaleur de sa main à travers son jean. Elle était aussi nerveuse que lui.

Enfin les garçons s'écartèrent, précipitamment, tandis qu'un rugissement inhumain fendait l'air. George s'était remis sur ses pieds, la bouche grande ouverte, le visage déformé par une grimace douloureuse. Il cria d'une voix stridente :

— Un Griffeur ! C'était un foutu Griffeur ! On va tous y passer !

Ces mots claquèrent comme des détonations lointaines.

Soudain, il se jeta sur le garçon le plus proche de lui, le plaqua au sol et se mit à le rouer de coups. Thomas observait la scène, choqué ; il n'en croyait pas ses yeux. Alby et Nick s'efforcèrent d'arracher George à sa victime mais l'autre les repoussa, frappant Nick en montrant les dents.

— Qu'est-ce que… ? chuchota Teresa.

George lacérait le visage de sa victime, ses joues, sa bouche. Puis il visa les yeux, sans cesser de hurler. Le garçon coincé sous lui se débattait, criait, ruait dans tous les sens. Mais George semblait avoir la force de dix hommes. Il maintenait sa victime au sol d'une main tout en la frappant de l'autre. Il s'attaqua encore à ses yeux, hurlant comme un animal.

C'était de la démence. Comme si George était passé d'un simple rhume à la folie furieuse en l'espace de quelques minutes. D'autres garçons essayèrent d'intervenir, de le maîtriser, mais ils ne parvenaient pas à l'empoigner. Thomas aperçut un mouvement sur la droite et vit Alby arriver en courant. Il avait fui la scène et revenait maintenant au pas de charge.

Dans sa main à hauteur d'épaule, comme un guerrier de l'Antiquité, il tenait une longue tige de bois – peut-être le manche d'un balai ou d'une pelle – dont l'extrémité cassée se terminait en pointe.

— Dégagez de là ! vociféra Alby, qui soulevait un nuage de poussière sous ses pas.

Thomas se tourna vers George et vit qu'il avait les deux mains sur les yeux de sa victime, laquelle hurlait de douleur.

Alby leva le bras et plongea son épieu improvisé dans la nuque de George avec une telle violence que la pointe ressortit de l'autre côté. Les cris du forcené se muèrent en gargouillis étranglés tandis qu'il s'écroulait sur le côté. Sa victime se dégagea, se tenant le visage à deux mains

George tressaillit, gémit, puis cessa de bouger.

Le sang assombrissait le sol sous lui.

CHAPITRE 40

15/03/230, 17 h 52

— Nom de Dieu, souffla Thomas, abasourdi.

Teresa lui lâcha la jambe pour aller s'affaler dans son fauteuil avec un grand soupir.

— C'est complètement dingue, ajouta-t-elle.

Thomas jeta un coup d'œil à Chuck et son cœur se serra. Le garçon avait remonté les jambes sur son siège et passé les bras autour de ses genoux ; il était livide, avec deux traînées de larmes qui brillaient sur ses joues. Et il tremblait. Une culpabilité insupportable s'empara de Thomas – il n'aurait jamais cru que son ami serait témoin d'une scène aussi terrible. Il ne pensait pas en être jamais témoin lui-même.

— Hé, dit-il en se tournant face à Chuck avant de l'empoigner par les épaules. Hé, regarde-moi. Regarde-moi !

Chuck finit lever ses yeux pleins de tristesse.

— On va tirer ça au clair, d'accord ? lui promit Thomas. Je suis sûr que… je ne sais pas. Quelque chose a mal tourné. Quelqu'un s'est planté quelque part. Ça n'aurait jamais dû arriver. Ce n'est pas ça, le labyrinthe, d'accord ?

Chuck répondit entre deux sanglots :

— Je m'amusais bien. Je ne croyais pas…

Sa voix se brisa, et il continua à pleurer en silence.

— Je sais, mec. Je sais. Ç'a été dur pour nous tous.

Il serra Chuck dans ses bras. Teresa était là aussi, à l'étreindre de l'autre côté. Ils restèrent ainsi pendant une minute environ. Puis Thomas jeta un coup d'œil par-dessus son épaule pour voir comment les blocards réagissaient à cette mort violente.

La plupart s'étaient dispersés. Alby se tenait à genoux, appuyé sur l'épieu avec lequel il avait tué George, à fixer le sol, immobile. Près de lui, Newt était assis en tailleur dans la poussière, la tête entre les mains et les yeux clos.

Un scaralame s'était approché du corps de George, et Thomas afficha les images sur l'écran central. De tous les garçons présents, c'était Nick qui paraissait le mieux encaisser le choc, même si George avait sans doute été un ami proche. Il l'avait appelé Georgie, après tout. Agenouillé près du cadavre, il fouilla dans ses poches, examina ses yeux, ses membres… pour se figer soudain, le regard focalisé sur son dos.

Après quelques secondes, il tendit la main vers le tee-shirt du mort et le palpa jusqu'à mettre le doigt sur un petit trou. Puis, en quelques gestes rapides, il en déchira un grand morceau et se pencha pour étudier quelque chose. Dans la salle d'observation, Thomas se pencha lui aussi, attiré par l'écran devant lui.

Le scaralame se rapprocha encore, la caméra braquée vers le point précis qui intéressait Nick. La peau était rouge et gonflée à cet endroit, et plusieurs veines noires rayonnaient autour d'une petite plaie, un cercle noir presque parfait creusé dans la chair de George. On aurait dit qu'une araignée aux pattes brisées sortait du corps. C'était affreux à voir.

— Piqué…, murmura Teresa. Tu parles d'une piqûre !

Thomas se leva.

— Cette fois ça suffit, décida-t-il. Viens.

Il tourna le dos aux images pour se diriger vers la porte.

— Où va-t-on ? demanda Teresa en se levant à son tour.

Chuck voulut les suivre.

— Tu ne viens pas avec nous, lui dit Thomas. J'ai besoin de toi ici.

— Hein ? Pourquoi ? protesta le garçon.

Il semblait fâché, ou peut-être terrifié à l'idée de rester seul ; Thomas n'aurait pas su le dire.

— Quelqu'un doit rester là pour garder un œil sur les écrans. S'il se passe quoi que ce soit – si un Griffeur débarque, si quelqu'un d'autre se fait piquer ou si le labyrinthe s'écroule –, tu devras nous prévenir. D'accord ?

Quoique trop malin pour gober cette explication, Chuck l'accepta sans rechigner.

— D'accord. Mais où allez-vous ? Où est-ce que je vous trouverai ?

Thomas ouvrit la porte et fit signe à Teresa de passer devant.

— On va exiger des réponses.

Thomas tambourina à la porte.

— Ouvrez-nous ! cria-t-il.

La salle de commandement était interdite aux moins de vingt et un ans. Il l'avait entendu de la bouche d'un responsable. Toutefois, cela ressemblait à un prétexte pour les tenir à distance. Teresa, Aris, Rachel et lui ne faisaient partie de l'équipe que lorsque cela convenait au WICKED. Il avait bien conscience que leur comportement était analysé avec autant d'attention que celui des blocards.

Et après la scène à laquelle il venait d'assister, Thomas ressentait un sérieux malaise.

Il était sur le point de frapper de nouveau quand il entendit un déclic, suivi d'un chuintement. Puis la grande porte blindée pivota. Un homme que Thomas n'avait encore jamais vu se tenait sur le seuil – petit, trapu, les cheveux bruns. Il ne semblait pas ravi.

— Qu'y a-t-il, Thomas ? demanda l'homme sur un ton étonnamment calme. Nous sommes un peu occupés pour l'instant.

— Vous dites toujours que notre rôle est important, qu'on fait partie du programme, rappela Thomas, en les désignant, Teresa et lui. On vous a aidés à construire ce labyrinthe. On vous a aidés à y envoyer nos amis. Et maintenant, on vient d'en voir mourir un sans que vous n'ayez rien fait pour l'empêcher. Pourquoi ? Pourquoi personne n'est intervenu ? On veut des explications, et on les veut tout de suite !

Tremblant, Thomas ne se contenait qu'à grand-peine. Il prit une inspiration frémissante en attendant la réponse de l'autre.

Plusieurs émotions se succédèrent sur le visage de leur interlocuteur. La dernière était la colère.

— Restez là, ordonna-t-il, avant de leur refermer la porte, au nez.

Thomas leva le poing pour se remettre à marteler la porte, mais Teresa lui retint le bras.

Ils vont venir nous parler, lui dit-elle dans sa tête. *Un peu de patience. On doit se montrer aussi calmes qu'eux dans ce genre de situation, sinon on n'en tirera rien.*

Agacé de savoir qu'elle avait raison et honteux de son coup de colère ridicule, il poussa un grand soupir.

La porte se rouvrit moins d'une minute plus tard. Le Dr Leavitt se tenait là, aussi chauve et renfrogné que d'habitude, mais avant qu'il ait pu dire quoi que ce soit, le Dr Paige apparut à ses côtés. Elle le poussa pratiquement hors de son chemin.

— Thomas, Teresa, dit-elle avec tendresse. Je suis sûre que vous devez être aussi affectés que nous.

Thomas ne s'attendait pas à cela, et il ne saisissait pas bien en quoi ces mots lui paraissaient étranges.

— Ça oui, peut-être même plus, riposta Teresa. Ça ne vous dérange pas de tuer des gosses, maintenant ?

Thomas ne savait pas s'il aurait eu le courage de le formuler aussi clairement, mais il était bien d'accord. Quelle que soit la façon de voir les choses, le WICKED venait d'assassiner George. Un garçon qui n'avait même pas dix-huit ans.

Le Dr Paige s'écarta sur le côté, et ouvrit grand la porte.

— Venez. Nous allons vous expliquer ce qui s'est passé. Ce qui a mal tourné. Vous méritez de savoir.

— Oui, je le crois aussi, marmonna Thomas, encore décontenancé.

Il venait de comprendre une chose qui ne lui avait jamais paru aussi vraie. Quoi qu'ils disent, quoi qu'ils fassent, tout ce qui leur arrivait pouvait toujours être un test organisé par le WICKED.

C'était insupportable.

Il suivit Teresa dans la salle de commandement, jeta des regards méfiants autour de lui.

— Suivez-moi, dit le Dr Paige en laissant la porte se refermer toute seule.

Leavitt s'effaça devant Thomas et Teresa, qu'il regarda passer comme des envahisseurs.

Après avoir emprunté un bref couloir, ils débouchèrent dans une grande salle ouverte aux deux extrémités. À droite de Thomas s'étendaient des rangées d'écrans, des postes de travail, des consoles de commande et des fauteuils. L'endroit ressemblait à leur petite salle d'observation – en dix fois plus imposant. Une vingtaine de personnes environ s'y affairaient. À sa gauche, Thomas vit plusieurs bureaux, une salle de réunion derrière une cloison de verre ainsi que des portes closes, dissimulant Dieu savait quels secrets. Cela lui rappela qu'il n'avait sous les yeux qu'une infime partie de toutes les ressources du WICKED.

— Je préfère que cela reste entre nous pour l'instant, leur lança le Dr Paige en les guidant au milieu de cette activité bouillonnante. Trouvons-nous un endroit tranquille et je vous expliquerai tout. Je regrette que vous n'ayez pas un peu plus confiance en nous, en moi. Vous pourriez au moins nous accorder le bénéfice du doute.

— Le bénéfice du doute ? répéta Thomas, surpris de sa réaction.

Pouvait-elle vraiment leur réclamer cela ? Après ce qu'ils venaient de voir ?

Le médecin les conduisit devant une petite pièce entièrement vitrée contenant une table et quatre chaises. Elle ouvrit la porte, les fit entrer et leur fit signe de s'asseoir. Thomas n'aimait pas la tournure que prenaient les événements ; il était venu exiger des réponses, et voilà que le WICKED avait déjà repris la main.

— On n'est pas là pour une parlote, grogna-t-il. Assez de mensonges. On veut des vraies réponses. S'il vous plaît.

— Vous avez tué quelqu'un, renchérit Teresa, plus calmement. Il n'avait jamais été question de ça. Il n'a jamais été question qu'on vous laisse tuer nos amis. Qui seront les prochains ? Nous ?

Le Dr Paige ne parut ni fâchée, ni coupable, ni même gênée. Non, elle avait seulement l'air… triste. Désolée.

— Vous avez fini ? demanda-t-elle d'une voix lasse. Vous êtes prêts à m'écouter, maintenant ? Vous en avez assez des mensonges et des demi-vérités, eh bien moi aussi. Mais vous êtes venus réclamer des réponses et vous ne faites que lancer des accusations. Il va falloir changer de ton si vous voulez qu'on discute.

Thomas soupira. Ils finissaient toujours par le traiter comme un enfant et il ne voyait pas quoi faire pour changer cela. Le pire, c'est qu'il restait bel et bien un enfant à leurs yeux, même s'il n'avait pas du tout l'impression d'en être un.

— Très bien, répondit Teresa pendant qu'il fulminait. On vous écoute.

Le Dr Paige hocha la tête.

— Merci. Alors, voilà la vérité. Nous avons développé une variante de la Braise capable de provoquer des réactions… intéressantes chez les immunisés. Des réactions qui devraient nous aider à mieux comprendre la souche principale. C'est cette variante que le Griffeur a injectée à George, et le sérum devait en neutraliser les effets. Hélas, l'antidote n'est apparemment pas tout à fait au point et… vous avez vu le résultat.

Elle marqua une pause, guettant la réaction de Thomas. Ce dernier était trop choqué pour rassembler ses idées. Teresa demeurait muette.

Le Dr Paige croisa les bras.

— Nous allons continuer à travailler dessus. Personne ne voulait la mort de George – c'est la pure vérité. Nous allons améliorer le sérum.

Elle prit son souffle avant de continuer.

— Mais je peux vous affirmer au moins une chose : au cours des heures qui ont suivi sa piqûre, nous avons pu mesurer des résultats hautement significatifs – des résultats dont nous avons besoin, et qui en appellent d'autres. Non seulement auprès de George, mais auprès de tous ceux qui ont été témoins ou acteurs de la scène. (Elle se leva, posa les mains à plat sur la table et se pencha vers eux.) C'est cela, le plus important.

Elle se dirigea vers la porte, l'ouvrit, puis leur lança un dernier regard.

— Je vous ai pris en affection tous les deux. Je vous aime comme mes propres enfants. Je vous jure qu'il n'y a rien de plus vrai sur cette terre. (Elle s'interrompit, la gorge nouée par l'émotion.) Et je ferai n'importe quoi – *n'importe quoi* – pour m'assurer que vous ayez un monde dans lequel retourner un jour.

Elle baissa la tête, une larme en équilibre instable au coin de son œil, puis sortit en tirant la porte derrière elle.

CHAPITRE 41

08/04/230, 19 h 15

Thomas dîna en toute hâte. Il avait prévu de passer la soirée dans la salle d'observation et ne voulait pas perdre une minute. Il tenait à se rapprocher le plus possible de ses amis qui lui manquaient tant. Il termina son assiette en quelques bouchées puis courut jusqu'à la salle.

Il s'assit et vérifia que tous les écrans étaient allumés. Procéda à une vérification rapide des commandes et des angles de vue disponibles.

Puis il se pencha en avant.

Et observa.

Minho et Newt avaient fait équipe aujourd'hui ; ils étaient sortis ensemble parcourir le labyrinthe. Thomas les regarda revenir par la porte est et se diriger vers la bâtisse qu'ils avaient transformée en salle des cartes. Ils avaient réclamé du papier et des crayons en déposant un message dans la Boîte à l'issue d'une livraison hebdomadaire, et le WICKED avait accédé à cette demande.

Ils ne ralentirent le pas qu'en arrivant à la porte. Elle comportait une poignée en forme de volant, comme sur les trappes des sous-marins – raison pour laquelle les garçons avaient choisi d'y enfermer leurs précieuses cartes. Minho inséra la clé, tourna le volant, puis on entendit un déclic et la porte pivota. Ils entrèrent. Un scaralame les suivit à l'intérieur et Thomas bascula ses transmissions audio et vidéo sur l'écran principal.

Pendant que Minho prenait des feuilles de papier, les deux garçons ânonnaient quelque chose à voix basse. Cela ressemblait à « gauche, gauche, droite, gauche, droite, droite, droite », ou « pierre en forme de poing, puis droite trois fois », ou encore « fissure arc-en-ciel, gauche, trou dans le lierre, gauche, droite, droite ». Ils se mirent à écrire furieusement sur leurs feuilles respectives, chacun consignant ses mots avant de les oublier.

— Pfff ! fit enfin Minho en lâchant son crayon. (Et il s'étira et bâilla.) On a bien couru aujourd'hui.

— Pas trop mal, concéda Newt avec un petit sourire.

Puis ils prirent de nouvelles feuilles et se mirent à changer ce qu'ils avaient écrit en carte géographique.

Alby était assis sur le banc au pied du mât, seul. Il faisait nuit et les portes s'étaient refermées depuis longtemps. Il y avait une assiette vide à côté de lui ainsi que des miettes sur son tee-shirt. Les yeux clos, il restait immobile.

— Alby ? dit quelqu'un en s'approchant.

— Chut ! siffla Alby. Fiche-moi la paix. J'écoute.

— D'accord.

L'autre resta sur place, fermant les yeux comme Alby.

À l'extérieur du Bloc dans lequel ils étaient confinés, les murs du labyrinthe entamèrent leur processus de redistribution. Le sol se mit à trembler, tandis que le grondement sourd de la pierre contre la pierre résonnait dans l'air. Alby sourit légèrement.

— Le tonnerre, murmura-t-il.

— Hein ? s'étonna le visiteur.

— Le tonnerre. Je me souviens du tonnerre.

Une larme coula sur sa joue. Il ne chercha pas à l'essuyer.

Assis sur sa chaise, Thomas broyait du noir pendant que le Dr Paige mesurait ses constantes vitales. Il avait un programme de cours chargé aujourd'hui et l'appréhendait avec au point que ça lui donnait envie de pleurer.

— Tu es bien silencieux ce matin, observa le médecin.

— J'en ai besoin, répondit-il. S'il vous plaît. Aujourd'hui, j'ai besoin de silence.

Elle lui répondit dans un murmure :

— D'accord.

Thomas se représenta ses amis en train de vaquer à leurs activités dans le Bloc. Il s'efforça d'imaginer ce qu'ils faisaient en ce moment même. Et une idée lui vint, qui lui trottait dans la tête depuis un bout de temps : un jour ou l'autre, il devrait probablement les rejoindre. Ce ne serait que justice.

Le Dr Paige lui planta une aiguille dans le bras, et cette fois il la sentit.

La vie de Thomas suivait son cours : souvent ennuyeuse, parfois cruelle, rarement excitante. Il regardait ses amis transpirer dans le Bloc et dans le labyrinthe. Il les voyait aussi prospérer, travailler pour améliorer leurs conditions de vie. Ils avaient établi des règles, réparti les tâches, installé une routine. La ferme était désormais trois fois plus grande qu'à leur arrivée, et Minho avait été désigné maton des coureurs.

Il observa tout cela et bien d'autres choses encore tandis que les jours se changeaient en semaines et les semaines en mois. Teresa et Chuck lui tenaient compagnie en permanence, ce dont il se réjouissait au plus haut point. Ils rendaient son existence plus supportable, voire amusante par instants. Toutefois il était difficile de se détendre complètement quand l'endroit où vous viviez vous rappelait sans cesse deux choses : que vos amis étaient les sujets d'une expérience, et que ladite expérience était justifiée par une épidémie effroyable qui ravageait le monde extérieur.

Ainsi donc, il vivait. Jour après jour. Passait ses examens médicaux, suivait ses cours, faisait tout ce qu'on lui demandait. Comme aider Teresa à préparer chaque mois un nouveau garçon pour l'insertion. Le sous-sol, dans lequel il avait tant de bons souvenirs, représentait désormais un endroit honni dans lequel il se rendait une fois par mois. Il le trouvait un peu plus sombre et plus humide à chaque visite. Il passait le plus de temps possible en salle d'observation, à prendre des notes qu'il partageait ensuite avec le Dr Paige. Plus son analyse était fine, plus on l'autorisait à observer.

Dans l'ensemble, c'était une vie monotone égayée seulement par quelques bons moments en compagnie de Teresa et de Chuck. Rendue tolérable par la gentillesse croissante du Dr Paige, laquelle semblait la seule personne du WICKED dotée d'un cœur, la seule à se rappeler qu'ils étaient encore très jeunes. Elle n'hésitait pas à répéter des choses qu'elle leur avait dites plus tôt dans la journée, à leur confier qu'elle les aimait comme ses propres enfants. Pourtant ses manifestations d'affection restaient chargées de crainte, comme si elle savait au fond d'elle-même qu'il était dangereux de s'abandonner ainsi à l'émotion.

C'était un monde étrange. Mais au moins Thomas était-il vivant ; il vivait donc.

CHAPITRE 42

21/08/230, 10 h 32

Sa journée de folie commença quand on vint frapper à sa porte pendant sa pause matinale.

Ouvrant la porte, il découvrit un garçon qu'il ne connaissait pas, accompagné, contre toute attente, de Randall. L'homme s'était fait discret ces derniers temps ; de fait, Thomas était à peu près sûr de ne pas l'avoir revu depuis la mort de George. Amaigri, le teint cireux, il ne semblait pas en grande forme. Quant au nouveau, il était plus grand que Thomas, avec des cheveux blonds et des grands yeux pleins de curiosité.

— Je te présente Ben, dit Randall. C'est un nouveau sujet que nous avons recruté récemment, et il a l'âge idéal pour une insertion. Le Dr Paige a demandé que tu le prépares avant tes examens du jour.

Sans attendre de réponse, Randall tourna les talons et disparut dans le couloir. Le pauvre Ben resta planté là, nerveux.

— Ne fais pas attention à lui, conseilla Thomas. Il a toujours été bizarre. Viens, entre. Tu peux me croire, je me souviens de ce que ça fait d'être nouveau ici.

— Merci. (Ben entra, timide, et s'assit devant le bureau, sur la chaise que Thomas lui indiquait.) Ils m'ont trouvé à Denver.

Soudain le garçon craqua et fondit en larmes. Il se prit le visage à deux mains, ses épaules étaient secouées de sanglots.

Denver. Thomas avait lu beaucoup de choses à propos de cette ville – qu'il s'agissait d'un endroit sûr, un lieu de ralliement pour ceux qui n'avaient pas encore la Braise. Les autorités prenaient toutes les précautions pour interdire l'accès aux personnes contaminées, bien sûr, et se protégeaient derrière un système de fortifications. Que Ben puisse venir de là semblait... curieux. Cela ne voulait-il pas dire que ses parents étaient en bonne santé ? Dans ce cas, pourquoi le WICKED l'aurait-il enlevé ?

Thomas se rendit compte que l'autre continuait de pleurer.

— Que s'est-il passé ? demanda-t-il, ne sachant pas quelle attitude adopter. Prends ton temps, je suis là pour t'écouter.

— On avait enfin trouvé un endroit où s'installer, raconta Ben entre deux sanglots. Un coin tranquille. Et ni mon père ni ma mère n'avaient la Braise ; je le sais ! On ne nous aurait jamais laissés entrer, sinon.

Son débit s'accéléra, tandis que ses larmes cédaient la place à de la colère.

— Ils m'ont demandé si je voulais rejoindre leur expérience, et mon père a dit non, alors ils m'ont attrapé et emmené de force. Ils ont repoussé ma mère et menacé d'abattre mon père. Qui sont ces gens ? Pourquoi m'avoir amené ici ?

Thomas s'assit sur son lit, pétrifié. Il ne savait pas quoi dire. Il s'était souvent interrogé sur les parents de ses compagnons, et ce récit venait confirmer ses soupçons. Le WICKED avait toujours prétendu recruter au sein de familles malades des enfants sains dont personne d'autre ne pouvait s'occuper. Le cas de Ben était-il une anomalie, ou le WICKED mentait-il depuis le début ?

Ben enfouit la tête entre ses bras et se remit à pleurer.

— Je suis désolé, mec, dit Thomas, profondément remué par le chagrin du garçon. Ils essaient de trouver un remède à la Braise, et ils sont aux abois.

Ce fut tout ce qui lui vint à l'esprit. Il n'avait pas le cœur ni les mots pour tenter autre chose.

— Mais tu verras, ajouta-t-il, on n'est pas si mal, ici. Je te le promets.

Ben releva la tête, essuya ses larmes et acquiesça en silence.

— Viens, je vais te faire visiter, proposa Thomas.

Il se leva et fit sortir Ben dans le couloir. En se traitant de sale menteur.

Après avoir fait le tour du complexe en compagnie de Ben, Thomas le conduisit dans la salle d'observation afin de lui présenter le labyrinthe. Il ne voulut pas lui avouer qu'on l'y enverrait bientôt, pas après la crise de larmes à laquelle il avait assisté. Mais l'autre n'était sûrement pas stupide.

Thomas s'efforça de rester positif.

— La plupart des gars sont ravis. Ils dorment à la belle étoile avec leurs copains.

Il se rendait compte qu'il mentait désormais avec autant de facilité que le WICKED. Il n'en était pas fier, or il ne savait pas quoi faire d'autre. Il cherchait avant tout à rassurer le nouveau.

Ses ruminations furent troublées par une scène qui se déroulait à droite de l'écran principal. Un scaralame suivait Gally, qui avançait en jetant des coups d'œil furtifs par-dessus son épaule comme s'il tramait un mauvais coup.

— Oh, oh, murmura Thomas en basculant l'image sur le grand écran central.

— Qu'y a-t-il ? demanda Ben.

Pendant quelques secondes, Thomas avait complètement oublié sa présence.

— Non, rien, répondit-il machinalement. Je, heu… voulais juste voir où il allait.

Soucieux de ne rien montrer à Ben qui risquât de le traumatiser le premier jour, Thomas le fit sortir dans le couloir.

— Reste là, tu veux bien ? Je vais appeler une amie pour la suite de ta visite. Ç'a été un plaisir.

— D'accord, marmonna Ben, complètement perdu.

Bien qu'il se sentît coupable, Thomas s'empressa de regagner la salle d'observation, laissant la porte entrouverte de manière à entendre arriver Teresa. Et il reprit place dans son fauteuil.

Gally s'était rendu jusqu'à la porte sud et se retournait à présent vers le centre du Bloc, scrutant les alentours, prenant soin de ne pas se faire voir. Par les autres garçons ; de toute évidence, il ne se souciait pas des scaralames. Une fois convaincu que personne ne faisait attention à lui, il s'approcha du côté gauche de la porte géante, sous l'alignement des pointes métalliques.

— Qu'est-ce que tu manigances ? murmura Thomas. Allez, fichu scarabée à la noix, donne-moi un meilleur angle.

Comme si elle l'avait entendu, la petite créature mécanique accéléra l'allure pour ramper près de Gally au pied du mur. Puis elle pivota et recula de manière à permettre à un observateur de voir distinctement le visage du garçon.

Il était en train de pleurer, à en juger par ses joues ruisselantes. Thomas n'y comprenait rien. Quelle mouche l'avait piqué pour qu'il s'aventure en zone interdite ? Le labyrinthe était le domaine exclusif des coureurs, or Gally semblait bien décidé à s'y glisser.

Thomas se souvint tout à coup de Ben, qu'il avait laissé dans le couloir.

Tu es là ? demanda-t-il en appelant mentalement Teresa. Puis il baissa le volume, de manière à ce que Ben n'entende pas les sons qui provenaient de l'écran. *J'ai un nouveau sur les bras, viens m'en débarrasser s'il te plaît. Il s'appelle Ben et fait le pied de grue devant la salle d'observation. Gally prépare un truc pas net.*

D'accord, répondit-elle simplement.

Gally venait d'enfreindre les règles et de passer le pas de la porte. Désormais, il se trouvait officiellement hors du Bloc. Il ferma les yeux et inspira profondément. Un sourire étrange s'afficha alors sur son visage. Il écarta les bras de chaque côté, comme s'il s'imaginait en train de voler. Et soudain, Thomas comprit. Gally était sorti du Bloc pour le frisson que cela lui procurait.

C'est alors qu'un mouvement soudain brouilla l'image. Thomas lâcha une exclamation de surprise en voyant un Griffeur surgir de nulle part et remplir tout l'écran avec sa peau grise et visqueuse ; il masquait complètement Gally. On entendit un cri déchirant et des cliquetis mécaniques. Le scaralame détala ; sa caméra ne filmait plus que le lierre et la pierre. En revanche, on entendait toujours les cris de Gally, et ce n'étaient pas des cris de terreur mais de souffrance.

Quand la caméra finit par se retourner, le Griffeur avait disparu. Gally se tenait le flanc d'une main et se traînait sur le sol de l'autre. Il lui fallut quelques secondes interminables pour parvenir à regagner le Bloc. Plusieurs garçons arrivèrent en courant. Le premier, un dénommé Clint, apportait une trousse de premiers secours. Le WICKED avait enfin trouvé le bon dosage pour le sérum, et Clint tenait une seringue à la main.

Les hurlements de Gally étaient si terribles que Thomas ne pensait pas pouvoir les oublier un jour.

Il entendit une exclamation étouffée dans son dos, pivota et vit que Ben avait passé la tête dans l'entrebâillement de la porte. Horrifié, il avait les yeux écarquillés.

— Qu'est-ce qui s'est passé ? demanda-t-il d'une voix blanche.

Thomas bafouilla :

— Oh, ça ? Heu… ce sont des exercices qu'ils font parfois, pour tester leur temps de réaction. Pas de quoi s'inquiéter.

Il se rendit aussitôt compte qu'il venait d'employer l'une des phrases favorites du Dr Leavitt.

Teresa arrivait pour emmener Ben loin des écrans.

Pauvre gosse, songea Thomas.

CHAPITRE 43

17/12/230, 21 h 06

Thomas attendait le Dr Paige, partie apporter son échantillon de sang au labo. Pour une fois, il n'y avait personne d'autre que lui dans la pièce, pas même un assistant.

Après quelques minutes à patienter en silence, il se leva de son fauteuil pour s'approcher de la paillasse. Il ouvrit quelques placards, inspecta quelques tiroirs. Il ne vit rien qui sortait de l'ordinaire. Des flacons, des seringues, des produits emballés. Mais dans le dernier tiroir, au fond à droite, il tomba sur une véritable mine d'or.

Une tablette. Avec un écran gris translucide, prêt à dévoiler une infinité d'informations. Thomas se doutait qu'il aurait probablement besoin d'un mot de passe, mais une telle opportunité ne se représenterait peut-être jamais. Refusant d'envisager les conséquences, il glissa l'appareil dans sa poche arrière et sortit son tee-shirt de son pantalon pour le recouvrir.

Il avait regagné son siège bien avant le retour du Dr Paige.

Plus tard ce soir-là, il indiqua à un infirmier qu'il ne se sentait pas très bien et préférait renoncer à sa séance habituelle dans la salle d'observation. Personne ne parut s'en inquiéter.

Il ne pensait qu'à se plonger dans l'examen de la tablette. Il avait raflé de quoi grignoter à la cafétéria afin de pouvoir tenir toute la nuit. Assis à son bureau, sans personne pour le déranger, un sachet de chips sous la main, il alluma l'appareil et se mit au travail. Il n'avait encore rien dit à Teresa. Il ne voulait pas courir le moindre risque qu'on lui retire son trésor avant qu'il ait eu le temps d'y jeter un coup d'œil.

À sa grande déception, et comme il l'avait soupçonné, la plupart des portails d'information contenus sur la tablette nécessitaient un mot de passe. Il pouvait oublier tout de suite l'idée d'accéder à distance au réseau principal du WICKED. Toutefois, il restait suffisamment de fichiers accessibles pour retenir son attention, enregistrés dans un dossier non crypté intitulé « Historique ».

Il parcourut les documents, retenant par cœur tout ce qu'il pouvait. Il apprit les noms d'origine de ses amis, dont certains le firent pouffer. Siggy, alias Poêle-à-frire, s'était appelé Toby au départ. Toby… Thomas ne comprenait pas ce qu'il y avait de drôle là-dedans.

Il recueillit aussi certaines informations précieuses. Le plan du complexe du WICKED et de tous ses bâtiments. Un vieux rapport militaire sur un prototype de Griffeur. Des données climatiques remontant jusqu'à l'année des éruptions solaires, ainsi que des tableaux comparatifs avec les moyennes antérieures. Des tonnes de renseignements sur la Braise, ses symptômes, ses différents stades, les premières tentatives de traitement.

Une remarque anodine sur une note de service capta son attention : deux membres du personnel évoquaient l'époque où ils avaient dû « trafiquer les souvenirs de ce pauvre A1 parce que sa première rencontre avec Teresa avait tourné au désastre ». Cela donnait à réfléchir. Thomas fixa la tablette et se replongea en arrière.

Il se souvint du jour de sa rencontre officielle avec Teresa. Du sentiment de déjà-vu qu'il avait éprouvé alors. Se pouvait-il que le WICKED manipulât leurs implants et leurs mémoires depuis si longtemps ? Cela n'aurait rien d'étonnant, à la lumière de ce qu'ils faisaient à ses amis quand ils les envoyaient dans le labyrinthe, situation à laquelle on les préparait soigneusement. Thomas avait le tournis rien que d'y penser ; si on avait effacé de sa mémoire une rencontre entière avec Teresa… qu'avait-on pu lui faire oublier d'autre ?

Plus il y réfléchissait, plus il était troublé. Il se replongea dans la lecture de la tablette.

Après quelques fichiers sans intérêt, il en découvrit un qui s'appelait « Messages effacés ».

Il l'ouvrit.

C'était une série de notes de service et de courriers qu'on avait dû ranger par erreur dans la partie non protégée. Des échanges entre hauts responsables du WICKED et diverses entités qui avaient dû précéder la création de l'organisation. On y relevait bon nombre d'acronymes, dont il reconnut certains pour les avoir étudiés en cours d'histoire. Le FIRE (Fonds international de récupération des éruptions), la PFC (Coalition post-éruptions), l'AMRIID (Institut de recherche médicale de l'armée contre les maladies infectieuses), et d'autres qui ne lui disaient rien. Il les examina tous, fasciné par l'évocation de cette période.

Il continua ainsi pendant des heures, jusqu'à en avoir mal aux yeux. Puis il se mit à lire en diagonale, trop vite pour vraiment se soucier du contenu des documents.

Il s'arrêta sur un fichier intéressant. Deux acronymes qu'il n'avait encore jamais vus, renforcés par les mots TOP SECRET en caractères rouges. Voilà qui promettait d'être intéressant. Il parcourut quelques notes, sentant son pouls s'accélérer à chaque ligne. Il n'en croyait pas ses yeux. Il était question d'un virus. Créé par l'homme. Et diffusé à dessein. Au sein d'une population devenue trop nombreuse pour être nourrie.

— Oh ! mince, murmura-t-il en relisant la dernière note.

C'était incroyable.

12/02/219, 19 h 32
À : Tous les membres du conseil
De : Chancelier John Michael
Sujet : Projet d'ordonnance

Dites-moi ce que vous pensez de ce premier jet. Le texte définitif sera communiqué demain.
Ordonnance n° 13 de la Coalition post-éruptions, sur recommandation du PCC – Comité de contrôle de la population –, à considérer comme top secret et de la priorité la plus élevée, sous peine de mort.
Nous, Coalition, accordons par la présente la permission expresse au PCC de mettre en œuvre son Initiative de contrôle de population n° 1 telle qu'elle est présentée en détail dans le document ci-joint. Nous assumons la responsabilité pleine et entière de cette action et suivrons son développement en lui apportant notre soutien dans toute la mesure de nos moyens. Le virus sera diffusé dans les endroits recommandés par le PCC avec l'aval de la Coalition. Des forces armées seront déployées de manière à garantir le bon déroulement de l'opération.
L'ordonnance n° 13, ICP n° 1, est désormais ratifiée.
À mettre en œuvre sans delai.

Waouh.

Ce fut le seul commentaire que lâcha Teresa une fois qu'il lui eut tout raconté.

Comme tu dis, répondit-il. *Waouh. Ils se figuraient que le virus éliminerait un certain pourcentage de la population et la rendrait plus facile à gérer. Ils n'avaient pas imaginé qu'il pourrait muter et devenir cette abomination qui a pratiquement éliminé l'ensemble de l'humanité. Je n'en reviens vraiment pas.*

Teresa ne disait rien. Elle ne se donna pas la peine de partager ce que lui inspiraient ces révélations.

Le pire, continua Thomas, *c'est que j'ai trouvé plusieurs liens directs avec le WICKED. Par exemple, tu te souviens de John Michael ? L'homme qu'on a vu à la fosse aux fondus ? C'est lui qui a ordonné la diffusion du virus !*

Ce qui est fait est fait, Tom.

Ces mots l'arrêtèrent net.

Au moins, ils s'efforcent de réparer leur erreur, continua Teresa. *Je veux dire : que veux-tu qu'on y fasse maintenant ?*

Teresa..., commença-t-il, avant de s'interrompre. Il ne savait plus quoi dire. *Est-ce que tu... tu étais déjà au courant ?*

J'avais entendu des rumeurs.

Et tu ne m'en as jamais parlé ? Il était stupéfait. Comment avait-elle pu passer sous silence quelque chose d'aussi important ? Elle était sa meilleure amie. Il lui confiait tout.

Je n'en ai pas vu l'intérêt. Oui, nous avons des raisons de détester ces gens. Et alors, à quoi bon ruminer le passé ? L'important, c'est de trouver une solution.

Thomas était sidéré. *Tu n'as donc rien retenu de nos cours de pensée critique avec Mme Denton ? Pour parvenir à une solution, il faut connaître tous les tenants et les aboutissants du problème. Ce qu'on a là, c'est un problème.*

La réaction de Teresa fut dépourvue d'émotion.

Oui, je suppose que tu as raison, reconnut-elle. *Écoute Tom, j'ai vraiment sommeil. On en reparle demain, tu veux bien ?*

Elle rompit le contact avant qu'il ne puisse répondre.

Le lendemain, Teresa refusa de poursuivre la discussion, arguant qu'elle préférait se focaliser sur l'avenir que sur le passé. Le Dr Paige non plus ne tint pas à aborder le sujet, au prétexte que ces décisions avaient été prises bien avant elle. On aurait dit qu'elles préféraient toutes les deux oublier.

Mais Thomas voulait exactement le contraire.

Il se promit de ne jamais oublier.

Il n'oublierait jamais que le WICKED s'employait à résoudre un problème que ses prédécesseurs avaient créé.

CHAPITRE 44

04/05/231, 22 h 14

L'hiver était arrivé en crachotant cette année-là, comme un vieux moteur qu'on redémarre. Puis il avait fini par s'installer, et s'était prolongé bien après la date qui aurait dû marquer le début du printemps.

Thomas s'aventurait rarement à l'extérieur – et jamais sans autorisation, toujours accompagné de deux gardes armés –, mais il sortit suffisamment pour se rendre compte que la neige, la glace et le froid étaient revenus en force. D'après le climatologue du WICKED, le cycle des saisons reprenait lentement ses droits. Cependant, dans les régions les plus au nord ou au sud de l'équateur il demeurait imprévisible et soumis à des écarts de températures beaucoup plus extrêmes qu'avant les éruptions solaires. Il décrivait le climat planétaire comme un pendule qui se balancerait désormais plus vite et plus loin dans les deux directions.

Thomas en profita autant qu'il put, savourant la fraîcheur de la neige sur son visage, le picotement du froid au bout de son nez et de ses doigts. Il voyait cela comme un moyen de cracher à la face du soleil. « Tu as vu ? J'ai froid. Qu'est-ce que tu dis de ça, hein ? »

Début mai, alors que l'hiver refusait encore de lâcher prise, Thomas sortit se promener en compagnie de Chuck et de

Teresa, avec deux gardes sur leurs talons, l'arme au poing. Il était d'une humeur exécrable.

Tout ce qui se rapportait au WICKED lui sortait par les yeux. Les psys, les variables, la zone mortelle, les schémas… tout. Il était dans cet état d'esprit depuis la nuit où il avait appris la vérité au sujet de leurs prédécesseurs – à savoir qu'ils avaient propagé le virus qu'ils cherchaient maintenant à éradiquer. Ce genre d'excursion lui permettait d'y échapper un instant.

Teresa frissonna et se frotta les bras.

— Vous êtes sûrs qu'on est toujours sur Terre ? Que le WICKED ne nous a pas envoyés par transplat sur une planète glacée ?

— Ce serait cool, répondit Chuck. Des aliens de glace ! Je me demande si notre langue resterait collée sur eux si on les léchait. Comme des esquimaux, vous voyez ?

Thomas ébouriffa les cheveux bouclés de son ami, s'efforçant de chasser ses idées noires.

— Oui, on voit, Chuck. Tu n'es pas obligé de nous expliquer tes blagues en permanence. Parfois, elles sont vraiment drôles. Comme celle-là. Très drôle. Je ris si fort que j'en ai mal aux côtes.

— Moi aussi, renchérit Teresa. Je n'ai jamais autant ri. Intérieurement.

Chuck se mit à glousser et à couiner comme un porc. Il avait souvent ce genre de réaction. Cela le rendait attachant.

— Baisse d'un ton, lui conseilla Teresa. On ne voudrait pas réveiller les fondus dans les sous-bois, si ?

— Je n'ai jamais eu l'occasion d'en voir, se désola Chuck en plaisantant.

Du moins Thomas *espérait*-il qu'il plaisantait.

Ils contournèrent un bâtiment et s'arrêtèrent, médusés par la vue spectaculaire qui s'offrait à eux. Les lumières du complexe étaient suffisamment vives pour éclairer la forêt environnante et faire scintiller la neige sur les sapins. Les flocons tourbillonnaient dans la nuit, et le fracas des vagues au pied de la falaise paraissait plus lointain que jamais. Thomas avait la sensation de se trouver au milieu d'un décor artificiel où le vent serait produit par des ventilateurs.

Un cadre aussi factice que le labyrinthe.

— Ce que c'est beau, murmura Teresa.

Thomas s'attendait à ce que Chuck sorte une plaisanterie, mais leur ami était tout aussi émerveillé qu'eux.

— Ce monde n'est pas si mal, observa-t-il. Une fois que le WICKED aura trouvé comment guérir les gens, la vie sera plutôt chouette, vous ne croyez pas ?

Thomas acquiesça et posa la main sur l'épaule de Chuck. Grâce à sa tablette, il avait effectué des recherches sur une région appelée la Terre Brûlée où le WICKED menait une sorte d'opération secrète. Si Chuck avait pu voir les images de ce désert infernal, il aurait peut-être changé d'avis. Pourtant, il n'avait pas tort. Le monde regorgeait d'endroits comme cette forêt, avec l'océan majestueux qui venait se briser au pied de la falaise. Des endroits où l'humanité pourrait s'installer et tout reconstruire.

— Tom, regarde là-bas, fit Teresa d'une voix pressante.

Il suivit son regard jusqu'à l'orée de la forêt à une trentaine de mètres environ.

Une silhouette s'était détachée des arbres avant de s'écrouler. Elle se releva, épousseta la neige sur ses vêtements et s'avança vers le groupe. Les gardes s'interposèrent, prêts à ouvrir le feu.

— On ferait mieux de rentrer, dit l'un d'eux.

— C'est un fondu, hein ? demanda Chuck.

Il avait posé sa question calmement, bravement, et Thomas se sentit très fier de lui.

— Bingo, petit, répliqua l'autre garde. Ne vous en faites pas, vous ne risquez rien. Retournons à l'intérieur.

— Attendez une minute, dit Teresa. Ce n'est pas… je veux dire… c'est Randall !

Thomas plissa les paupières, ébloui par les lumières. Elle avait raison, c'était lui. Randall. Pataugeant dans la neige comme s'il y avait perdu quelque chose et espérait le dégager d'un coup de pied.

Le premier garde baissa son arme.

— Que le diable m'emporte. C'est bien lui.

— Que fait-il dehors ? chuchota Thomas.

— Qu'est-ce qu'on va faire ? demanda Chuck, beaucoup trop fort.

Thomas lui fit signe de se taire, mais il était trop tard. Randall s'arrêta et releva brusquement la tête. Il les vit, et pendant un long moment personne ne fit le moindre geste.

Puis Randall se remit en marche droit sur eux.

— Désolé, marmonna Chuck.

— Rentrons, insista le deuxième garde. Il faut prévenir Ramirez.

Ils tournèrent le dos à Randall et partirent à petites foulées vers l'entrée du complexe la plus proche. Ils l'atteignaient tout juste quand Randall leur cria de loin :

— Arrêtez ! Marion, Moureu ! J'ai quelque chose à vous dire.

À l'appel de leurs noms, les deux gardes pivotèrent et se placèrent de nouveau devant les enfants.

Randall s'avança dans la neige et posa le pied sur le périmètre goudronné, à moins d'une dizaine de mètres d'eux. Il avait une mine affreuse. Les yeux rougis. Le nez en sang. Les joues creusées. Une entaille sur son arcade sourcilière droite avait ensanglanté tout un côté de son visage. Thomas contempla le malheureux. Que pouvait-il faire dehors ?

— On t'écoute, mais fais vite, Randall, ordonna la femme. Tu n'as pas l'air bien. Il te faut de l'aide.

— Je ne peux plus le cacher, hein ? regretta Randall, plié en deux et prenant appui sur ses genoux. Il faut dire que ce n'cst pas évident. (Il se redressa péniblement, oscilla de gauche à droite et finit par retrouver son équilibre.) Ce n'est foutrement pas évident, de cacher la Braise à son patron.

Thomas attrapa Chuck par la main. La neige semblait comme suspendue en l'air ; les flocons ne tourbillonnaient plus, ne dansaient plus, ne tombaient plus.

— D'accord, ne restons pas ici, décida la femme. Moureu, ouvre la porte. Fais rentrer les gosses et ramène un médecin. Vite.

— Vous vous croyez à l'abri ? vociféra Randall. Vous croyez vraiment qu'ils ne vous feront pas ce qu'ils ont l'intention de faire à tous les autres ?

Moureu pianota sur le digicode. On entendit un bip, la couleur de l'écran passa du rouge au vert puis un déclic résonna dans l'air. La porte était déverrouillée. Le garde l'ouvrit et s'écarta.

Thomas poussa Chuck à l'intérieur, saisit Teresa par le bras et l'entraîna avec lui. Il ne voulait pas rester une seconde de plus dehors en compagnie de Randall, qui continuait à crier.

— Vous entendez ce que je vous dis ? hurla le malade. Vous courez dans la mauvaise direction. Ce n'est pas de moi que vous devriez avoir peur. Vous m'entendez ?

Le garde referma la porte, coupant court aux divagations de Randall. Thomas jeta un coup d'œil par le hublot et vit le malheureux repartir en titubant vers la forêt.

— Tu peux dormir sur mon tapis, si tu veux, proposa Thomas à Chuck. (Ils se tenaient dans le couloir devant sa chambre.) Tant pis si on se fait punir.

Teresa les rejoignit dans le couloir. Elle paraissait perturbée.

Thomas lui jeta un regard inquiet.

— Tu veux rester ici cette nuit, toi aussi ? J'avoue que je ne suis pas très rassuré.

— Eh bien, en fait…

— Quoi ? demanda Thomas.

Elle jeta un coup d'œil à Chuck, qui était perdu dans ses pensées. *Fais-le dormir dans ta chambre. Ensuite, on s'en ira. Tout de suite.*

Attends, quoi ? protesta Thomas. *S'en aller où ?*

C'est plus grave que tu ne l'imagines, répondit-elle. *Écoute... débrouille-toi pour l'endormir, raconte-lui des histoires, je ne sais pas... Fais ce qu'il faut. Et vient frapper à ma porte quand il dormira.*

Pourquoi, qu'y a-t-il ?

— Vous savez quoi ? dit-elle à voix haute, ignorant sa question. Je suis fatiguée.

Elle repoussa doucement une mèche de cheveux qui tombait sur le visage de Chuck, lequel leva vers elle un regard troublé.

— Profitez de votre soirée pyjama tous les deux, on se retrouve demain matin. Et ne vous en faites pas, ajouta-t-elle en se penchant pour regarder Chuck bien en face. Sérieusement. Randall est malade, mais ils vont s'occuper de lui. On est immunisés, vous n'avez pas oublié ? Il n'y a pas de quoi s'inquiéter.

Elle adressa un sourire chaleureux au garçon. Elle se montrait si rassurante que Thomas se sentit presque soulagé.

— Bonne nuit, lui dit-il. Amène-toi, Chuck.

— Bonne nuit, leur répondit-elle avant d'aller rejoindre sa chambre.

Thomas referma la porte derrière lui et étala quelques couvertures sur le sol au pied du lit. Pendant que Chuck s'installait dans son couchage de fortune, il rappela une fois de plus à Thomas qu'il était beaucoup plus intelligent qu'il n'en avait l'air.

— Elle a raison, dit-il dans l'obscurité. On est immunisés. Mais qu'en est-il de tous les gens qui travaillent pour le WICKED ?

CHAPITRE 45

04/05/231, 23 h 41

Il n'eut pas le temps de frapper un deuxième coup que Teresa lui ouvrait déjà.

— Entre, lui souffla-t-elle aussitôt, avec une gravité qui lui fit froid dans le dos.

Il se glissa à l'intérieur et referma derrière lui.

— Qu'y a-t-il ?

Elle lui tendit un bout de papier. Thomas le prit. On y avait jeté quelques mots au crayon :

Venez me voir. Tout de suite.
Dr Paige

Thomas leva les yeux vers Teresa.

— D'accord, alors maintenant… que se passe-t-il ?

— On a glissé ça sous ma porte pendant notre sortie, expliqua Teresa. Ma main à couper que le Dr Paige est au courant de ce qu'on a vu ce soir. C'est forcément en rapport avec Randall.

Thomas s'adossa au mur. Quelque chose avait horriblement mal tourné, cela ne faisait aucun doute. Une peur abjecte s'empara de lui, le sentiment d'une catastrophe imminente.

— Que fait-on ? demanda-t-il.

Teresa posa la main sur son épaule.

— Allons voir le Dr Paige. C'est la personne la plus intelligente que je connaisse. Si elle a quelque chose à nous dire, mieux vaut l'écouter.

— D'accord, concéda Thomas à contrecœur. S'il y a quelqu'un en qui on peut avoir confiance, c'est bien elle.

Teresa lui adressa un hochement de tête encourageant et sortit dans le couloir.

Il la suivit.

Il frappa tout doucement à la porte du Dr Paige. Il ne tenait pas à réveiller d'autres médecins. Comme elle ne répondait pas, il frappa un peu plus fort. Une voix douce finit par demander de l'autre côté :

— Qui est là ?

— Thomas, répondit-il, soudain frappé d'un doute.

Et si ce n'était pas elle qui avait rédigé le mot ?

— Avec Teresa. On a eu votre message.

La porte s'entrouvrit. Il n'avait jamais vu le Dr Paige aussi… négligée. Elle avait les cheveux en bataille, ébouriffés par le sommeil, et le visage démaquillé. Elle ouvrit la porte plus grand et leur fit signe d'entrer.

— Je suis contente que vous soyez venus.

Le Dr Paige s'assit à son bureau tandis que Thomas et Teresa prenaient place sur le lit, côte à côte. Ils attendirent qu'elle prenne la parole. Il se surprit à penser à Newt, qui était peut-être son préféré et n'était pas immunisé. Il n'y avait que deux possibilités pour lui : soit ils trouvaient un moyen de guérir cette maladie, soit il deviendrait fou et finirait comme Randall.

Le Dr Paige se décida enfin à rompre le silence. Et malgré le calme et la maîtrise de soi qu'elle affichait, ses yeux racontaient une autre histoire. Thomas y lisait de la crainte.

— Je redoute ce moment depuis des mois, avoua-t-elle. J'espérais que nous pourrions tenir un peu plus longtemps.

Elle se leva, hésita un instant, puis se tourna pour les regarder.

— Il y a une raison pour laquelle je me suis tellement battue pour vous, pour laquelle j'ai si souvent sollicité votre aide, déclara-t-elle. Vous faites partie intégrante de cette organisation. Vous avez grandi ici, parmi nous, et je sais que nous partageons les mêmes buts. Je sais que vous ferez tout ce qui sera nécessaire pour terminer notre mission. À présent, je vais avoir besoin que vous me fassiez confiance. Vous croyez en être capables ?

Thomas échangea un regard avec Teresa. Il sentit ce qu'elle pensait.

Ils acquiescèrent ensemble.

Le médecin leur adressa un sourire affectueux.

— Oui, c'est ce que je pensais, dit-elle. Eh bien, nous n'avons plus le choix désormais. Une fois le processus enclenché, il n'y aura plus de retour en arrière possible. (Elle prit une seconde pour les regarder chacun droit dans les yeux.) Alors, je vous le demande à tous les deux : êtes-vous prêts ?

Thomas se leva. Teresa aussi. Ils hochèrent la tête encore une fois.

— Très bien, dit le Dr Paige. Cela fait un moment maintenant que je soupçonne certains membres du WICKED de nous cacher des informations susceptibles de compromettre tous nos efforts. Certains responsables restent invisibles depuis des semaines. Il est temps d'initier le protocole.

Elle marqua une pause, inspira profondément, puis conclut :

— Il est temps de lancer la Purge.

CHAPITRE 46

05/05/231, 00 h 33

Le Dr Paige descendait le couloir d'un pas assuré, affichant une attitude que Thomas ne lui avait encore jamais connue. Comme si elle avait endossé de nouvelles responsabilités et qu'elle en était fière. Il se prit à croire qu'elle pouvait redresser la situation.

— Il faut que tout soit réglé d'ici les prochaines vingt-quatre heures, leur dit-elle à voix basse. J'ai des gens pour m'aider, et de votre côté vous pourrez compter sur Aris et Rachel.

— Où va-t-on ? demanda Teresa. C'est quoi, la Purge ?

Le Dr Paige s'arrêta devant l'ascenseur, pressa le bouton d'appel puis entra dans la cabine. Pendant que les portes se refermaient, elle répondit :

— Chaque chose en son temps. Tous les soirs, le WICKED exige un test sanguin de la part de chacun de ses membres. Nous avons toujours été conscients de l'importance de ce suivi pour éviter la contamination. Mais ces derniers mois, j'ai remarqué des choses bizarres, des comportements suspects, et puis j'ai découvert qu'une partie de nos fichiers médicaux avait été altérée. Le chancelier Anderson a finalement décidé que tous les résultats passeraient par lui avant d'être redistribués au personnel médical. Je continue à recevoir un rapport général tous les soirs, et pour l'instant il n'y a personne qui soit positif. Seulement… je ne vois que ce que me transmet le chancelier.

L'ascenseur s'arrêta, le tintement familier résonna et les portes s'ouvrirent. Thomas et Teresa suivirent le Dr Paige dans un nouveau couloir.

— Récemment, j'ai commencé à remarquer certains symptômes, continua-t-elle. Le chancelier lui-même montre des signes d'infection. Je suis presque certaine que notre patron bien-aimé a trafiqué les rapports. J'ai vu Randall sur les caméras de surveillance ce soir. Et si Randall est atteint… eh bien, il est impossible qu'il soit le seul.

Le Dr Paige s'arrêta devant une porte que Thomas n'avait vue qu'une seule fois. Le jour où on l'avait invité à rencontrer le chancelier en personne.

— Mais pourquoi n'a-t-on rien remarqué ? répliqua Teresa. Je veux dire, en dehors de Randall nous n'avons vu personne malade.

Le Dr Paige hocha la tête, comme si elle avait anticipé la question.

— Certains n'en sont peut-être qu'aux premiers stades de la maladie. Et peut-être que ceux qui sont plus atteints se cachent. Ce qui s'est passé ce soir avec Randall m'a fait prendre conscience de la gravité de la situation. Si les résultats ont été faussés, comme je le pense, je dois déclencher le protocole afin de garantir la santé de ceux qui restent et de nous permettre de continuer notre travail. Je dois prendre le commandement. Cette nuit.

Thomas restait ébahi devant la vitesse à laquelle les choses avaient dégénéré.

Le Dr Paige ne lui avait jamais semblé aussi grave, aussi déterminée.

— Avant tout, expliqua-t-elle, nous devons mettre la main sur les résultats des derniers tests sanguins ; les résultats originaux, pas le résumé qu'on m'envoie. Nous verrons qui est malade et qui ne l'est pas. Et nous prendrons les mesures qui s'imposent.

Thomas s'efforçait d'y voir clair dans ce tourbillon d'informations.

— Comment comptez-vous entrer dans son bureau ? Il y a sûrement des caméras de surveillance ?

Elle sourit – brève éclaircie au milieu des nuages.

— À quelle question veux-tu que je réponde d'abord ?

— À la deuxième, trancha Teresa pour lui. Les caméras de surveillance.

Le Dr Paige hocha la tête.

— Disons simplement que je connais pas mal de gens qui me doivent une faveur. Sans compter que tout le monde redoute de tomber malade et compte sur nous pour assurer la sécurité. Ramirez, notamment, a une peur bleue de la maladie ; et il me croit la plus apte à faire aboutir la recherche d'un traitement. La triste vérité, c'est que les jours du chancelier Anderson à la tête du WICKED touchent à leur fin.

Thomas ne savait qu'en penser.

— Et… ce bureau ? Comment allez-vous faire pour y entrer sans qu'Anderson le sache ?

Le sourire du Dr Paige s'effaça.

— Oh ! il le saura. Il s'y trouve en ce moment même. Vous venez ? (Elle fouilla dans sa poche et en sortit un masque chirurgical, qu'elle se colla sur le visage.) Je suppose que vous n'avez pas besoin de ce genre d'accessoire ?

On voyait dans ses yeux qu'elle avait retrouvé le sourire.

Le Dr Paige ouvrit la porte déverrouillée et se glissa dans le bureau du chancelier.

Une pièce secondaire s'ouvrait derrière le bureau, un endroit privé où se détendre ou recevoir dans un cadre plus intime. Ils y découvrirent Anderson endormi sur un canapé.

— Comment le saviez-vous ? chuchota Teresa, si bas que Thomas l'entendit à peine.

Le médecin leur fit signe de retourner dans le bureau principal, après quoi elle referma doucement la porte de la pièce privée où se trouvait le chancelier.

— Vous n'imaginez pas les précautions que je prends pour éviter d'attraper la Braise, répondit-elle d'une voix étouffée par le masque. En permanence. Je porte ce masque quasiment jour et nuit maintenant, et je ne le retire jamais en présence d'autres personnes susceptibles d'être infectées. Je me lave les mains et le visage toutes les demi-heures, je me prépare mes repas… (Elle baissa les yeux sur ses mains.) Je suis obligée de courir certains risques, évidemment. Tous les jours. Je ne pourrais plus me considérer comme un médecin, sinon.

— Mais… et ça ? fit Teresa, indiquant la porte de la pièce privée d'Anderson.

— C'est en partie à cause de lui que je me montre aussi prudente. Je viens le retrouver ici une fois par semaine depuis des mois. Nous étions… amis… avant que les choses ne dégénèrent. Nous parlions pendant des heures. De nos anciennes vies, du WICKED, de l'avancement de nos recherches. Voilà plus d'un mois qu'il ne prend plus la peine de s'enfermer à clé. Le problème, c'est qu'au fil du temps je l'ai vu changer.

— Qui d'autre risque d'être contaminé, à votre avis ? demanda Teresa.

— Nous n'allons pas tarder à le savoir – s'il n'a pas détruit les originaux des résultats aux tests.

Elle s'approcha du bureau du chancelier – couvert de photos de ses chers disparus – et alluma son écran.

— Malgré sa paranoïa, il n'a pas fait preuve d'une grande originalité dans le choix de son mot de passe, observa-t-elle avec un sourire.

Elle se mit au travail, pianotant sur le clavier et sur l'écran. Une lueur bleutée se répandit dans la pièce.

— Cela ne devrait pas être long…, dit-elle machinalement.

Cette idée récurrente frappa soudain Thomas : s'il n'était pas immunisé, contrairement à ce qu'on lui avait toujours raconté ? Il s'en inquiétait, encore, mais il aurait sûrement attrapé la maladie depuis longtemps si c'était le cas. Des images de l'abominable fosse aux fondus lui revinrent en mémoire.

Le Dr Paige dut se faufiler entre plusieurs strates de sécurité sur l'ordinateur du chancelier avant de parvenir à la liste complète de tous les éléments du WICKED présents dans la base, des employés de la cafétéria aux médecins en passant par les psys et les sujets. Elle fit défiler plusieurs fichiers et s'arrêta devant le dossier du personnel administratif. Elle cliqua dessus et le visage du chancelier Anderson s'afficha à l'écran. Son sourire radieux était incongru, eu égard à la situation. Le Dr Paige fouilla dans les données et trouva les résultats du test sanguin de la veille. Même s'il en avait déjà accepté la conclusion, Thomas ne put s'empêcher de frissonner en la voyant s'inscrire sous ses yeux en grosses lettres rouges.

Le chancelier Kevin Anderson avait la Braise.

Et, vérification faite, il était loin d'être le seul au sein du WICKED.

CHAPITRE 47

05/05/231, 03 h 42

Dix-neuf des cent trente et un médecins, psys, scientifiques, techniciens, infirmiers et autres membres du personnel de la base du WICKED s'avérèrent malades. Tous des hauts responsables, principalement dans l'entourage d'Anderson. Rien d'étonnant qu'ils aient cherché à le cacher.

Le Dr Paige avait reconduit Thomas et Teresa dans sa chambre et les avait consignés à l'intérieur, expliquant qu'elle devait désormais initier son fameux protocole de Purge et s'assurer de sa bonne mise en œuvre. Elle leur promit de revenir bientôt. Deux heures plus tard, elle était de retour en compagnie d'Aris et de Rachel. Après avoir fait entrer les jeunes gens dans sa chambre, elle déposa à leurs pieds quatre sacs à dos rebondis.

— C'est pourquoi, ça ? voulut savoir Teresa.

— Je vous expliquerai plus tard, répondit le médecin. Je vais avoir grand besoin de vous quatre aujourd'hui.

Thomas accueillit les nouveaux venus d'un hochement de tête amical, qu'ils lui retournèrent. Aris paraissait plus âgé ; des rides d'inquiétude barraient son front. Rachel avait coupé ses cheveux et on lisait de la tristesse dans ses yeux sombres. Mais elle affichait un air résolu, et Thomas trouva leur attitude à tous les deux plutôt encourageante.

Le Dr Paige ne manifestait aucun signe de fatigue. Elle avait pris la direction des opérations avec beaucoup de cran.

— Voilà ce que nous avons pu établir, déclara-t-elle. Anderson a caché tous les infectés dans le secteur D, et d'après leurs symptômes, certains ont déjà atteint un stade avancé. Ce qui explique pourquoi on ne les voyait plus. J'ai entièrement verrouillé cette partie de la base.

« J'ai revérifié plusieurs fois les résultats des tests sanguins d'hier. À part Anderson, toujours dans son bureau, et Randall, qui doit errer quelque part dans la forêt, je pense que nous avons réussi à confiner les infectés. Hors du secteur D, tout le monde est indemne.

Elle inspira profondément.

— Seulement, il n'y a pas une seconde à perdre, reprit-elle. Nous devons évacuer ces gens, et le plus vite possible. Plusieurs gardes se sont portés volontaires, mais je ne veux plus exposer qui que ce soit à cette maladie. C'est là que vous intervenez.

Elle se tut, laissant ses mots flotter dans l'air pendant que la signification de ce qu'elle venait de dire frappait Thomas de plein fouet.

— Vous voulez dire…

Elle acquiesça.

— Vous êtes tous immunisés, et vous êtes les plus âgés et les plus forts parmi ceux qui ne sont pas dans le labyrinthe. Nous avons affaire à des malades très affaiblis – surtout, la plupart sont endormis, raison pour laquelle nous devons agir tout de suite. Ces sacs à dos sont remplis de seringues contenant une solution spéciale – une simple piqûre dans le cou, et le tour est joué. Vous devriez vous en sortir sans problème.

Thomas sentit ses genoux se dérober sous lui. Il s'assit à même le sol pour le cacher.

Ce fut Aris qui trouva le courage de résumer à voix haute ce qu'ils pensaient tous.

— Donc… vous nous demandez de les liquider ?

— Ils vont mourir de toute façon, répliqua aussitôt Teresa, choquant Thomas au plus haut point.

— Holà, holà, holà ! protesta-t-il en se relevant. (Il regarda son amie, cherchant à savoir si elle avait dit cela dans le seul but de soulager sa culpabilité ou si elle avait vraiment développé une carapace aussi dure.) Il faut qu'on y réfléchisse.

— Non, Tom, riposta Teresa. Il faut trancher dans le vif, ou nous sommes tous condamnés.

Thomas se rassit, pris de vertige. Il ne savait plus quoi lui dire. Elle avait coupé leur connexion mentale. Il la dévisagea, incrédule.

— Je suis désolée, Tom, s'excusa-t-elle sur un ton radouci. Sincèrement. C'est juste que… Je sais bien que c'est horrible, mais autant l'accepter et nous en débarrasser le plus vite possible.

— Elle a raison, intervint le Dr Paige. Vous êtes pratiquement des adultes tous les quatre. Vous vous en sortirez très bien. Nous savons exactement où se trouvent les infectés – vous n'aurez qu'à passer d'une chambre à l'autre et les piquer. (Elle eut un geste en direction des sacs à dos.) Nous vous avons préparé des pistolets, et aussi des lanceurs. Au cas où. J'insiste bien là-dessus. Juste au cas où. Je pense que vous devriez réussir à piquer la plupart d'entre eux dans leur sommeil. Et j'aurai des gardes prêts à intervenir, malgré le risque de contamination, si la situation vous échappe.

Un long silence s'abattit sur la chambre.

— Je marche, annonça finalement Teresa.

— Moi aussi, dit Aris.

— La fin justifie les moyens, dit Rachel d'une voix amère. Ça devrait être la devise officielle du WICKED. Je la verrais bien sur une banderole affichée en travers de l'entrée. « La fin justifie les moyens ». Mais je marche.

— Eh bien, c'est vrai, non ? observa Aris. Si on peut sauver un milliard de personnes au prix d'un million de morts, pourquoi hésiter ? Je veux dire, en toute hypothèse ? Si vous aviez le choix et que vous refusiez, est-ce que ça ne reviendrait pas à faire un milliard de victimes ? Moi, je sais ce que je déciderais.

Thomas lui jeta un regard perplexe. Il avait l'impression que le monde s'était mis à tourner à l'envers.

Le Dr Paige hocha la tête à l'adresse des trois qui venaient de donner leur accord.

— Thomas ? demanda-t-elle.

Il ne répondit rien. Il continua à fixer le sol.

— Tom ? insista Teresa. J'ai besoin de toi sur ce coup-là. On a besoin de toi. S'il te plaît.

Il ne se sentait pas bien. Pas bien du tout. Il se leva. Les pensées se bousculaient sous son crâne pendant qu'il cherchait les mots justes. Il savait qu'ils feraient ce que le Dr Paige leur demandait. Ils étaient allés trop loin pour renoncer maintenant. Il avait des amis dans le labyrinthe, et il devait aussi penser à Chuck, au monde tout entier.

Il le ferait. La Purge. C'était nécessaire. À présent, il devait trouver quoi dire, quelque chose d'intelligent, de profond, qui souderait leur petit groupe et lancerait cette opération épouvantable.

— Ça craint, dit-il.

CHAPITRE 48

05/05/231, 04 h 15

Une fois qu'ils eurent tous accepté la mission, le Dr Paige sortit chercher quelques gardes pour leur expliquer le fonctionnement des seringues, des armes et décider d'un plan d'attaque. En attendant son retour, Teresa rouvrit leur connexion.

Tu vas bien ? demanda-t-elle à Thomas.

C'est juste que… je ne sais pas trop quoi penser de tout ça.

Elle hésita pendant ce qui lui parut une éternité ; il sentait son cerveau bouillonner. Il patienta, malgré son envie d'en dire plus.

Écoute, finit-elle par dire. Ce préambule signifiait généralement qu'elle était sur le point de mettre son âme à nu. *Tu te rappelles quand je t'ai raconté d'où je venais ? À l'époque où je m'appelais encore Deedee ?*

Une douleur aiguë lui parvint avec ce nom, si forte que Thomas tressaillit. *Oui, je m'en souviens.*

C'était un endroit horrible, Tom, continua-t-elle. *Je ne veux même pas… Horrible. J'ai vu je ne sais combien de personnes attraper la Braise, il fallait toujours fuir devant les fondus, et je… Le truc, c'est que le monde entier est dans cet état-là maintenant. Il y a tellement d'autres petites filles qui voient les mêmes choses aujourd'hui. Qui meurent au milieu de toutes ces horreurs. Mais le WICKED essaie de sauver le monde de ça. De sauver toutes ces petites filles et tous ces petits garçons.*

Je sais, dit Thomas. *On a tous connu des atrocités.*

Pas comme moi. J'étais quasiment à l'endroit où tout a commencé. Les infectés étaient concentrés en un seul endroit et le virus ne s'était pas encore dilué. On y vient peu à peu à mesure que l'épidémie se répand. Un jour, la planète entière – chaque ville, chaque village – ressemblera à la Caroline du Nord de cette époque. Et là, on sera tous morts.

Thomas se leva, regrettant de ne pas pouvoir échapper à ce discours déprimant. *Je sais, Teresa. Je sais. Il faut qu'on trouve un remède. Tu crois vraiment que je n'ai pas entendu ça des centaines de fois ?*

Il voyait bien qu'elle lui en voulait de ne pas comprendre. *Tom, ce ne sont pas des paroles en l'air. Nous devons absolument trouver un remède, et nous ne pouvons plus réfléchir uniquement à court terme. On parle de l'extinction de l'espèce. Tout ce qui compte, c'est le résultat final. Les moyens d'y parvenir… on s'en fiche. D'accord ?*

Donc on va tous les tuer ? résuma Thomas. *C'est bien ce que tu es en train de me dire ? On va faire le tour des bâtiments tous les quatre et piquer tous ceux qui ont la Braise ?*

Oui. C'est exactement ce qu'on va faire.

Thomas tenta de suggérer une autre solution. *Et si on les enfermait simplement dans la fosse aux fondus ?*

Sérieusement ? Tu crois qu'ils accepteraient d'être mis en cage avec des monstres ? Réfléchis un peu, Tom. Thomas grimaça.

Donc, on va tous les tuer. Il avait l'impression de renoncer à une part vitale de son humanité.

On fait en sorte que le Dr Paige puisse reprendre le contrôle des installations et assurer la bonne marche des deux labyrinthes. Le but n'est pas de tuer. Mais de sauver le plus grand nombre.

Thomas soupira. *Je ferai de mon mieux.* Que pouvait-il faire d'autre ?

Elle se pencha vers lui.

— C'est très important, lui chuchota-t-elle à l'oreille. C'est ce qu'il y a de plus important au monde.
— Eh oui, souffla-t-il. Parce que *WICKED is good.*

Quelques minutes plus tard, la porte se rouvrit. Plusieurs gardes en uniforme firent leur entrée, suivis du Dr Paige.
— Nous allons vous préparer, annonça-t-elle. Le temps presse.

CHAPITRE 49

05/05/231, 05 h 44

Le sac à dos de Thomas était lourd. Ses amis et lui s'étaient chargés de tout l'équipement dont ils auraient besoin. Deux pistolets chacun, des munitions supplémentaires pour les lanceurs qu'ils portaient en bandoulière, et suffisamment de seringues pour assommer un troupeau d'éléphants. Mieux valait trop que pas assez.

Ils s'élancèrent à travers les couloirs du complexe en direction de leur première cible – le chancelier Anderson. Un homme gentil avec lequel Thomas n'avait jamais eu le moindre problème. Un homme gentil devenu désormais complètement fou. Ils devaient s'occuper de lui en premier avant de se rendre au secteur D.

Ils couraient depuis cinq bonnes minutes quand Aris s'arrêta et leva la main. Teresa faillit lui rentrer dedans.

— Vous avez entendu ? murmura Aris.

Thomas tendit l'oreille, guettant un bruit inhabituel par-dessus leur respiration haletante et le ronronnement de l'air conditionné.

— Non, répondit-il, tandis que les autres secouaient la tête.

— Écoutez encore, insista Aris, levant les yeux. Ça vient d'en haut.

Un gémissement lointain, évoquant les pleurs d'un enfant. Maintenant qu'il l'avait entendu, Thomas s'étonnait de ne pas l'avoir remarqué plus tôt. Aigu, triste, il résonnait partout dans le couloir – impossible de localiser sa provenance. Thomas imagina un enfant au fond d'un puits.

— Ça vient peut-être du secteur D, par les conduits de ventilation, suggéra Rachel.

Le geignement mélancolique cessa.

— Ou bien c'est l'un des enfants, rétorqua Thomas. Le Dr Paige a dit qu'elle les avait cachés quelque part.

Teresa coupa court à ces spéculations :

— Il faut régler le cas d'Anderson avant toute chose. Ne traînons pas.

Aris n'avait pas d'objection. Ils repartirent tous les quatre au pas de course.

La porte du bureau d'Anderson était fermée, mais pas verrouillée. Teresa l'entrouvrit. Thomas retint son souffle, s'attendant à moitié à ce que l'homme leur saute dessus comme un zombie.

La pièce était sombre et silencieuse. Et il en sortait une odeur... une odeur épouvantable.

Teresa poussa la porte et s'avança à l'intérieur, prête à tirer. Aris la suivit, puis Rachel, Thomas fermait la marche. La lueur bleutée de l'écran brillait toujours – rien n'avait changé depuis leur dernière visite. À l'exception de ces relents suffocants d'odeurs corporelles, d'urine et même d'excréments. Pris à la gorge, Thomas mit un genou au sol. Il s'efforça de se reprendre.

Ça va aller ? s'inquiéta Teresa.

Oui. Tu crois qu'il est là-dedans ? demanda-t-il avec un signe de tête en direction de la pièce du fond.

Allons voir.

Mais Aris avait déjà gagné la porte et l'avait repoussée du bout du pied. Une nouvelle vague de puanteur flotta jusqu'à eux dans l'obscurité. Thomas se releva, vint se placer derrière Aris et Teresa, puis il scruta l'intérieur de la deuxième pièce plongée dans le noir. À côté de lui, Rachel se bouchait le nez.

— Il est mort ? demanda-t-elle.

— Non, répondit une voix rauque.

Anderson ; il paraissait à peine humain.

— Pas encore, non. Ce n'est pas votre jour de chance.

Il ponctua cette réflexion d'une quinte de toux grasse et déchirante.

— Oh mince, fit Thomas, l'estomac noué. Allumez la lumière.

— Ça risque de lui faire mal aux yeux, prévint Aris, qui cherchait l'interrupteur à tâtons.

La lumière s'alluma, aussi aveuglante que le soleil de midi.

Anderson hurla, se griffa les yeux. Il se tortillait au sol devant son canapé, sur lequel il semblait avoir dormi depuis des mois.

— Éteignez ça ! Éteignez ça !

Aris atténua l'éclairage, ce dont Thomas le remercia intérieurement. C'en était presque trop pour lui. Il avait sous les yeux l'homme qui avait été leur dirigeant. Son visage et ses vêtements étaient couverts de sang, et ses cheveux horriblement poisseux. Il avait perdu beaucoup de poids ; il transpirait et avait le teint pâle. Couché sur le flanc, il avait la bouche figée dans une grimace permanente, dévoilant des dents rougies. Puis Thomas vit pourquoi.

L'homme n'avait plus que deux doigts.

À la place des autres, il lui restait seulement des moignons sanguinolents.

— Nom de…, s'exclama Aris en se cachant le visage au creux de son bras. Il n'a quand même pas fait ça ?

— Si, répondit froidement Rachel.

Thomas ne voulait pas regarder. Il se détourna de la scène et s'approcha de l'écran sur le bureau du chancelier. Le système de communication était ouvert, et à l'écran figurait une note de service qu'Anderson avait rédigée. Par chance, il ne semblait pas l'avoir envoyée. Parce que son contenu était épouvantable.

— Les gars, dit-il. Écoutez un peu ce qu'Anderson a failli envoyer à tout le monde avant que nous arrivions.

Il leur lut la note à voix haute.

Note de service du WICKED, 05/05/231

À :

De :

Sujet :

Il ne me reste plus que deux doigts.

J'ai tapé les mensonges de mon billet d'adieu avec deux doigts.

Voici la vérité.

Nous sommes mauvais.

Ce ne sont que des gamins.

Nous sommes mauvais.

Nous devrions renoncer, abandonner le monde aux Munies.

Nous n'avons pas le droit de jouer à Dieu.

Nous n'avons pas le droit d'infliger cela à des gamins.

Vous êtes mauvais, et moi aussi.

Mes deux doigts me le disent.

Comment osons-nous mentir à nos successeurs ?

Nous leur offrons un espoir alors qu'il n'en reste aucun.

Nous allons tous mourir.

Quoi qu'il arrive.

Laissons faire la nature.

— Il ne sait plus ce qu'il raconte, commenta Teresa en se penchant par-dessus l'épaule de Thomas pour lire les derniers mots d'Anderson.

— Je dirais que c'est encore pire que ça, répliqua Thomas.

— Mes doigts, gémit Anderson depuis l'autre pièce. Pourquoi avez-vous mangé mes doigts ?

Le cœur serré, Thomas retourna avec Teresa auprès d'Anderson. L'homme s'était roulé en boule et se balançait d'avant en arrière.

— Il ne m'en reste plus que deux, continua-t-il d'une voix pâteuse. J'espère que les huit autres avaient bon goût. J'ai toujours cru que ce serait moi qui les mangerais. Mais non. Il fallait que ce soit vous, pas vrai ?

Thomas échangea un regard avec ses amis. De tout ce qu'ils avaient connu, n'était-ce pas le plus triste ? Voir cet homme, qui avait dirigé une opération aussi gigantesque avec une telle énergie, changé en pauvre fou délirant ?

Le corps d'Anderson fut parcouru d'un spasme, comme si chacun de ses muscles se contractait brusquement. Il tressaillit quelques secondes, puis se détendit. Son regard halluciné quitta le sol pour se poser sur Thomas.

— Ils finiront par vous arracher le cerveau, vous savez, prévint Anderson. Ils le sortiront, l'examineront pendant des heures, et en fin de compte ils le mangeront. Vous auriez dû vous enfuir quand vous en aviez l'occasion.

Thomas demeura cloué sur place ; la lucidité qu'on lisait soudain dans les yeux de cet homme l'effrayait davantage que tout ce qu'il avait vu.

— Que fait-on ? demanda Aris.

L'ancien chancelier continuait à délirer, il s'était de nouveau roulé en position fœtale et ses mots se perdaient dans ses gémissements.

— Nous devons mettre fin à ses souffrances, trancha Teresa. Après, je crois que ce sera plus facile pour nous de… nous occuper des autres. Il ne faut pas traîner.

Il y avait encore un mois ou deux, Thomas aurait été choqué de l'entendre parler avec une telle froideur. Ou même quelques jours plus tôt. Mais ils devaient désormais affronter la réalité de leur situation dans toute sa dureté impitoyable. Peu importe qui avaient été ces gens – ils ne l'étaient plus.

Thomas décida alors que c'était à lui de le faire. Tout de suite. Si quelqu'un d'autre s'en chargeait à sa place, il n'en aurait peut-être plus jamais le courage.

— Je m'en occupe, murmura-t-il tout bas.

Il n'était même pas sûr que les autres l'aient entendu. En tout cas, ils le virent qui faisait glisser son sac à dos de ses épaules et le posait à ses pieds. Il s'agenouilla près d'Anderson et sentit le sang qui avait coulé de ses blessures mouiller son pantalon.

Les autres ne firent pas un geste pour l'arrêter.

Thomas ouvrit son sac, fouilla dedans et en sortit une seringue. Après avoir ôté l'embout protecteur, il la prit bien en main, le pouce sur le bouton qui commandait le poussoir électronique.

— Tu es sûr de ce que tu fais ? demanda Rachel. Je veux dire… on est tous bien sûrs ?

— Oui, répondit sèchement Thomas.

Il n'y avait rien à ajouter.

Anderson roula sur le sol ; il tremblait à présent. Il écarquilla les yeux face au plafond en marmonnant des propos inintelligibles. Thomas se pencha sur lui, seringue à la main. L'autre paraissait complètement absent. On ne lisait plus aucune trace d'humanité dans son expression.

Teresa toucha l'épaule de Thomas, qui sursauta. Il se retourna et vit qu'elle avait les larmes aux yeux.

Pardon, s'excusa-t-elle. *Je voulais juste que tu saches que je suis avec toi. Tu peux le faire.*

Il se retourna vers Anderson, lequel continuait à trembler légèrement – à peine plus qu'un simple frisson. Thomas posa la pointe de l'aiguille contre le cou du chancelier. Puis hésita.

Le regard d'Anderson vint se poser sur Thomas. Il murmura quelque chose. Qu'il se mit à répéter, encore et encore. Un peu de salive moussait aux coins de sa bouche.

— S'il te plaît, s'il te plaît, s'il te plaît…

Thomas ne savait pas si l'autre l'encourageait à le tuer ou le suppliait de l'épargner. Il enfonça lentement l'aiguille dans la chair tendre de son cou et pressa le bouton-poussoir. Le fluide mortel que renfermait la seringue s'écoula avec un chuintement dans le corps d'Anderson.

Ils regardèrent en silence l'ancien chef du WICKED s'immobiliser, fermer les yeux et rendre son dernier soupir.

CHAPITRE 50

05/05/231, 07 h 13

Il en restait encore dix-huit.

Thomas et ses amis se trouvaient dans la salle de surveillance qui avait été le domaine de Ramirez et de Randall. Le Dr Paige ainsi que quelques membres de son nouveau staff analysaient les pièces et les couloirs du secteur D.

— Aucun n'a changé de place, annonça le Dr Paige en parcourant les écrans. Vous devriez peut-être les cibler cinq par cinq, en revenant ici chaque fois pour faire le point sur la situation.

Thomas regardait distraitement les images en provenance du labyrinthe pendant que les autres se focalisaient sur le secteur D. À l'extérieur, Alby et Newt semblaient se disputer avec Nick, lequel s'était affirmé comme chef du Bloc depuis longtemps déjà. Sans le son, impossible de deviner le motif de leur désaccord. Au moins n'en étaient-ils pas encore venus aux poings. La plupart des autres blocards dormaient.

— Ils n'ont aucune idée de ce qui se passe ici, dit Thomas – à haute voix, ce qui l'étonna lui-même. J'imagine que ce n'est pas plus mal.

Teresa parut d'abord sur le point de le rabrouer – ils avaient d'autres soucis autrement plus pressants –, mais finit par se radoucir.

— Je sais, reconnut-elle. Pour une fois, ils sont mieux à leur place qu'à la nôtre.

— Eh oui, la roue tourne, dit Rachel.

— Les jeunes ? intervint le Dr Paige, avec un geste en direction des caméras focalisées sur le complexe du WICKED. Le plan ?

— Désolée, marmonna Rachel.

Thomas reporta son attention sur les écrans. Un garde en indiqua un en particulier.

— Salle D-17. Une salle de repos. Quelques-uns d'entre eux y dorment à même le sol. Vous devriez commencer par là.

— Peut-être qu'ils sont déjà morts ? avança Teresa.

Le Dr Paige se pencha vers l'écran, remuant les lèvres tout en comptant.

— Voilà nos cinq premiers. C'est un bon plan. Allez vous occuper d'eux, puis revenez ici et nous verrons par qui vous continuerez ensuite.

« Nous occuper d'eux, songea Thomas. Quelle jolie façon de formuler cela. »

Ils attrapèrent leurs sacs à dos chargés de mort et se mirent en route vers le secteur D.

Thomas et ses amis se dirigèrent vers la salle désignée. Ils y étaient presque quand du bruit devant eux les fit s'arrêter net. Aris, qui marchait en tête, recula d'un bond et les repoussa dans un couloir adjacent.

— J'ai aperçu du monde devant, murmura-t-il, dos au mur, haletant.

— Je les ai vus aussi, renchérit Teresa. Ce qui veut dire qu'ils nous ont probablement repérés.

À cet instant précis, un appel retentit à l'autre bout du couloir.

— Hé, les mômes ! (Une voix d'homme, au bord de l'hystérie.) Venez un peu par ici, mes petits sujets !

Thomas se sentit gagné par un sentiment d'horreur ; il en eut des frissons. Il avait très chaud subitement, de la sueur perlait sur ses bras et son front.

— Combien sont-ils ? chuchota-t-il.

Aris jeta un coup d'œil dans le couloir qu'ils venaient de quitter.

— Deux hommes. Un qui se traîne au sol, l'autre debout mais qui s'appuie contre le mur. Ils viennent par ici. Et je peux vous dire qu'ils ne sont pas beaux à voir.

Thomas apprécia cette description détaillée qui ne le rassura pas pour autant.

— À votre avis ? On se replie ?

— Non, on leur saute dessus, répliqua Teresa. Pourquoi remettre à plus tard ? Ils ne sont que deux et nous sommes quatre.

Rachel hocha la tête et se tourna vers Aris, qui acquiesça lui aussi.

Thomas soupira, vaincu.

— Ça veut dire quoi, exactement, « pas beaux à voir » ?

— Celui qui rampe est entièrement nu, expliqua Aris, avec des lacérations sur tout le corps. L'autre donne l'impression qu'il se vomit dessus depuis une semaine. Et ses cheveux… ils sont à moitié arrachés. Une vision d'horreur.

— Vous croyez qu'ils seront tous aussi atteints ? demanda Thomas, submergé par l'ampleur de la tâche qui les attendait.

Un hurlement de détresse terrifiant résonna dans le couloir, comme un long miaulement, qui s'acheva en une sorte de caquètement.

— Tu as vu Anderson, souffla Teresa. Les autres ne doivent pas être mieux, peut-être même pires.

Thomas hocha la tête, tâchant de s'encourager.

— D'accord, d'accord. Que fait-on ?

Teresa sortit de son sac à dos un pistolet et deux seringues. Elle tendit les seringues à Thomas.

— Je vous couvre, dit-elle, le doigt sur la détente de son pistolet. Aris et Rachel, commencez par leur tirer dessus avec vos lanceurs. Dès qu'ils s'écroulent, Thomas, tu leur sautes dessus et tu leur injectes le poison. Je serai juste derrière toi. S'ils remuent un orteil, je les descends.

Thomas la dévisagea, à la fois impressionné et terrifié par son amie. Au fond, il était content de la voir prendre les choses en main.

— D'accord, dit-il.

Il ne chercha pas à discuter. Il n'y avait pas de manière agréable de procéder, alors il valait mieux s'en débarrasser le plus vite possible.

— Ça me va, approuva Aris. Vous êtes prêts ?

Thomas, une seringue dans chaque main, fit oui de la tête. Rachel brandit son lanceur en guise de réponse. Teresa cria :

— Go !

Aris se détacha du mur avec un grognement et courut dans le couloir voisin, regonflé par l'adrénaline. Rachel s'élança derrière lui, l'arme en avant, suivie de Thomas puis de Teresa. On entendit le bruit des lanceurs en train de se charger, puis la détonation sèche d'une grenade catapultée en direction de l'homme appuyé contre le mur. Il lui manquait effectivement des plaques entières de cheveux, remplacées par des plaies à vif.

La grenade le cueillit en plein torse. Il lâcha un hurlement tandis que des filaments d'électricité dansaient partout sur son corps. Puis il s'écroula au sol, la charge du lanceur le grillant de l'intérieur.

— À toi, Thomas ! cria Aris en s'avançant d'un pas.

Thomas bondit puis se laissa glisser sur le carrelage, s'arrêtant à trente centimètres à peine de la tête de sa victime. Il approcha la seringue de son cou et attendit que les crépitements d'électricité s'atténuent. Il entendit un deuxième tir de lanceur, puis un troisième, suivi de deux chocs sourds. Un cri de bête fauve fendit l'air.

Thomas vit sa chance : la charge électrique se dissipait. Il plongea l'aiguille dans le cou du fondu et libéra le poison. Puis il s'empressa de battre en retraite. Les yeux de l'homme se révulsèrent et il bascula sur le flanc. La seringue ballottait au bout de son aiguille, retenue dans les plis tendres du cou.

« Dix-sept », pensa Thomas. Il ne restait plus que dix-sept fondus dans l'enceinte du complexe.

— Par ici ! l'appela Rachel. Dépêche !

Elle se tenait au-dessus du deuxième homme, qui convulsait encore après son tir de lanceur. Son corps meurtri diffusait de minuscules arcs électriques dans le carrelage.

Thomas courut jusqu'à lui. Il se laissa tomber à genoux, plongea la seringue dans le cou de l'homme et vida son réservoir de mort liquide.

Teresa était là, tenant son pistolet à deux mains, visant la tête de l'homme au cas où. Derrière elle, Rachel et Aris reprenaient leur souffle.

— Je crois que c'est bon, dit Thomas. On vient d'éliminer deux personnes sans une égratignure.

— Des fondus, riposta Teresa, s'autorisant enfin à se détendre et à baisser son arme. Pas des personnes : des fondus.

Thomas se remit debout.

— Je ne savais pas qu'il y avait une différence.

Le regard noir qu'elle lui lança lui fit peur.

— Salle D-17, rappela Aris. On s'en tient au plan.

Teresa tourna le dos à Thomas pour ouvrir la marche.

CHAPITRE 51

05/05/231, 07 h 47

— D... dix-sept, annonça Aris en lisant les numéros sur les portes au passage. On y est !

Thomas, conscient d'être pratiquement le seul à ne pas avoir pris d'initiative ce jour-là, s'avança jusqu'à la porte et colla son oreille contre la surface. Il écouta, priant pour ne percevoir aucun bruit. Il espérait qu'ils seraient tous morts ou endormis.

— Tu entends quelque chose ? chuchota Teresa.

Il secoua la tête. Puis :

— Attends. (Il tendit l'oreille à nouveau. On discernait un gémissement étouffé.) Si... il y en a au moins un de réveillé.

Ils se préparèrent comme ils l'avaient fait pour la rencontre précédente dans le couloir. D'après les caméras de surveillance, cinq fondus se trouvaient de l'autre côté, immobiles. Thomas prit trois seringues dans la main droite, deux dans la gauche, pendant qu'Aris et Rachel se plaçaient derrière lui avec leurs lanceurs chargés. Cela ne laissait que Teresa avec son pistolet, et Thomas avait le pressentiment que cette fois elle serait contrainte de s'en servir.

Quand tout le monde fut prêt, Teresa repoussa la porte de sa main libre. Des relents d'odeurs corporelles et d'haleines fétides s'échappèrent de la pièce chichement éclairée, sorte de brise malsaine.

Thomas réprima un haut-le-cœur et se glissa à l'intérieur. Rachel, Aris et Teresa l'imitèrent. Un bref regard circulaire permit à Thomas de reconnaître les lieux, et son cœur qui battait à tout rompre ralentit un peu le rythme. La salle était un espace de détente meublé de fauteuils et de canapés, avec plusieurs écrans de visionnage, une table de billard et une autre de ping-pong. Les cinq personnes qu'ils avaient repérées plus tôt étaient regroupées dans un coin à sa gauche. Un homme se tenait couché sur un canapé, un bras dans le vide, avec un autre homme allongé à ses pieds. Deux femmes reposaient côte à côte, à même le sol elles aussi, dans les bras l'une de l'autre comme pour se réconforter. Le cinquième, un homme, était avachi dans un fauteuil, la tête en arrière ; des ronflements sonores s'échappaient de sa bouche béante.

Aris et Rachel s'approchèrent en silence. Un long moment s'écoula, puis on entendit le bourdonnement électronique familier, immédiatement suivi d'une salve de crépitements. Cinq chocs sourds distincts indiquèrent que les lanceurs avaient atteint leurs cibles. Une lueur bleutée éclaira la salle tandis que les fondus convulsaient.

— Allez ! cria Aris à Thomas. Attends, je vais t'aider.

Il marcha jusqu'à Thomas, lui prit trois seringues et en passa une à Rachel. Teresa garda son pistolet braqué sur les cinq silhouettes agitées de spasmes pour couvrir l'approche de ses amis.

Thomas courut jusqu'aux deux hommes écroulés au pied du canapé. Leurs convulsions s'atténuaient et les filaments d'électricité se réduisaient à quelques étincelles ici et là. Empoignant une seringue dans chaque main, le pouce sur le bouton-poussoir, il s'accroupit et les piqua dans le cou. Libéra le poison. Puis recula vivement et se releva d'un bond, choqué de constater à quel point ç'avait été facile. Rachel s'était occupée de l'homme dans son fauteuil et Aris venait d'en finir avec les deux femmes sur le sol.

Cela voulait dire qu'il ne restait plus que onze malades dans tout le secteur. Conscient de l'horreur de ce qu'ils étaient en train de commettre – assassiner des êtres humains –, Thomas refoula ses états d'âme dans un souci d'efficacité. Son torse se gonfla. Ils allaient peut-être réussir.

La porte du couloir claqua contre le mur.

Quatre fondus firent irruption à l'intérieur, tous encore suffisamment valides pour aller à l'affrontement. Ils se déployèrent à travers la salle.

L'un d'eux, une femme, sauta sur Aris avant qu'il n'ait le temps d'actionner son lanceur. Aris s'écroula sur le dos, son adversaire à califourchon sur lui, qui cherchait sa gorge. Rachel, voyant qu'elle ne pourrait pas tirer sans atteindre son ami, s'élança à son secours en brandissant son lanceur comme un gourdin. Elle l'abattit sur le crâne de la femme. Celle-ci roula sur le côté en poussant un grand cri, puis Rachel lui tira une grenade dans la poitrine.

Aris, visiblement ébranlé par cette attaque, perdit toute maîtrise. Il sortit de sa poche un grand couteau et, avec un hurlement de rage, roula sur lui-même pour le plonger dans le torse de la fondue. L'électricité ne s'était pas suffisamment dissipée – la décharge qu'il se prit dans les doigts le projeta en arrière et le fit heurter Rachel, qui tomba à la renverse.

Tout cela s'était déroulé en un éclair. Thomas ne voyait plus que deux des fondus, qui semblaient courir au hasard à travers la salle. Il n'avait plus rien dans les mains. Teresa avait toujours son pistolet mais elle le braquait à droite puis à gauche, sans oser tirer. Sans doute craignait-elle de manquer ses cibles et d'atteindre Aris ou Rachel.

Quelqu'un se jeta par-derrière sur Thomas.

Il sentit des bras s'enrouler autour de lui tandis qu'il s'écrasait à plat ventre sur le sol. Son nez craqua, ses poumons se vidèrent d'un coup, il en eut le souffle coupé. Pris de panique, il se tortilla frénétiquement pour tenter d'échapper à son agresseur.

Teresa cria son nom. Il vit ses pieds juste à côté de lui.

« Aide-moi », essaya-t-il de dire.

Mais il ne parvint qu'à pousser un grommellement étouffé. Le fondu qui l'écrasait avait relâché sa prise pour mieux lui enfoncer la tête dans la moquette. Thomas ne pensait plus qu'à se remplir les poumons. Les genoux de son adversaire lui rentraient dans le dos et pressaient si fort contre ses côtes qu'elles allaient finir par craquer.

Une détonation assourdissante retentit dans la salle.

La pression s'atténua sur Thomas. Puis disparut complètement. Il redressa la tête juste à temps pour voir le fondu basculer au-dessus de lui et s'effondrer sur le sol. Il avait un trou sanglant à la tempe, et son regard était déjà mort. Thomas leva les yeux vers Teresa : elle tremblait, le pistolet tendu à bout de bras.

— Il en reste deux, annonça-t-il d'une voix détachée.

Teresa recouvra son sang-froid, inspira profondément et recula en posture défensive, braquant son arme sur le reste de la salle. Thomas, perclus de douleurs, se releva péniblement en regardant autour de lui pour ne pas se faire surprendre une deuxième fois.

On ne voyait aucun signe des deux derniers fondus – ils avaient dû se cacher derrière l'un des canapés ou des fauteuils. Thomas sortit d'autres seringues de son sac à dos pendant que ses amis s'avançaient prudemment pour regarder derrière chaque siège. Sans résultat pour l'instant. Puis Teresa poussa un cri ; à l'instant où il tournait la tête dans sa direction, Thomas la vit disparaître derrière un canapé et l'entendit tomber avec un bruit sourd.

Il bondit à son secours, le cœur battant à cent à l'heure. Il avait tout laissé derrière lui – son sac à dos et les instruments de mort qu'il contenait. L'air donnait l'impression de s'être solidifié pour mieux le ralentir. Il n'entendait plus aucun bruit derrière le canapé, et Aris et Rachel étaient trop loin pour l'aider.

Il atteignit le mur et vit Teresa sur le sol, le bras d'un homme autour du cou. Elle tentait de se dégager avec ses deux mains, sans succès. L'autre serrait, serrait, et Teresa, les yeux exorbités, ne parvenait qu'à émettre des bruits horribles. Des gargouillis étranglés.

— Lâchez-la ! cria Thomas.

Mais bien sûr, ces mots ne signifiaient rien pour le fondu – un homme chauve, en sueur, avec une énorme entaille en travers du front. Le Dr Leavitt.

C'était le Dr Leavitt.

Du sang mêlé de sueur lui coulait dans les yeux, accentuant la férocité de son regard. Teresa, sans cesser de se débattre, cherchait à tâtons quelque chose sur le sol, hors de portée de ses doigts.

Son pistolet.

Thomas le ramassa. Il sentait la vie de son amie sur le point de s'éteindre, de l'abandonner dans les bras de la mort. Il n'avait encore jamais utilisé une arme à feu et doutait de ses compétences de tireur. Posant le doigt sur la détente, il reporta son attention sur Teresa et le fondu qu'il avait connu autrefois sous le nom de Leavitt. L'homme poursuivait son effort, serrait comme dans un étau le cou de Teresa dont la chair prenait une affreuse teinte violacée.

Renonçant à viser, Thomas bondit par-dessus le canapé. Il croisa le regard de Teresa, dans lequel on lisait la souffrance et la peur. Leavitt tenta de repousser Thomas avec son bras libre, mais sa paume moite glissa sur son visage. Thomas leva son arme ; le canon longea le corps de Teresa, remonta de plus en plus haut, parvint au niveau de son oreille et vint se poser contre la tempe du fondu.

Le visage de Leavitt se transforma d'un coup ; sa sauvagerie et sa haine aveugle disparurent pour laisser place à une expression de supplication pathétique. Il relâcha sa prise autour du cou de Teresa.

— S'il te plaît, pleurnicha-t-il. Ne me fais pas de mal.

Thomas pressa la détente. La détonation claqua comme un coup de tonnerre, comme un craquement de fin du monde. Des bourdonnements plein les oreilles, Thomas saisit Teresa et l'arracha au cadavre de son agresseur. Il n'avait jamais beaucoup aimé Leavitt de toute façon.

Teresa tremblait entre ses bras, un signe de faiblesse très rare chez elle ; l'épreuve avait été terrifiante. Il l'attira contre lui et la serra fort. Aris arriva, et posa la main sur l'épaule de Thomas.

— Où est le dernier ? demanda celui-ci d'une voix éteinte. Il en reste un.

— Rachel l'a eu, répondit Aris. Ne t'en fais pas. Ils sont tous morts.

Thomas se cramponnait à Teresa ; il se sentait au bord du gouffre.

— Je ne sais pas si je vais pouvoir tenir le coup encore longtemps, avoua-t-il.

— Six, répondit Rachel dans son dos. Il n'en reste plus que six.

Avant midi, ils éliminèrent les derniers fondus. En comparaison du cauchemar qu'ils avaient vécu dans la salle de repos, ce fut une partie de plaisir. Les six derniers étaient tous endormis, ils n'eurent qu'à les piquer dans le cou et leur injecter le poison.

Et ce fut réglé.

La Purge était finie.

CHAPITRE 52

07/06/231, 12 h 45

Quel monde que celui dans lequel vivait Thomas ! Maladie, mort, trahison. Ses amis soumis à des épreuves cruelles qui ne serviraient peut-être jamais à rien. Une planète brûlée, jonchée de ruines. Un mois plus tôt, il avait aidé à liquider plus d'une dizaine d'êtres humains en l'espace de quelques heures. Et depuis, il se débattait tous les jours dans les affres du dégoût de soi et de la culpabilité, prenant soin d'éviter ses amis. Dans un bâtiment truffé de soi-disant psys, aucune thérapie n'avait pu l'aider à assumer les horreurs de la Purge. Et aucune n'y parviendrait jamais.

Cet épisode l'avait changé. À jamais.

Il était même resté à l'écart de la salle d'observation ces derniers temps, trop déprimé pour regarder le labyrinthe. Aujourd'hui, pourtant, il s'était forcé à s'y rendre pour rattraper le temps perdu. La première chose qu'il remarqua fut Alby et Newt qui marchaient ensemble le long du mur dans le Bloc. Quelque chose n'allait pas : Newt s'appuyait sur Alby, lequel avait passé un bras dans son dos pour le soutenir. Newt mettait tout son poids sur une seule jambe. Il tressaillait à chaque pas, avec une grimace de douleur.

Thomas s'assit devant les commandes et prit un moment pour réfléchir à ce qu'il voulait faire. Puis il entreprit de sélectionner méticuleusement les bons angles de caméras dont il aurait besoin pour reconstituer l'histoire.

Qu'avait-il bien pu arriver à Newt ?

Moins de deux heures plus tard, Thomas avait collé bout à bout une série de séquences filmées par différents scaralames de manière à présenter un récit quasiment continu. Un récit qui lui serrait le cœur. Thomas l'afficha sur le grand écran central et relança la bande depuis le début.

La veille, tôt dans la matinée, Newt se portait comme un charme. Il dit au revoir à Minho et aux autres coureurs – c'était son jour de repos, apparemment. Et une fois que les différents groupes eurent disparu chacun de leur côté, il passa un moment à se promener dans le Bloc, à inspecter les différents secteurs comme si tout était normal – aussi normal que possible quand on vivait à l'intérieur d'un labyrinthe géant. Il parla avec Winston près de l'abattoir puis discuta avec Zart dans les jardins. Il s'esclaffa même, à une occasion, avec une tape dans le dos de Zart comme si celui-ci venait de lui en raconter une bien bonne.

Newt se dirigea ensuite du côté du terminus, ce bosquet encadré d'arbres morts dans le coin sud-ouest, que Thomas avait toujours considéré comme un mauvais présage. Là, il se laissa tomber sur un banc et y resta une bonne demi-heure. Thomas accéléra la bande jusqu'au moment où Newt finissait par se lever pour s'enfoncer dans la minuscule forêt. L'image sauta, adoptant le point de vue d'un scaralame au ras du sol qui suivait Newt à quelques pas. Newt se rendit droit au cimetière ; des croix de bois marquaient les emplacements où avaient été enterrés les blocards décédés dans le labyrinthe.

Il s'agenouilla et regarda loin devant lui, l'air de plus en plus désespéré. Il resta ainsi un long moment, et Thomas crut pouvoir deviner ce qui tourmentait son ami. Une culpabilité terrible envers ceux qui étaient morts. Le regret de ne pas avoir trouvé un moyen de les sauver. Une tristesse à l'égard de la situation en général ; le danger, l'ennui, la frustration de ne pas savoir ce qu'ils faisaient là. La privation de la mémoire. Et peut-être, au fond de lui, se rappelait-il vaguement la sœur qu'on avait effacée de ses souvenirs.

Newt se leva. Il se détourna des tombes et sortit du terminus, si vite que le scaralame fournissant les images dut sautiller pour le suivre. Newt se dirigea vers la porte ouest, la plus proche. Plusieurs blocards le saluèrent de la main, mais il les ignora, regardant droit devant lui d'un air buté. Thomas se redressa sur son siège. S'il savait déjà comment l'histoire se terminait, il n'en connaissait pas encore toutes les étapes.

Newt quitta le Bloc proprement dit pour pénétrer dans les couloirs du labyrinthe. Il ne ralentit pas l'allure ; son pas était vif mais régulier. Il tourna à gauche, à droite, à gauche encore. Passa plusieurs intersections. Puis il parvint devant un long couloir aux murs couverts de lierre des deux côtés. Il s'arrêta et fit face au mur de gauche, en appui sur ses deux mains, qui disparaissaient entre les feuilles. Il patienta ainsi un moment, penché en avant, puis il releva la tête comme pour apercevoir le sommet du mur.

Et il entreprit de l'escalader.

Ses bras musclés lui facilitèrent l'ascension. Il attrapa d'abord une branche et se hissa assez haut pour caler ses pieds entre les pierres. Il en attrapa une autre, et ainsi de suite, se servant de ses mains, de ses pieds et de toute sa force. En quelques minutes, il était parvenu à mi-hauteur. Thomas savait qu'à ce stade il commencerait à douter de pouvoir aller plus haut. Une combinaison d'illusions d'optique et de mécanismes de refoulement intégrés à son implant veillerait à ce qu'il ne parvienne jamais tout en haut. Il gravit encore quelques mètres puis s'arrêta, vaincu, avec un dernier regard vers le ciel.

Thomas observa et attendit.

Cramponné au lierre, Newt disparaissait presque entièrement au milieu du feuillage. Un scaralame qui avait escaladé le mur avec lui s'avança à quelques centimètres de son visage. Une fois de plus, Thomas s'interrogea sur le logiciel qui commandait ces petites créatures mécaniques. Comment savaient-elles où se placer, en l'absence de quelqu'un pour leur donner des instructions ?

Newt regarda la caméra et, pour la première fois de la séquence, parla suffisamment près du micro pour que Thomas puisse entendre ce qu'il disait.

— Je ne sais pas qui vous êtes, mais j'espère que vous êtes contents. J'espère que vous prenez votre pied à nous regarder devenir dingues. Allez griller en enfer. Tout ça, c'est votre faute.

Newt lâcha le lierre et se repoussa loin du mur, basculant hors du champ de la caméra. Le scaralame s'empressa de changer de place, et tout ce qu'entendit Thomas ce fut le froissement de son passage à travers les feuilles ainsi qu'un choc sourd en contrebas. L'image dégringola au pied du mur, s'arrêta au niveau du sol puis se focalisa sur Newt. Il gisait sur le flanc, tenant à deux mains l'une de ses jambes qu'il avait remontée contre lui. Il se balançait d'avant en arrière en geignant. Ses gémissements se changèrent en longs sanglots douloureux ; Thomas en eut le cœur déchiré.

Soudain, Newt poussa un cri sauvage, il hurla à tue-tête :

— Je vous déteste. Je vous déteste !

Thomas coupa la séquence. Il ne supportait plus de voir souffrir son ami.

« Newt, Newt, Newt, se dit Thomas, avec la sensation que l'air qui l'entourait virait au noir. Tu n'es même pas immunisé, mec. Tu n'es même pas immunisé. »

CHAPITRE 53

22/09/231, 11 h 17

Thomas entendit frapper doucement à sa porte. Il ouvrit et tomba nez à nez avec Teresa. Les choses étaient quasiment revenues à la normale au quartier général du WICKED, du moins autant qu'il était possible après un événement tel que la Purge.

— Hé, grommela-t-il, groggy. Tu aurais pu m'appeler dans ma tête. Je faisais la sieste.

Pour toute réponse, elle lui tendit une tablette.

— Tu étais au courant de ça ?

— Hein ?

Il n'avait aucune idée de quoi elle voulait parler.

Elle entra dans sa chambre et alla s'asseoir à son bureau.

— Viens voir un peu, dit-elle. As-tu déjà envoyé une note de service à tout le monde ? Ou permis au Dr Paige d'en écrire une en ton nom ?

— Quoi ? Non.

— Eh bien…

Elle lui indiqua l'écran.

Thomas se pencha pour lire.

Note de service du WICKED, 22/05/231

À : Les successeurs

De : Thomas [Sujet A1]

Sujet : La Purge

J'endosse la responsabilité complète de tout ce qu'il a fallu faire ces derniers jours.
Ce qu'il nous faut absolument garder à l'esprit, c'est que le WICKED reste opérationnel et plus fort que jamais. Le labyrinthe fonctionne et nos recherches sont lancées. Nous sommes sur la bonne voie, ce n'est pas le moment de nous en écarter.
Tout ce que je demande, c'est que les événements de ces derniers jours restent dans le cadre de l'organisation et ne soient plus jamais mentionnés. Ce qui est fait est fait, et c'était mieux pour tout le monde.
Maintenant, toutes nos pensées doivent être tournées exclusivement vers l'élaboration de nos schémas.
Ava Paige est la nouvelle chancelière du WICKED, avec effet immédiat.

Avant qu'il puisse réfléchir aux implications de ce qu'il venait de lire, Teresa lui reprit la tablette.

— Et maintenant, regarde cette autre note que j'ai trouvée, dit-elle en ouvrant un autre document. Censée avoir été écrite par le chancelier Anderson la veille du jour où il a tapé ce message délirant à propos de ses doigts. Celui qu'on a retrouvé sur son ordinateur. Sauf que tu ne me feras pas croire que c'est lui qui l'a rédigée. Regarde.

Note de service du WICKED, 04/05/231, 13 h 43

À : Mes associés

De : Kevin Anderson, chancelier

Sujet : Adieu à tous

J'espère que vous me pardonnerez cette lâcheté, de m'adresser à vous par le biais d'une note de service alors que je devrais vous parler en personne. Malheureusement, je n'ai pas le choix. Les effets de la Braise, aussi gênants que déprimants, affectent chacune de mes actions. Et notre décision de refuser l'usage du bliss à l'intérieur de nos locaux m'interdit d'attendre plus longtemps pour vous faire mes adieux.

J'ai déjà bien du mal à taper ces quelques mots. Du moins ai-je encore assez de temps et de dextérité pour écrire et me corriger pendant mes brèves parenthèses de lucidité.

J'ignore pourquoi le virus m'a affecté si vite et de manière aussi brutale. Mon état s'est dégradé beaucoup plus rapidement que celui des autres membres du groupe. Peu importe. On m'a démobilisé, et mon successeur désigné, Ava Paige, est prête à me remplacer. Nos candidats d'élite ont commencé leur formation pour servir d'agents de liaison entre nous et ceux qui continueront à diriger le WICKED. Ava elle-même convient que son rôle sera principalement celui d'une porte-parole, avec nos candidats d'élite comme véritables dirigeants.

Nous sommes et continuerons à être entre de bonnes mains. La noble entreprise que nous avons initiée voilà plus de dix ans finira par porter ses fruits. Nos efforts, et pour la quasi-totalité d'entre nous nos vies, n'auront pas été vains. Le programme aboutira à un remède.

Notez que ce mot est surtout un message personnel. Pour vous remercier de votre amitié, de votre compassion, de votre empathie devant la difficulté de notre mission.

Un dernier conseil : la fin est vraiment dure. N'essayez pas de résister à votre démobilisation. Je l'ai fait, et maintenant je le regrette. Acceptez votre sort et mettez fin à vos souffrances.

C'est devenu insupportable.

Merci.

Et adieu.

— Qu'est-ce que ça veut dire ? s'exclama Thomas, éberlué. Ce n'est pas du tout comme ça que ça s'est passé. Que cherche-t-elle, à réécrire l'histoire pour assurer sa légitimité ?

Teresa haussa les épaules.

— J'ai pensé que tu aimerais être au courant.

— Viens, dit-il. Allons lui parler.

Thomas frappa à la porte du Dr Paige. Il était si furieux que sa respiration était précipitée.

Le médecin parut surpris.

— Y a-t-il un problème ? demanda-t-elle.

— Pourquoi avez-vous fait ça ? demanda Thomas. (Il tâcha de garder son sang-froid mais se sentait trahi, confus, et par-dessus tout très en colère.) C'est votre nouveau truc, d'écrire des notes de service au nom des autres ?

— C'est pour aider les autres à faire face à notre situation actuelle, Thomas, expliqua le Dr Paige, qui saisissait enfin. Leur donner le sentiment que les choses sont sous contrôle. Cela montre aussi à quel point tu es impliqué dans cette organisation et à quel point tu as mûri. (Elle sourit à Thomas. Elle semblait fière de lui.) Et je crois que c'est un moyen simple mais symbolique de créer dans l'imaginaire commun une sorte de passerelle. Une connexion. Entre l'ancien et le nouveau.

Thomas ne savait plus comment réagir, ni quoi dire. Pourquoi tenait-elle à lui conférer une telle importance ? Pourquoi avait-elle procédé ainsi dans son dos ? Sans parler d'Anderson, qui était encore leur dirigeant à ce moment-là.

— Et tout cela, continua-t-elle, en mettant l'accent sur une seule personne. Tout le monde est gagnant.

Il ne réagissait toujours pas.

— Vous auriez au moins pu lui demander avant, dit Teresa.

Le Dr Paige les dévisagea avec un regret qui paraissait sincère.

— Vous avez raison. Je suis désolée. J'ai dépassé les bornes.

— Ce n'est pas réglé, prévint Thomas.

Il partit avant de dire quelque chose qu'il regretterait. Le Dr Paige ne cessait pas de mentir. Elle ne faisait que cela.

Thomas retourna directement dans sa chambre. Il dit à Teresa qu'il ne se sentait pas bien et s'allongea sur son lit. Fermant les yeux, il essaya de se calmer, roula sur le flanc et chercha le sommeil. Tout semblait différent désormais. Il ne pouvait pas se confier à Teresa, et presque tous ceux qu'il connaissait ou appréciait se trouvaient à l'intérieur du labyrinthe. Et maintenant, ces e-mails… C'était bizarre. Si le Dr Paige était à ce point retorse, que lui cachait-elle d'autre ? Il aurait dû lui poser la question quand il était allé la voir. Au lieu de quoi, il s'était dégonflé.

Et maintenant il était là, face au mur de sa chambre, à réfléchir.

Et réfléchir.

C'était la partie la plus pénible. Si seulement Teresa, Chuck et lui avaient pu s'enfuir pour recommencer une nouvelle vie ailleurs ! Puis il pensa à Newt. Son ami qui était tombé du mur et n'était pas immunisé. Il leur fallait à tout prix un remède. S'ils en trouvaient un, tout le monde pourrait être libéré – Alby, Minho, Newt, Chuck, Teresa, et même Aris et Rachel. Peut-être pourraient-ils tous habiter dans le même quartier, vieillir ensemble, s'asseoir autour d'un bon repas et raconter à leur progéniture comment ils avaient sauvé le monde. Il se représenta Minho devant un groupe d'enfants, en train de leur mimer la vie d'un coureur ; pour amuser la galerie il n'arrêterait pas de faire des mouvements de singe, de se gratter les aisselles et de se frapper le torse.

Si seulement cela pouvait être aussi facile ! S'il suffisait de s'imaginer Minho en train de faire l'idiot devant leurs futurs petits-enfants pour que tout aille bien… L'idée qu'il nourrissait depuis un moment lui revint en tête ; et lui parut plus que jamais la chose à faire. Il voulait se rendre dans le labyrinthe. S'en aller loin de cet endroit, rejoindre ses amis et passer la vitesse supérieure. N'importe quoi pour parvenir enfin à ce fichu remède. S'offrir un avenir radieux. Il avait envie de s'en convaincre et de le faire.

L'avenir, un monde libéré des fondus, ses amis et lui vivant au paradis…

Tu parles d'un tissu de bêtises !

Il soupira profondément, et bien qu'on fût au milieu de la journée, s'endormit.

CHAPITRE 54

31/10/231, 04 h 48

Thomas était de retour dans son refuge, la salle d'observation.

Au cours des dernières semaines, la culpabilité et la colère avaient continué à monter en lui, à s'accumuler, et menaçaient désormais de le submerger. Il n'avait plus qu'un moyen d'échapper à cette sensation d'étouffement. Être ici, en train d'observer ses amis.

Teresa et lui s'étaient éloignés l'un de l'autre – elle avait ses propres difficultés à gérer la situation et semblait avoir choisi de le faire en se jetant à corps perdu dans le travail – mais cela ne le dérangeait pas. Ils se parlaient suffisamment par télépathie pour se tenir informés. Savoir que chacun faisait le nécessaire de son côté pour tenir le coup.

Concernant Thomas, cela voulait dire rester le plus possible à l'écart. Il s'en tenait à son programme habituel de tests, d'examens et de cours, mais pour le reste il se faisait plutôt rare. À moins que Chuck ou Teresa ne soient disponibles, il passait l'essentiel de son temps libre dans sa chambre, à lire ou à dormir, ou dans la salle d'observation à scruter les moindres faits et gestes de ses amis. Lesquels devenaient de plus en plus routiniers, car les blocards s'étaient construit une communauté très bien organisée. Loi, ordre, routine, sécurité. Personne n'était plus mort ou ne s'était plus fait piquer depuis un moment maintenant.

Thomas adorait particulièrement espionner leurs conversations. Écouter Alby, Minho et Newt discuter ensemble au moment des repas. Cela lui donnait l'illusion de faire partie de leur groupe, d'être sur place avec eux.

Et voilà justement ce qu'il avait fait tout l'après-midi, basculant d'un canal audio à un autre quand la discussion devenait ennuyeuse. Pour l'instant, sur le pas de la porte est, Newt parlait avec Minho qui rentrait tout juste du labyrinthe.

— Alors, quoi de neuf ? demanda Newt sur un ton sarcastique. Est-ce qu'un foutu Griffeur a voulu te faire un câlin ?

Adossé au mur, Minho reprenait son souffle.

— Comment le sais-tu ? Je lui ai dit de repasser une autre fois ; il n'était pas vraiment mon type.

Les deux avaient cette même conversation quasiment tous les jours, raillant la monotonie du quotidien des coureurs. Ils s'éloignaient en direction de la salle des cartes quand Thomas entendit frapper derrière lui. Il abandonna à regret le monde du labyrinthe pour se replonger dans celui du WICKED.

— Qui est là ? demanda-t-il.

La porte s'ouvrit, et Chuck passa la tête dans l'entrebâillement.

— Salut Thomas. Le Dr Campbell m'a accordé deux heures pour te donner un coup de main avec tes notes. Est-ce que je peux… ?

— Entre donc, tocard. Pas la peine d'en faire tout un plat chaque fois.

Chuck et lui avaient commencé à employer entre eux quelques-uns des mots d'argot qui émergeaient dans le Bloc. Le préféré de Chuck était *plonk*, de très loin. D'après le Dr Paige, les psys s'intéressaient de près aux effets de l'amnésie sur les blocards. Au nombre des surprises, on comptait l'invention de mots radicalement nouveaux. Plusieurs d'entre eux venaient de Minho, qui avait déjà un certain talent d'élocution avant d'entrer dans le labyrinthe. L'Effacement semblait encore avoir renforcé ce trait, chose que les psys trouvaient également fort intéressante.

Naturellement, tout était toujours très intéressant pour eux.

Chuck entra et s'assit à côté de Thomas, se laissant tomber dans son siège avec un gros soupir.

— Ils ont envoyé Frank, aujourd'hui. Ce qui veut dire qu'il ne me reste plus qu'un mois.

Le mélange d'excitation et de peur qu'on lisait dans ses yeux fit grimacer Thomas. Il se sentait en partie responsable de cette peur – c'était à cause de lui, de l'égoïsme dont il faisait preuve en autorisant Chuck à le rejoindre que ce dernier avait pu assister à ce qui se déroulait dans le labyrinthe. Mais Chuck était comme son frère ; sans lui, Thomas se serait écroulé depuis longtemps.

— Ça va arriver vite, tu verras, prédit-il.

— Ce qui veut dire, répliqua Chuck, que tu seras bientôt tout seul à t'ennuyer ici.

— Eh oui. C'est exactement ça.

— Qu'as-tu fait aujourd'hui ? demanda Chuck. Laisse-moi deviner : examens médicaux, cours, leçon de pensée critique, observation du labyrinthe ?

— Eh oui. C'est exactement ça, répéta Thomas, ce qui fit pouffer Chuck. J'ai vraiment la belle vie, tu ne trouves pas ?

— Attends un peu que je débarque dans le labyrinthe, promit Chuck. Je vais te mettre un peu de bonne humeur là-dedans, tu vas voir !

Il dit cela avec un enthousiasme que Thomas devina sincère – aussi jeunes, les enfants avaient le chic pour se rappeler uniquement des meilleurs moments.

— Eh oui. C'est exactement ça, dit Thomas pour la troisième fois, ce qui le fit pouffer lui-même. (Il se leva.) Désolé, on m'attend pour une réunion.

— Tu rigoles ? Je viens à peine d'arriver ! J'espérais assister au dîner des blocards. Je suis sûr que Gally et Alby vont enfin s'écharper pour de bon.

— Je regrette, s'excusa Thomas. Mais tu sais que tu n'as pas le droit d'être ici sans moi, alors retourne à ton dortoir. Plus tard, on se prendra de quoi manger et on reviendra ici jeter un œil sur le Bloc. Peut-être que les psys leur enverront un Griffeur.

Chuck pâlit à cette idée et fit de son mieux pour le masquer. Parfois, dans son excitation à intégrer le Bloc, il en oubliait les monstres.

— Pardon, dit Thomas avec l'envie de se mettre des claques. Ce n'était pas un truc à dire.

La réunion devait se tenir dans une petite salle, et Thomas s'y présenta sans rien savoir de son objet. Le Dr Paige était assise en bout de table, avec deux psys à sa gauche. La première – une dénommée Campbell – était déjà présente avant la Purge. L'autre était un nouveau venu de Seattle, d'Anchorage ou de Dieu savait où. Thomas ne se donnait jamais la peine de se renseigner sur ce genre de détails.

À droite du Dr Paige, un homme entre deux âges aux cheveux noirs et à la peau brune était assis à côté d'une femme assez jeune pour être sa fille mais qui ne lui ressemblait pas du tout : elle avait la peau blanche et les cheveux blond cendré. L'homme était penché vers elle comme s'ils se connaissaient bien ; ils échangeaient des messes basses.

Thomas resta debout un long moment, le temps d'observer tout le monde.

Le Dr Paige se leva.

— Merci d'être venu, Thomas. Nous ne te voyons pas beaucoup ces derniers temps. Tu aides Chuck à se préparer pour son grand saut dans le labyrinthe le mois prochain ?

Elle lui adressa un sourire innocent, comme si elle ne savait pas exactement ce qu'il faisait à chaque instant de la journée. Thomas ne l'appréciait plus autant qu'avant la Purge.

— Quelque chose comme ça, répondit-il d'une voix égale.

— Eh bien, assieds-toi, dit-elle en lui indiquant le siège en face du sien, à l'autre bout de la table.

Une fois installé, Thomas demanda :

— Alors, on est ici pour quoi ?

Le Dr Paige leva un doigt d'un air agacé.

— Attends une seconde. Teresa ne devrait plus tarder.

Au même instant, la porte s'ouvrit et Teresa entra. Elle adressa quelques signes de tête à droite, à gauche, et vint s'asseoir à côté de Thomas. Elle paraissait préoccupée.

Salut, lui dit-elle mentalement, en y mettant toute la chaleur possible.

C'est bon de te revoir, répondit-il. C'était vrai. Elle lui avait manqué.

Le Dr Paige ouvrit la réunion.

— Je voudrais vous présenter deux nouveaux amis qui vont nous prêter main-forte dans plusieurs projets à venir. (Elle se tourna vers l'homme et la jeune femme à sa droite.) Voici Jorge et Brenda. Jorge est un pilote de berg très compétent ; Brenda possède une formation d'infirmière et projette de devenir psy un jour. N'est-ce pas, Brenda ?

La jeune fille hocha la tête, sans manifester le moindre soupçon de gêne ou de timidité.

— Je ferais n'importe quoi pour trouver un remède, déclara-t-elle.

On sentait qu'elle avait dû souvent donner cette réponse, mais on percevait aussi quelque chose dans son regard, une lueur hantée qui expliquait peut-être pourquoi elle la formulait de cette manière.

— *Hola,* fit le dénommé Jorge. Je suis impatient d'entamer notre collaboration.

— Notre collaboration ? répéta Teresa. Dans quel domaine ?

Voilà qui retint l'attention de Thomas ; il était maintenant dévoré par la curiosité.

— Nous souhaiterions avoir votre aide pour une expédition que nous préparons, expliqua le Dr Paige. D'ici quelques semaines, Jorge, Brenda et quelques autres seront envoyés dans un endroit appelé la Terre Brûlée. Nous nous intéressons de près à une ville des environs infestée de fondus. Elle recèle un potentiel de recherche non négligeable.

— Une ville infestée de fondus ? répéta Thomas.

Une petite voix lui soufflait qu'on ne leur disait pas toute la vérité.

— Oui, confirma le Dr Paige sans plus de précisions. Et nous pensons qu'il pourrait être utile de vous avoir là-bas. Nous aimerions tester à longue distance l'efficacité de votre implant, et notamment le transfert des schémas de zone mortelle et autres mesures. Il s'agit de vérifier jusqu'où il peut émettre. Maintenant, voilà ce que nous avons prévu…

Thomas cessa de l'écouter – il réfléchissait à ce qu'elle venait de dire. Pourquoi avaient-ils besoin de se renseigner sur la distance maximale à laquelle pouvait fonctionner leur implant ? Le WICKED envisageait-il de les envoyer quelque part ? Que leur cachait-on exactement ? Il avait un mauvais pressentiment. Un pressentiment qui l'habitait depuis un moment déjà, mais qu'il avait refusé d'admettre jusqu'à présent. Et qui le rendait malade.

Le WICKED n'en aurait jamais fini.

Quoi qu'il arrive, il ne s'arrêterait jamais.

CHAPITRE 55

30/11/231, 20 h 32

Thomas marchait avec Chuck dans le couloir, qui lui semblait se prolonger à l'infini devant lui. Tout lui donnait cette impression ce jour-là ; d'être long et sans fin. En réalité, il était simplement d'une humeur exécrable. Le jour fatidique était arrivé.

Chuck allait intégrer le labyrinthe.

Thomas avait réclamé de pouvoir passer une heure en sa compagnie afin de partager son dernier repas et discuter avec lui. Qu'ils puissent prendre le temps de se dire au revoir. Après quoi il pensait remettre Chuck entre les mains des experts et s'éclipser. Il ne tenait pas à être présent quand on lui effacerait la mémoire, quand on le transporterait comme un cadavre ou qu'on le jetterait dans la Boîte comme un ballot de linge sale. Il préférait s'enfermer dans sa chambre jusqu'au lendemain.

La cafétéria était déserte à cette heure-là. Après avoir pris des plateaux, Chuck et lui s'installèrent devant l'une des fenêtres qui surplombaient la forêt alaskienne. Ils avaient à peine échangé deux mots depuis qu'ils s'étaient retrouvés, et à présent ils piochaient dans leur assiette d'un air absent. Aucun d'eux n'avait encore avalé la moindre bouchée.

— Autant nous débarrasser tout de suite des questions sans intérêt, finit par dire Thomas. Tu as peur ?

Chuck souleva une tranche de bacon du bout de sa fourchette pour l'examiner.

— Tu as raison, répondit-il. C'est une question idiote.

— Je vais prendre ça pour un oui.

Chuck mastiqua un morceau de viande en faisant la grimace.

— Un vrai goût de plonk.

— Tu m'étonnes. Ç'a été cuit il y a près de trois heures. Mais tu as demandé à pouvoir faire la grasse matinée, alors on t'a laissé dormir. Tu aurais peut-être dû demander du bacon croustillant. Ou bien, je ne sais pas, un aller simple pour Denver.

Chuck lui adressa un sourire poli, manifestant plus de maturité qu'il n'en avait jamais montré.

— Allez, mec, insista Thomas. Parle-moi. Dis-moi à quoi tu penses. Ce que tu ressens. Je me fais du souci pour toi.

Chuck haussa les épaules.

— On n'est pas obligés d'en faire toute une histoire. On m'envoie dans le labyrinthe, c'est comme ça, je n'y peux rien. Je vais regretter ma vie d'ici, et vous allez me manquer. Mais à quoi ça servirait de pleurnicher ?

— Tu n'auras plus le spectacle de mon visage pour te combler de ravissement tous les jours. Tu as plutôt intérêt à pleurer. Je veux voir des yeux gonflés, des joues ruisselantes, de la morve qui te coule dans la bouche, le grand jeu. Et si je n'ai pas ça dans les trois minutes, je vais me sentir vexé.

— Que va-t-il se passer une fois que je serai là-dedans ? demanda Chuck, faisant comme s'il n'avait pas entendu un mot de la tirade de Thomas. Je veux dire, ça ne va pas durer indéfiniment, si ?

Et là, en un clin d'œil, tout l'air de la pièce s'évacua d'un coup.

— Non, pas indéfiniment, répondit Thomas. J'ai cru comprendre qu'ils auraient bientôt bouclé leur cartographie de la zone mortelle. Après ça, le traitement ne devrait plus être très loin. Je suis sûr qu'on se reverra bientôt.

Thomas n'aurait pas su compter tous les mensonges qu'il venait de débiter en une seule phrase. Mais quelle importance ? Chuck était sur le point de se faire effacer la mémoire, et cela ne coûtait rien de lui remonter un peu le moral.

Chuck le dévisageait.

— Écoute, reprit Thomas, c'est toi qui as raison. Pas la peine d'en faire une montagne. On se dit au revoir, mais on reste tous les deux à l'intérieur du complexe. Et je serai là pour te surveiller, t'encourager. Tous les jours. Je te le promets.

— Je ne me souviendrai même plus de toi, rétorqua Chuck. Donc on se dit adieu, pour toujours.

— Non, mec, non, protesta Thomas. (Il se leva et fit le tour de la table pour s'asseoir à côté de son ami.) J'y ai pas mal réfléchi ces derniers temps. Un jour, dans un avenir proche, on aura trouvé un remède et on vivra en liberté tous ensemble – riches, bien nourris et heureux. Tout le monde aura retrouvé la mémoire et mènera la belle vie. Tu peux être sûr de ça.

— Si tu le dis.

— Je le dis.

— Alors, d'accord. (Chuck sourit, puis se détourna pour cacher une larme qui perlait au coin de son œil.) Ça me va.

— Tu sais quoi ? demanda Thomas. On n'a même pas besoin de se dire au revoir. Les au revoir, c'est toujours pénible. Je vais me lever et m'en aller d'ici, comme ça, et on verra bien quand on se reverra. D'accord ? Pas la peine de se répandre en *sayonara*.

Chuck acquiesça, mais en voyant Thomas qui se levait il se jeta en avant et le serra farouchement dans ses bras.

— Tu vas me manquer, dit-il entre deux sanglots. C'est horrible comme tu vas me manquer.

Thomas lui rendit son étreinte, pleurant dans les cheveux de Chuck.

— Je sais, mec. Je sais. Toi aussi, tu vas me manquer.

Ils auraient pu rester longtemps comme cela, mais une personne envoyée par le Dr Paige vint chercher Chuck pour l'emmener avec douceur. Son regard au moment de passer la porte brisa le cœur de Thomas.

Thomas resta un long moment assis tout seul dans la cafétéria, à se représenter Chuck dans le labyrinthe. À l'imaginer se faisant attaquer par un Griffeur ; souffrant de la faim, ou de la soif ; mourant de mille et une manières différentes sans que personne lève le petit doigt pour l'aider.

Il pensa à Newt, Alby, Minho.

Il pensa à Teresa.

Quelque chose durcit au fond de lui. Pour l'instant, il devait continuer à se plier aux attentes du WICKED. Mais ce ne serait pas éternellement le cas.

Une idée lui vint. Une idée absurde, ridicule. Un plan. Teresa avait dit une fois, il y avait longtemps, qu'un jour ils seraient plus grands. Ils l'étaient désormais.

« Et si je les sauvais ? » pensa-t-il.

« Et si je sauvais mes amis ? »

CHAPITRE 56

11/12/231, 10 h 46

C'était seulement la deuxième fois que Thomas se retrouvait à bord d'un berg ; et il avait pratiquement tout oublié de la première.

Au début, il détesta l'expérience : son estomac faisait des bonds, il avait la nausée et des remontées acides. Mais une fois qu'il se fut habitué, il la trouva plutôt agréable. Avant de la détester de nouveau. Être à l'intérieur de ce gigantesque monstre volant avait quelque chose de stimulant, plus que tout ce qu'il avait pu connaître. Sur une planète dévastée, on appréciait doublement un engin d'une puissance telle que même la gravité ne pouvait pas le retenir au sol.

Teresa n'était pas venue, appelée par d'autres tests concernant la capacité longue distance de leur implant. Ils s'éloignaient un peu plus chaque jour. Elle s'immergeait complètement dans le WICKED et leur mission ; Thomas hésitait parfois à se confier à elle. Pourtant, il faudrait qu'ils aient une discussion, une longue discussion. Très bientôt.

Thomas regardait par l'un des hublots fixés dans le sol du berg. À voir défiler sous lui ces innombrables paysages, il éprouvait une sensation d'émerveillement. Malgré les ravages que la planète avait subis, elle demeurait très belle. À couper le souffle. Les verts, les bleus et les oranges se mêlaient à d'infinies nuances de marron. Bien sûr, à cette altitude on ne distinguait pas tous les détails. On ne voyait pas les fondus, ni la faim, la pauvreté ou la terreur.

Rien d'étonnant si avant les éruptions solaires, tous les enfants du monde voulaient devenir astronautes.

— Salut.

Il leva les yeux. C'était Brenda, qui avait inspecté une dernière fois avec Jorge l'équipement qu'ils avaient préparé pour leur expédition dans la ville des fondus. Ils devaient aussi livrer du matériel dans la Terre Brûlée, pour des raisons que personne n'avait jugé utile de partager avec Thomas.

— Salut, dit-il. Alors, vous êtes prêts ?

Elle s'assit à côté de lui.

— On ne peut plus prêts. Jorge m'a tout fait passer en revue au moins cent fois. Il n'aime pas être pris au dépourvu.

— L'arrivée est prévue pour quand ?

Il ne savait presque rien. Mais la terre qu'ils survolaient prenait déjà des allures de désert, intégrant des tons rouges, orangés et jaunes dans sa palette. On ne voyait pratiquement aucun signe de vie, présente ou passée.

— Dans une demi-heure environ, je crois, répondit-elle en se frottant les mains. Bon sang, je commence à me sentir nerveuse. Alors qu'il y a dix minutes encore ça ressemblait à une aventure excitante.

— Qu'est-ce qui t'inquiète ? demanda Thomas. Une ville post-apocalyptique au milieu du désert, livrée à l'anarchie et infestée de fondus, franchement… Pas de quoi jouer les mauviettes, si ?

Il lui adressa un bref sourire afin de bien montrer qu'il plaisantait. Brenda leva les yeux au ciel.

— Ou alors, convint-il à regret, c'est plutôt effrayant.

Un long moment s'écoula pendant lequel ils regardèrent défiler le paysage, bercés par le bourdonnement des moteurs.

— Tu devrais te montrer plus gentil avec Teresa, tu sais, conseilla Brenda tout à coup.

— Comment ça ?

— Elle a des sentiments pour toi, c'est évident. Et j'ai l'impression que tu n'es pas très agréable avec elle. Désolée si je me mêle de ce qui ne me regarde pas.

Thomas réfléchit à la question, sur laquelle il évitait le plus souvent de s'appesantir.

— Non, ça va. C'est ma meilleure amie. On se connaît depuis plus de la moitié de notre vie, et on arrive à communiquer… d'une manière différente. Sans même avoir besoin de parler, des fois. C'est peut-être ça qui te donne l'impression que je ne suis pas gentil.

Brenda hocha la tête.

— Vous êtes juste amis ? Après tout ce temps ? Je ne vous ai jamais vus vous tenir la main ou vous embrasser. Tu es plutôt lent à la détente.

Elle rit.

— C'est compliqué, se défendit Thomas, surpris par la tournure de la conversation et par ce qu'elle éveillait chez lui. Elle compte énormément pour moi, c'est sûr. Mais c'est difficile de se montrer romantique quand le monde s'écroule autour de toi et que tes amis se retrouvent enfermés pour une expérience.

Brenda parut déçue.

— D'accord, mais quand même. Il y a toujours une place pour l'amour, Thomas. Quelles que soient les circonstances. Toujours. Tu devrais lui avouer ce que tu ressens.

Thomas était en proie à une flambée d'émotion qu'il ne comprenait pas. Il repensa à sa mère, à son père, à ses amis. Tout cela bouillonnait en lui et il sentit les larmes lui venir aux yeux. Il ne savait pas ce qu'il attendait de la vie, ni ce que l'avenir lui réservait. Pour l'instant, il n'avait que ses amis, et c'était la seule chose qui comptait. Il devait trouver un moyen de les sauver.

Brenda vit ses larmes, et son expression s'adoucit à tel point que Thomas en eut le frisson. Elle le prit dans ses bras et il lui rendit son étreinte, avec la sensation de serrer dans ses bras toutes les personnes auxquelles il venait de penser. Ils restèrent ainsi, l'un contre l'autre, jusqu'à ce que le berg s'incline sur la droite et entame sa descente.

Ils étaient arrivés.

Les gardes d'escorte envoyés par le WICKED descendirent les premiers, se déployant au pied de la rampe sur le sol poussiéreux cuit par le soleil. Une fois qu'ils eurent confirmé que la voie était libre, Thomas les rejoignit en compagnie de Brenda et de Jorge, plissant les yeux dans la clarté aveuglante.

— Nom de Dieu, grommela Brenda. Imaginez un peu ce que ça devait être pendant les éruptions solaires.

— Tu es sûr de ne pas vouloir venir avec nous, *hermano* ? demanda Jorge à Thomas. On devrait bien s'amuser.

Brenda et lui s'esclaffèrent, même si Thomas avait peine à comprendre ce que la situation pouvait avoir de drôle. Cet endroit était horrible.

Le berg s'était posé étonnamment loin de la ville des fondus, et les techniciens avec lesquels Thomas était censé collaborer rassemblaient leur matériel avec l'intention évidente de partir dans la direction opposée. On ne voyait pourtant rien par là – rien que le désert, ce qui le rendait passablement nerveux. Il avait hâte de retourner en Alaska et espérait que leurs tests ne prendraient pas longtemps.

Thomas se protégea les yeux avec la main et fixa la ville. Il estima sa distance à cinq ou six kilomètres. Elle se composait principalement de sable, de rouille et de verre brisé. Quelques buildings en ruine se dressaient vers le ciel comme des doigts brisés. Difficile de croire que la cité était encore habitée, même par des fondus. Au-delà, on apercevait une chaîne de montagnes. Les éruptions solaires avaient peut-être grillé l'essentiel de la végétation mais la roche et la terre semblaient crier : « On est toujours là ! C'est tout ce que vous pouvez faire ? »

Thomas s'arracha à ce spectacle et regarda Brenda qui contemplait son futur foyer.

— Vous avez bien réfléchi ? lui demanda-t-il. Vous êtes vraiment décidés à vous installer là-bas ?

Il avait voulu le dire sur le ton de la plaisanterie, mais au fond il était gagné par la gravité de la situation.

— Si on avait un traitement, des tas de personnes que j'aimais seraient encore en vie, dit-elle, le regard perdu dans le lointain. Des gens comme ma mère et mon père, ou comme mon frère.

— Je sais, marmonna-t-il. Crois-moi, je le sais.

— C'est pour ça que Jorge et moi nous sommes portés volontaires, poursuivit-elle. Précisément pour ça. (D'un hochement de tête, elle indiqua la ville en ruine.) Je tiens à faire ma part.

— Eh oui, dit-il.

Puis Jorge cria à son groupe qu'il fallait se mettre en route. Il souhaitait arriver en ville avant la tombée de la nuit.

— Soyez prudents, dit Thomas. (Il tâcha de faire passer dans son regard qu'il était désolé, que personne d'autre ne devrait plus donner sa vie pour éradiquer cette maladie.) Je t'en prie. Fais attention à toi.

— Promis, dit-elle. Difficile de croire que ce sont tes amis qu'ils amèneront ici au prochain voyage, hein ? Les pauvres. À plus tard, alligator.

Elle lui adressa un petit salut de la main avant de s'élancer derrière Jorge.

— Attends, lui cria-t-il, comment m'as-tu appelé ?

Sans répondre, elle continua à s'éloigner.

Il la suivit du regard un long moment, observant la manière dont le sable se dérobait sous ses pas.

— Qu'est-ce que ça voulait dire ? murmura-t-il.

CHAPITRE 57

11/12/231, 16 h 40

Phase Deux.

Ce fut tout ce qu'il put obtenir des techniciens du WICKED qu'il accompagnait. *Phase Deux.* Il les interrogeait au sujet de ce que lui avait dit Brenda, et voilà les seuls mots qu'il réussit à leur soutirer. Autre que des banalités comme : « Il faudra le demander au Dr Paige ». Ou bien : « Je ne suis pas autorisé à en parler », ou encore : « Je ne fais que mon travail ».

Mais rien de tout cela n'avait d'importance, car Thomas savait exactement ce qui se passait. Il aurait dû le voir venir bien avant que Brenda n'y fasse allusion.

Le WICKED prévoyait d'envoyer les blocards dans cette région hostile pour une nouvelle phase de tests. Voilà pourquoi ils tenaient tant à vérifier le fonctionnement de son implant à longue distance – pour s'assurer de pouvoir rester en contact avec les autres une fois qu'*eux* seraient là. Les mensonges succédaient aux mensonges. Les choses étaient encore pires que ce qu'il avait imaginé. Bien pires.

S'il avait encore eu le moindre doute, celui-ci serait désormais dissipé. Quoi qu'il lui en coûte, Thomas se rendrait dans le labyrinthe pour sauver ses amis.

La Terre Brûlée devenait de plus en plus suffocante à chaque pas.

Il marchait au côté des techniciens du WICKED, foulant le sol dur et desséché, une serviette coincée sous son menton. Il avait enveloppé le reste du tissu autour de sa tête pour se protéger du soleil qui les matraquait sans relâche. Ils se dirigeaient vers une sorte de tunnel à l'abri duquel ils étaient censés procéder à des tests et installer leur matériel. Désormais, Thomas savait pourquoi.

En progressant à travers le désert en compagnie des autres, il eut tout le temps de réfléchir à son ébauche de plan pour délivrer ses amis. Cela pouvait réussir. Vraiment. Il lui suffisait de convaincre le WICKED de deux choses : l'envoyer dans le labyrinthe, et le faire sans lui effacer la mémoire. Pour que son plan fonctionne, il devait conserver ses souvenirs intacts. Sinon, il ne saurait pas les aider à trouver la sortie.

Il lui restait quelques détails à peaufiner. Quand, comment et où se procurer des armes. Comment désactiver les Griffeurs. Où aller s'ils parvenaient à quitter le complexe du WICKED.

Il avait encore du temps.

Cela pouvait réussir.

Il s'efforça de rester positif et continua d'avancer dans le désert. Un pas après l'autre. En transpirant à grosses gouttes.

Ils marchaient toujours.

— Là ! finit par crier l'homme de tête.

Les autres se regroupèrent autour de lui tandis qu'il se laissait tomber à genoux et tâtonnait sur le sable. Il balaya une fine couche de poussière et mit au jour une trappe métallique équipée d'une simple poignée. Elle n'avait même pas de verrou ; quelles étaient les chances qu'un étranger tombe dessus par hasard, ici, au milieu de nulle part ?

Une femme se pencha pour tirer sur la poignée avec l'homme et, à eux deux, ils la soulevèrent au prix d'un gros effort. Thomas se dressa sur la pointe des pieds pour regarder par-dessus l'épaule de quelqu'un. Il aperçut une volée de marches qui s'enfonçait dans l'obscurité.

— Croyez-le ou non, dit la femme, qui criait pour couvrir le bruit du vent, il y avait une prison par ici autrefois. Ce tunnel a été creusé par les cartels pour leur permettre de s'en échapper. Nous n'avons fait que nous l'approprier. Il y en a encore pour une petite heure de marche une fois en bas.

Sans ajouter un mot, elle descendit les marches et les autres lui emboîtèrent le pas, Thomas le dernier.

Suivit une longue descente, étonnamment fraîche et quelque peu angoissante, dans les entrailles du souterrain réquisitionné par le WICKED. Personne n'avait très envie de parler, et quand ils le faisaient c'était généralement à voix basse, des échos sinistres se propageant dans l'obscurité.

— On y est presque, annonça un dénommé David.

Thomas sursauta ; il s'était habitué au silence, et cette intervention l'avait arraché à ses réflexions.

— Où ça ? demanda-t-il.

— Il y a un transplat un peu plus loin, que nous avons installé lors de notre dernière visite. Prêt à être activé.

— Un transplat ? répéta Thomas.

Serait-ce ainsi qu'ils avaient prévu de transporter les blocards jusqu'à la Terre Brûlée ?

— Oui, confirma David. Espérons qu'il marche, parce que c'est comme ça qu'on rentrera chez nous ce soir !

Thomas faillit trébucher en entendant cela.

— Tu n'as pas idée du coût de ces engins, continua l'autre. Avant les éruptions solaires, seuls quelques milliardaires pouvaient s'en offrir.

— Le WICKED est si riche que ça ? s'étonna Thomas.

David rit.

— Oh ! nous ne les avons pas achetés. Il a suffi de les voler à des milliardaires trop morts pour s'en soucier. Ou trop atteints ! En tout cas, ne t'inquiète pas. Une fois qu'il sera branché, tu verras qu'il n'y a aucune raison d'avoir peur. C'est sans doute la meilleure façon de voyager.

— Nous y voilà, lança une femme.

Elle braqua sa lampe torche sur une structure rectangulaire qui ressemblait à une grande porte vers nulle part. Ou plus exactement, à un encadrement de porte sans battant. Un panneau de contrôle, éteint pour l'instant, était fixé sur le côté droit.

David s'avança.

— Nous avons procédé à toutes les vérifications imaginables. Il ne reste plus qu'à mettre en route ce fichu machin.

Thomas s'écarta tandis que les membres du WICKED déballaient leurs outils et se mettaient au travail. Il ne connaissait pas très bien ces gens et se sentait dans la peau d'un parfait étranger. Il s'approcha du mur, juste au bord du cercle de lumière, et s'adossa contre la paroi de pierre et de terre. Bras croisés, il regarda les techniciens s'affairer.

Un bourdonnement sourd s'éleva, qu'il ressentit jusque dans ses os. Le panneau de contrôle du transplat se mit à briller d'une lueur verte. Le bourdonnement se renforça. Il n'arrivait pas à croire que, dans quelques minutes, il franchirait une sorte de mur d'énergie pure pour réapparaître comme par magie à des milliers de kilomètres. Cela le rendait un peu nerveux ; il ne tenait pas à se retrouver éparpillé à travers l'univers quantique, réduit à une galaxie d'atomes et de molécules sans aucun lien les uns avec les autres.

Un grésillement soudain lui fit dresser la tête ; un mur scintillant d'électricité statique venait de remplir le cadre du transplat. On le vit onduler, clignoter plusieurs fois, puis se stabiliser. Ses pulsations douces et régulières firent se hérisser les poils des bras de Thomas. Il allait vraiment le faire. Il allait s'avancer à travers ce mur d'énergie.

— Tous les signaux sont corrects, annonça David en consultant l'écran d'affichage du panneau de contrôle. J'envoie un objet test, maintenant.

Et, comme un enfant faisant des ricochets, il jeta sa lampe torche dans le transplat. Quelques secondes plus tard, elle ressortit dans l'autre sens et il l'attrapa au vol. Cela le fit rire.

— J'imagine que ça marche.

— Qui veut essayer le premier ? demanda une femme. Thomas, ça te tente ?

Elle lui adressa un sourire malicieux.

— En fait, oui, répondit-il.

Sans savoir ce qui lui prenait, il bomba le torse et s'avança directement jusqu'au transplat, s'efforçant de ne manifester ni hésitation ni crainte. Il se persuada que s'il y avait le moindre danger, les autres l'arrêteraient. Mais personne ne dit rien. Deux techniciens poussèrent même un cri d'encouragement. Un troisième applaudit.

Thomas marcha droit vers le mur gris scintillant.

CHAPITRE 58

11/12/231, 21 h 32

Une sensation de froid lui parcourut tout le corps, comme s'il venait de s'immerger dans une eau glaciale. Puis ce fut terminé, aussi rapidement que s'il venait de passer une porte ordinaire. Plusieurs personnes l'attendaient de l'autre côté, dans une pièce qu'il n'avait encore jamais vue. Le Dr Paige était présente, ainsi que Teresa et d'autres gens qu'il ne connaissait pas.

Teresa courut jusqu'à lui et le serra dans ses bras plus fort que personne ne l'avait jamais serré.

— Merci mon Dieu, lui souffla-t-elle à l'oreille.

Puis elle le répéta dans son esprit.

Il lui retourna son étreinte, éprouvant un tel soulagement à son contact qu'il en tremblait. Il brûlait d'envie de lui parler de son plan pour le labyrinthe, et cet accueil le conforta dans l'idée qu'il le ferait très bientôt. Il aurait besoin de son aide s'il voulait avoir une chance de réussir.

— Tout va bien, lui dit-il. (Il remarqua que le Dr Paige les observait l'un et l'autre avec une fierté toute maternelle.) Il n'y a pas eu de problème. Tout le monde est sain et sauf.

— Je sais, je sais, murmura-t-elle, sans le relâcher pour autant.

— Hé ! fit-il, aussi gentiment que possible. Qu'y a-t-il ?

Elle finit par se détacher de lui.

— Rien. C'est juste que… te savoir aussi loin, ça m'a rendue nerveuse.

— Toi aussi, tu m'as manqué.

Une réplique banale, mais il espérait qu'elle pouvait lire dans son regard ce qu'il ressentait vraiment. *Il faut qu'on parle,* lui dit-il dans sa tête. *Bientôt.*

— Les résultats de votre suivi à longue distance ont été très positifs, annonça le Dr Paige avant que Thomas puisse ajouter un mot. (Elle s'approcha avec un sourire qui semblait un peu forcé.) Les choses se présentent on ne peut mieux, en fait. Nous faisons des progrès tous les jours.

Thomas hocha la tête, réfléchissant à toute vitesse. « Si seulement vous saviez… » Il examina les lieux – on aurait dit un immense dortoir, mais pas l'un de ceux du WICKED. Il aperçut des murs de briques et de béton, et des portes en bois.

— Où sommes-nous ? demanda-t-il.

— Dans un nouveau bâtiment à l'extérieur du quartier général, répondit-elle. Nous avons dû recruter des volontaires pour d'autres expériences et il nous fallait un endroit où les loger.

Thomas n'en croyait pas un mot. Pourquoi aurait-on installé ici un transplat en liaison avec la Terre Brûlée si ce local était destiné à héberger des sujets d'expérience ? Ne serait-ce pas plutôt en rapport avec la Phase Deux et les blocards ? De toute manière, il comptait bien empêcher le WICKED d'aller jusqu'au bout de ce projet.

— Une navette va nous reconduire au complexe principal, dit le Dr Paige. Il y a du travail qui nous attend.

Elle semblait focalisée sur Teresa.

— C'est loin d'ici ? demanda Thomas.

— Plusieurs kilomètres par la route. Moins de trois si on coupe à travers la forêt.

Il poussa un soupir de soulagement.

— Tant mieux. Après la Terre Brûlée, un peu d'air frais me fera le plus grand bien. Vous n'avez qu'à partir devant, je vous rejoindrai.

Il avait mal aux jambes d'avoir autant marché dans la journée, mais il avait vraiment envie de se retrouver seul. Et il avait besoin d'un moment pour préparer son discours à Teresa.

— Eh bien… cela fait un bout de temps qu'on ne nous a plus signalé de fondus dans la région, concéda le Dr Paige, soupesant la question. Mais il commence à faire sombre. Tu sais quoi ? Prends un lanceur, et c'est d'accord. Et un de nos gardes. Non, disons plutôt deux.

Thomas ouvrit la bouche pour protester puis renonça en voyant l'expression de Paige. Il aurait dû se douter qu'elle ne le laisserait jamais partir tout seul.

Quelques minutes plus tard, accompagné de deux gardes armés, il quittait le bâtiment.

— On ferait mieux de ne pas traîner, prévint l'un des gardes. Il se fait tard.

— C'est vrai qu'on ne voit plus de fondus dans le coin ces derniers temps ? demanda Thomas, tournant le dos au bâtiment pour faire face à la forêt sombre.

— Oui. Je crois que les derniers ont dû crever, ou échouer dans la fosse. Enfin, vu qu'il fait nuit, froid et tout ça… mieux vaut tout de même se grouiller.

Thomas apprécia qu'il ne cherche pas à jouer le rôle du costaud taciturne. Pas pour l'instant, du moins. Son collègue, par contre, aurait aussi bien pu être muet.

— D'accord, ça me va, dit-il. Je passe devant ou bien vous préférez ouvrir la marche ?

— Je serai juste derrière toi.

Le garde brandit alors son lanceur et le pointa en direction du quartier général du WICKED, au cœur de la forêt.

Thomas portait son propre lanceur en bandoulière, avec la sangle qui lui rentrait dans le cou.

— Comme ça, je pourrai garder un œil sur toi et sur la forêt, expliqua le garde. Xavier va partir devant en éclaireur. Ça te convient ?

Comme s'il avait le choix.

— Bien sûr. Allons-y.

Toujours sans dire un mot, le dénommé Xavier s'enfonça d'un pas résolu dans les sous-bois. Saisi d'un frisson, Thomas le suivit, le deuxième garde sur ses talons.

Une demi-heure s'écoula. Les branches au-dessus d'eux formaient une voûte de bras et de doigts squelettiques, à peine visible dans la nuit sans étoiles. Seul le froissement des feuilles mortes sous leurs pas venait troubler le silence pesant. Thomas, qui s'éclairait avec sa torche, pointait de temps en temps le faisceau lumineux, terrifié à l'idée de voir surgir devant lui une horrible créature. Une apparition sépulcrale, avec des crocs et des yeux jaunes. Il avait peur, et regrettait de ne pas être rentré tranquillement avec Teresa et les autres.

Une chouette hulula tout près, si fort qu'il fit un bond. Il rit, imité par le garde qui le suivait.

— Une chouette ? s'exclama Thomas. Sans blague ? J'ai l'impression d'être dans un film d'horreur.

— Le coin est plutôt sinistre, reconnut le garde. Avec ou sans fondus. Les gosses en faisaient des cauchemars bien avant les éruptions solaires.

— J'imagine.

Thomas scruta les branches au-dessus de lui, cherchant la chouette. Il oubliait parfois l'existence de ce monde animal totalement indifférent à la Braise. La coupable resta invisible. Thomas se remit en marche.

L'exercice l'avait un peu réchauffé et ses jambes avaient perdu de leur raideur. Il commençait à se détendre, à se sentir plus en confiance, quand il se rendit compte qu'il ne voyait plus Xavier devant lui.

— Xavier ? appela-t-il.

Pas de réponse, aucun signe du garde.

Des pas précipités retentirent soudain dans les fourrés, quelque part derrière Thomas. Alors qu'il pivotait sur lui-même, un autre bruit fendit l'air. Suivi d'un craquement mouillé.

C'est là qu'il le vit.

Le garde qui le suivait s'était figé sur place et avait lâché son arme. Du sang coulait de sa bouche. Il avait une longue branche enfoncée dans le cou, une branche dont la pointe rougie dépassait de l'autre côté. Quand le garde tomba à genoux, Thomas vit qui lui avait fait cela : l'homme tenait encore à deux mains l'extrémité de cet épieu de fortune, et souriait à sa victime en train de s'étrangler.

L'assaillant releva la tête et croisa le regard de Thomas.

C'était Randall.

CHAPITRE 59

11/12/231, 22 h 47

Randall avait l'air mal en point.

Il était couvert de bleus, d'écorchures et de crasse, portant plusieurs épaisseurs de vêtements déchirés. Il avait le visage barbouillé de terre, les yeux brillants et les cheveux en bataille ; exactement le visage de cauchemar que Thomas redoutait d'apercevoir.

— Randall, murmura Thomas, comme s'il implorait l'ancien Randall de revenir.

Mais cet homme-là n'existait plus. Randall proféra quelques sons inintelligibles, puis arracha la branche du cou du garde, qui put enfin s'écrouler sur le sol, mort. Il resta étendu là, gisant dans son sang sur un tapis d'aiguilles de sapin.

— Xavier ! cria Thomas.

Toujours pas de réponse.

Évitant les gestes brusques, Thomas attrapa son lanceur, le prit lentement à deux mains et posa le doigt sur la détente. Randall contemplait le bout sanguinolent de son arme comme s'il envisageait de lécher le sang pour le nettoyer. Puis il reporta son attention sur Thomas.

— Il y a fort longtemps, entonna le fondu d'une voix pâteuse mais compréhensible cette fois, j'étais quelqu'un de délicieux. Aussi délicieux qu'on peut l'être.

Soudain, Randall sprinta vers les arbres et disparut dans la nuit avant que Thomas ne puisse réagir. Il épaula le lanceur, pressa la détente, entendit l'arme se charger et tirer. Mais la grenade toucha un tronc et explosa dans une boule d'électricité. Quand les derniers grésillements moururent, un silence complet enveloppa la forêt. Plus aucun bruit ni aucune trace du fondu.

Thomas serrait son arme si fort qu'il en avait mal aux doigts. Braquant le canon devant lui, il tourna lentement sur lui-même, scrutant les sous-bois. Il avait lâché sa lampe ; il la ramassa et l'éteignit. Il ne tenait pas à devenir une cible trop facile et voulait que ses yeux s'habituent à l'obscurité. En attendant, il continua à pivoter, le doigt crispé sur la détente.

Il n'en revenait pas que Randall soit encore en vie. Comment avait-il survécu si longtemps dans la forêt ? Surtout, comment se faisait-il que la Braise ne l'ait pas encore tué ? Car la maladie ne se contentait pas de vous rendre fou, tôt ou tard elle finissait par vous griller le cerveau.

Il pensa alors aux deux gardes. Une vague de tristesse et de culpabilité le submergea. Ces hommes étaient morts parce qu'il avait voulu marcher un peu ; il s'était comporté en enfant gâté. Il avait leurs vies sur la conscience. Et combien d'autres à l'avenir ?

Il posa le pied sur une brindille, qui se brisa. Le craquement résonna dans la nuit et il se figea. Ses yeux s'étaient bel et bien habitués à l'obscurité, maintenant, et les troncs lui donnaient presque l'impression de briller ; leurs branches se découpaient sur le ciel. Thomas ne vit rien de particulier mais il était certain que Randall n'était pas loin ; il aurait fait plus de bruit en s'enfuyant. Non, il était tout proche, probablement en train de le suivre.

Puis Thomas se souvint.

Teresa ! appela-t-il. *Teresa ! Randall vient de nous attaquer. Il a tué les gardes. Je ne sais plus quoi faire. Comment est-ce possible que…*

Tom ! le coupa-t-elle. *Où es-tu ? Paige dit qu'elle envoie du monde. As-tu toujours ton lanceur ?*

Oui.

Alors ne bouge pas. N'essaie pas de rentrer tout seul. Les secours sont en route.

Croyant entendre un bruit sur sa gauche, Thomas bascula son arme dans cette direction. Mais ne vit rien.

Tom ?

Oui, ça va. Je vais me contenter de tourner en rond jusqu'à me donner le mal de mer. Faites vite.

Continue de me parler.

Non, dit-il. *Je préfère rester concentré. Je suis sûr qu'il est tout près.*

D'accord, mais appelle-moi à la seconde où il se passera quelque chose.

Promis.

La forêt sombre l'entourait de toute part, semblant presque flotter, comme si les arbres déracinés tendaient leurs branches au-dessus de lui. Ses sens commençaient à lui jouer des tours. Il n'arrêtait pas d'entrevoir du coin de l'œil des mouvements furtifs, de croire que sa respiration était celle d'un autre. Il finit par craquer.

— Randall ! s'écria-t-il. Ils arrivent ! Ils savent que vous êtes là !

Pas de réaction. Il ne savait pas pourquoi il avait crié, Randall n'avait pas plus de capacité de raisonnement que les arbres qui l'encerclaient. Thomas avait croisé son regard ; il n'avait jamais vu de fondu qui ait l'air davantage au bout du rouleau.

— Ça me manque, les gens délicieux.

Thomas retint son souffle. Randall avait parlé tout bas, pourtant ses mots avaient paru résonner dans la nuit. Thomas pivota vers la gauche, la droite, puis finit par décrire un tour complet, l'arme à la main.

— Randall ! cria-t-il.

Puis une masse le heurta de plein fouet, chassant l'air de ses poumons. Il la sentait sur ses épaules, qui pressait sur sa tête, son cou, et une douleur fulgurante lui déchirait les tendons et les muscles. Il roula au sol pour se protéger. Son lanceur lui échappa des mains. La sangle lui rentra dans les chairs tandis qu'il tâtonnait à la recherche de son agresseur ; ses doigts tombèrent sur une peau moite et des cheveux gras.

— Délicieux, lui chuchota Randall directement à l'oreille.

Thomas hurla, se tortilla frénétiquement, tâchant d'échapper au monstre qui le clouait au sol. Un bras passa devant son visage, le creux d'un coude couvrit sa bouche. Il empestait la sueur et la pourriture ; Thomas eut un haut-le-cœur. Randall serra le bras pour lui couper la respiration. Thomas parvint à écarter les mâchoires et le mordit de toutes ses forces. Un goût âcre et répugnant lui explosa dans la bouche.

Randall poussa un rugissement, un cri abominable qui n'avait rien d'humain. Il relâcha suffisamment sa prise pour que Thomas parvienne à se dégager, frappant à l'aveuglette avec ses coudes. Le fondu tituba en arrière pendant que Thomas se relevait tant bien que mal, survolté par l'adrénaline. Il chercha son lanceur, qui était passé dans son dos. Il s'en saisit et le braqua aussitôt.

Au même instant, le fondu s'élança à quatre pattes sur les feuilles mortes comme une araignée monstrueuse et bondit à la dernière seconde pour lui retomber sur le torse. Thomas sentit le canon de son arme lui rentrer dans les côtes et bascula en arrière, le fondu à califourchon sur lui. Randall se mit à lui marteler le torse avec ses poings comme un gorille furieux, scandant ses coups de hurlements.

Thomas était à présent impuissant face à la bête fauve qui l'attaquait. Il pensa à Chuck, à Teresa, à Alby, à Minho et à Newt. S'il mourait maintenant, personne ne pourrait plus les sauver.

Il s'intima l'ordre de se détendre et de se concentrer. Les yeux clos, il rassembla ses forces. Les coups avaient un peu ralenti ; Thomas en profita. Il lança sa main droite, saisit Randall par l'oreille et lui tourna violemment la tête sur le côté. Randall perdit l'équilibre, juste assez pour permettre au garçon de le repousser loin de lui. Thomas se releva d'un bond, tâtonna à la recherche de son lanceur, s'en saisit, trouva la détente et l'écrasa.

Le vrombissement de la charge résonna dans la forêt alors que Randall se jetait sur lui à nouveau. Mais la grenade cueillit le fondu en peine poitrine et le projeta au sol ; des filaments de feu blanc parcoururent son corps tandis qu'il convulsait en hurlant.

Thomas courut jusqu'à lui. Il leva son lanceur bien haut et l'abattit violemment dans la figure de l'homme qui avait été Randall. Un craquement écœurant mit fin aux hurlements de souffrance du fondu. À présent, son corps tressaillait d'une manière différente, comme si son système de communication interne avait subi un court-circuit.

Thomas, pantelant, leva de nouveau son lanceur et frappa avec toute la force qu'il lui restait.

Cette fois-ci, le fondu cessa complètement de bouger.

Teresa le trouva agenouillé près du corps, à le regarder fixement, transfiguré. Il avait connu cet homme, même s'il ne l'avait jamais vraiment aimé. Jamais aimé du tout, en fait. Mais personne ne méritait de mourir de cette façon. Personne.

Elle dut pratiquement porter Thomas jusqu'au véhicule. Il se sentait épuisé aussi bien mentalement que physiquement.

Complètement vidé. Sur le chemin du retour il se promit de dormir pendant une semaine.

Teresa

Oui ?

Après une longue hésitation, il le formula enfin.

Ils ne trouveront jamais de remède.

CHAPITRE 60

13/12/231, 06 h 11

Thomas émergea du sommeil avant le déclenchement de son réveil. Sachant que Teresa n'avait pas eu une nuit entière de repos, il se retint de la contacter immédiatement. Il s'examina de la tête aux pieds avec prudence, touchant ses bandages en grimaçant. Le temps s'écoulait à la vitesse d'un escargot.

Il s'était donné une journée pour recouvrer ses forces, reprendre ses esprits et mettre au point un plan précis pour convaincre Teresa. À chaque minute qui passait, sa résolution se renforçait.

Tout était parti d'une conversation qu'il avait surprise dans l'infirmerie la veille. Il était question de « créatures bulbes ». Thomas n'avait pas entendu grand-chose de plus mais il était convaincu que c'était en rapport avec les cuves remplies de membres veineux et d'excroissances tumorales que Newt et lui avaient vues dans le laboratoire. Il en avait encore froid dans le dos.

Il y voyait une confirmation supplémentaire de ce qu'il savait déjà : le WICKED ne s'arrêterait jamais.

Et il arrivait à bout de patience.

Tu es réveillée ? demanda-t-il à Teresa.

Il n'eut que trois ou quatre secondes à patienter.

Oui, répondit-elle. Sans lui grogner dessus, ce qui était plutôt un bon début.

Retrouve-moi pour le petit déjeuner à l'ouverture de la cafétéria. Assieds-toi près de moi, on parlera à voix basse. Il ignorait dans quelle mesure le WICKED pouvait suivre leurs échanges télépathiques et il tenait à s'assurer que personne n'entendrait leur conversation.

D'accord. Elle ne semblait pas d'humeur loquace, ce matin, ce qui lui convenait à merveille.

Super. À tout à l'heure. Il se leva et se traîna jusqu'à la douche.

Dans la cafétéria, Thomas trouva un coin tranquille à l'écart des employés et des autres sujets. Il grignota du bout des dents en attendant Teresa ; but trois verres d'eau ; puis repoussa son plateau, croisa et décroisa les bras, s'agita sur son siège. Quand elle arriva enfin, elle passa sans s'arrêter devant la queue pour la nourriture et vint s'asseoir directement près de lui.

Qu'y a-t-il ? lui demanda-t-elle dans sa tête.

— Non, murmura-t-il. Parle normalement.

Ils se tenaient épaule contre épaule devant l'assiette d'œufs au bacon de Thomas. Il avait besoin de partager ce qu'il avait sur le cœur. Il se pencha tout près de Teresa et commença à lui chuchoter à l'oreille :

— Essaie de garder l'esprit ouvert, d'accord ? Et commence par m'écouter jusqu'au bout, avant de chercher à discuter.

Elle le dévisagea avec attention, tentant de deviner ce qu'il allait dire. Puis elle baissa les yeux sur l'assiette de Thomas.

— Désolé, s'excusa-t-il, c'est juste que c'est très important pour moi. Alors… Écoute, Teresa, je n'en peux plus. Je n'en peux vraiment plus. La Purge, les mensonges, la cruauté du labyrinthe… Et j'en ai assez entendu ces derniers jours pour comprendre que le WICKED a prévu une nouvelle phase d'épreuves – dans la Terre Brûlée –, et Dieu sait quoi d'autre encore. Tu étais au courant ?

Teresa secoua la tête, l'air sincèrement horrifié.

— Je veux dire, admit-elle, je me doutais de quelque chose avec cette expédition dans la Terre Brûlée, ces baraquements qu'ils ont construits, le transplat… Mais on ne m'a rien expliqué. (Elle marqua une pause.) Tu es sûr d'avoir bien entendu ?

— Absolument.

— Parfois c'est vraiment difficile de croire en eux, pas vrai ?

Sa réaction fit penser à Thomas qu'il avait franchi la première étape de son plan.

— Tout à fait, approuva-t-il. Je me suis rendu dans la Terre Brûlée. C'est un endroit horrible. Et j'ai vu ces trucs bulbeux qu'ils ont créés dans leur service de recherche et développement. On aurait dit un cauchemar. Il faut que ça s'arrête, Teresa. Tout ça, il faut que ça cesse. Pour de bon.

Elle ne réagit pas tout de suite et ses émotions étaient impossibles à déchiffrer. Mais quand elle finit par parler, ce fut d'une voix qui tremblait un peu.

— Que veux-tu qu'on fasse, Tom ? Le WICKED est un sacré morceau. Et quoi qu'ils fassent, au moins c'est pour une bonne cause.

— Trouver un remède ? railla Thomas. Ça n'arrivera jamais. Je n'y crois plus. Après toutes ces années, toutes ces recherches, ils n'ont même pas un embryon de traitement, pas de quoi lancer une première phase d'essais cliniques, rien. Tout ce qu'ils font, c'est imaginer de nouvelles variables toujours plus cruelles à la recherche de ces fameux schémas dont ils nous rebattent les oreilles.

— Tu crois vraiment qu'ils ont l'intention de les envoyer dans la Terre Brûlée ? murmura Teresa.

— Oui. Pas toi ?

Elle soupira.

— Je suppose que si.

— Ce sont nos amis, Teresa. Rappelle-toi tous les bons moments qu'on a passés ensemble. Bon sang ! imagine-les en train de larguer Chuck dans la Terre Brûlée, ou pire, de le déposer au centre de cette ville de fondus.

Cet argument parut faire mouche. Les yeux de Teresa s'embuèrent.

— Quand bien même..., dit-elle. Que peut-on y faire ? À nous deux, contre une armada de gardes armés jusqu'aux dents ?

Il était temps de lui confier son plan. Il prit son courage à deux mains et se jeta à l'eau.

— C'est là que je vais avoir besoin de toi. D'abord, il faut persuader le Dr Paige de nous envoyer dans le labyrinthe. On lui explique que c'est nécessaire pour faire bouger les choses. Mais on s'assure qu'ils nous y envoient sans nous effacer la mémoire. C'est la clé. On leur dit que c'est pour pouvoir mieux analyser la situation de l'intérieur et leur adresser des rapports complets. Les psys penseront que c'est Noël : imagine un peu toutes les variables possibles ! Il faudra y mettre de l'enthousiasme, les convaincre que c'est vraiment ce qu'on veut. Peut-être leur suggérer de nous envoyer uniquement pour un mois avant de nous récupérer. Peu importe, ce qui compte, c'est de parvenir à rejoindre les autres.

— Et ensuite, quoi ? demanda-t-elle.

Au moins n'avait-elle pas rejeté l'idée de but en blanc.

— On prépare soigneusement notre insertion. On se procure les clés de l'une des armureries, ou on dissimule des armes à proximité de la sortie du labyrinthe. On effectue quelques recherches sur les Griffeurs, pour savoir comment les court-circuiter le moment venu. On regarde quelle est la ville la plus proche dans laquelle nous réfugier une fois qu'on aura délivré tout le monde. Ensuite, on se donne quelques jours pour convaincre les blocards de ce qui les attend, on établit un plan, et on fonce.

— Présenté comme ça, ça paraît facile, reconnut-elle. Sauf qu'ils vont surveiller le moindre de nos gestes et espionner tout ce qu'on dira.

— On n'aura qu'à parler à voix basse. On discutera dans le noir, loin des scaralames, on fera ce qu'il faut. Ils ont confiance en nous. C'est notre meilleur atout.

Teresa se rapprocha encore, presque à coller ses lèvres contre son oreille. Son haleine lui réchauffait la peau.

— Tu crois sérieusement qu'on va pouvoir débarquer dans le labyrinthe, rameuter les blocards et conduire tout le monde en sécurité ? Sans devoir tuer qui que ce soit ? Ou sans nous faire tuer ?

Il exhala.

— Je sais bien que ce ne sera pas évident. En tout cas, c'est toujours mieux que de rester assis là et d'assister à la suite sans rien faire.

Elle soupira, mais n'ajouta rien.

— Teresa, je t'ai tout dit, là. Sans doute à cause de Chuck. J'adore ce gosse. Je ne veux pas… je ne peux pas laisser le WICKED lui faire du mal. Sans parler des autres. Pas question. S'il te plaît, dis-moi que je peux compter sur toi.

Il ne s'était encore jamais confié à elle de cette manière-là. Il avait étalé tout son jeu sur la table.

Elle le dévisagea d'un air circonspect.

— Tu es vraiment décidé, hein ?

— Absolument. Encore plus maintenant que je me suis entendu te le dire.

Elle se tut alors. Et garda le silence un long moment.

Finalement, elle se leva.

— Laisse-moi vingt-quatre heures pour y réfléchir, d'accord ?

Puis elle partit, abandonnant derrière elle Thomas en proie au doute.

En fin de compte, elle n'eut besoin que de quatorze heures.

Thomas avait exploité chaque minute de son temps libre. Entre deux check-up, des tests et d'autres séances dans la salle d'observation, il fouillait dans sa tablette à la recherche de tous les renseignements accessibles sur les Griffeurs. Stopper ces créatures jouerait un rôle déterminant dans leur évasion. Il ne trouva pas grand-chose sinon un schéma de leur enveloppe biomécanique, au milieu d'une série d'informations diverses vieilles de plusieurs années.

Il était en train de l'étudier dans son lit quand Teresa le contacta par télépathie.

D'accord, dit-elle simplement. *Je marche.*

L'excitation faillit le faire tomber de son lit. *Vraiment ? Je peux compter sur toi ?*

Pour toi. Pour Chuck. Pour nos amis. Je t'aiderai.

Génial. C'est génial. Maintenant, il ne reste plus qu'à convaincre le Dr Paige.

Ne t'en fais pas pour ça. À mon avis, elle devrait adorer l'idée de nous insérer dans le groupe A, et Aris et Rachel dans le groupe B. Laisse-moi m'occuper de ça.

Tu es sûre ?

Sûre. Je lui en parlerai demain à la première heure.

Assis dans la salle d'observation, Thomas regardait Newt prendre son dîner au pied du grand poteau dans le Bloc. Pour une raison inconnue, il mangeait seul. Peut-être parce qu'il avait ressenti le besoin de s'isoler. Ou peut-être parce que Chuck lui avait tenu la jambe toute la journée ; et qu'il en avait eu assez. En tout cas, il était là, à mastiquer, le regard dans le vague, perdu dans ses pensées.

Thomas songea alors à la sœur de Newt, Lizzy, quelque part dans le labyrinthe du groupe B. Ne serait-ce pas formidable de pouvoir les sauver tous les deux ?

— Je vais te tirer de là, Newt, murmura Thomas, si bas que personne ne risquait de l'entendre. Je vais tous vous tirer de là.

Le lendemain, c'était officiel.

Le Dr Paige avait approuvé l'insertion des candidats d'élite dans les épreuves du Labyrinthe.

CHAPITRE 61

19/12/231, 10 h 37

Le Dr Paige avait pris place en bout de table, avec Thomas et Teresa d'un côté, Aris et Rachel de l'autre. Quelques psys et techniciens étaient assis plus loin et ne disaient pas grand-chose. De temps en temps, le Dr Paige leur lançait un regard pour obtenir confirmation de ce qu'elle disait.

Le plan d'insertion des candidats d'élite avait été discuté, ne restait plus qu'à peaufiner certains détails. Thomas s'efforçait de rester patient, de faire comme s'il s'impliquait corps et âme dans ce qu'on prévoyait pour eux. En réalité, il avait la ferme résolution – et l'espoir – de réussir à empêcher tout cela.

— Si vous levez les yeux par ici, dit le Dr Paige en indiquant derrière elle un écran mural où un organigramme complexe était projeté, vous verrez toutes les variables nouvelles que nos psys ont élaborées spécialement autour de cette insertion. Nous sommes allés beaucoup plus loin que ce que tu suggérais, Teresa. Nous considérons cela comme une occasion en or – un catalyseur, si vous voulez – pour stimuler de nombreux schémas de la zone mortelle que nous n'avons encore jamais pu étudier.

Paupières plissées, Thomas tentait de déchiffrer ce qui était écrit. Mais les caractères étaient trop petits. Et puis, comme en réponse à un signal du Dr Paige, l'écran s'éteignit.

Elle continua :

— À elles seules, les premières vingt-quatre à quarante-huit heures déclencheront des événements inédits au sein du Bloc. Des événements qui devraient perturber de manière significative la routine de nos sujets et provoquer l'apparition d'émotions et de pensées nouvelles. Deux arrivées à un jour d'intervalle, l'introduction d'un membre du sexe opposé… les possibilités sont très encourageantes. Je tiens encore une fois à remercier Teresa pour cette idée.

Elle adressa un sourire radieux à l'amie de Thomas.

Il se moquait bien que tout le crédit aille à Teresa. Ce projet n'aurait peut-être jamais vu le jour sans lui, mais cela n'avait aucune importance. Car, s'il avait pu adorer le Dr Ava Paige autrefois, il espérait ne plus jamais la revoir. Ni elle ni personne qui soit relié de près ou de loin au WICKED.

Il regarda tour à tour Aris et Rachel, qui paraissaient loin d'être ravis. Ils ne s'étaient pas beaucoup parlé ces derniers temps, et Teresa et lui hésitaient à leur faire part de leur plan. Les choses étaient assez compliquées sans qu'on ait à multiplier les risques. Pourtant, il ne se voyait pas ne rien leur dire. Dans un cas comme dans l'autre, il était bien décidé à sauver le groupe B en même temps que ses amis du groupe A.

— Thomas ?

Il sursauta et s'aperçut que le Dr Paige – que tout le monde, en fait – le regardait.

— Pardon, s'excusa-t-il en se redressant sur son siège. Un moment d'inattention. Qu'est-ce que j'ai raté ?

Elle le dévisageait d'un air sévère.

— Je te demandais si tu avais une opinion à propos de l'Effacement.

Il avait très chaud soudain et se mit à transpirer.

— Comment ça ?

— C'est l'un des aspects de cette insertion qui me pose un problème. Jusqu'ici, tous les sujets insérés ont eu la mémoire effacée, et cela m'ennuie de briser le cycle de cohérence. J'aurais voulu savoir ce que tu en pensais.

Il rassembla ses idées et respira un grand coup. Ce serait peut-être le moment le plus important de sa vie.

— Je peux comprendre, dit-il, mais Teresa et moi en avons beaucoup discuté. (L'inclure dans le débat ne pouvait que renforcer sa position.) On pense que ça devrait encore enrichir ces choses dont vous parlez, ces possibilités nouvelles. Avoir une taupe à l'intérieur, qui puisse vous rendre compte directement. C'est une perspective que nous n'avons jamais eue. Je vois ça comme le prolongement de toutes ces observations que j'ai pu faire ces deux dernières années.

— C'est un bon argument, reconnut le Dr Paige. Tu crois vraiment que ce serait très différent ?

Il s'appliqua à conserver son sang-froid.

— Pas uniquement d'un point de vue pratique. Pensez un peu aux analyses que vous pourrez mener sur Teresa, Aris, Rachel et moi. N'oubliez pas que nous sommes des sujets nous aussi. Étudier nos schémas hors du cadre de l'amnésie, dans le Bloc et dans le labyrinthe… c'est quelque chose que vous n'avez encore jamais pu faire.

Le Dr Paige hocha la tête, d'une manière qui ne signifiait pas nécessairement qu'elle approuvait.

— Il y a d'autres bénéfices à envisager, ajouta Thomas, mais ceux-là sont les plus importants d'après moi.

Il décida de s'en tenir là, misant sur son dernier commentaire pour donner à réfléchir au Dr Paige.

— Bien parlé, Thomas, le complimenta-t-elle. Tu seras soulagé d'apprendre que la plupart d'entre nous dans cette pièce sont d'accord avec toi.

Elle sourit, comme si sa question n'avait été qu'un test.

Bien joué, dit Teresa.

Merci, répondit-il. *Je t'avoue que j'ai eu chaud !*

La réunion se prolongea encore une bonne heure. Mais en fin de compte, jugea Thomas, elle n'aurait pas pu mieux se dérouler. Le plan était finalisé et approuvé.

Thomas entrerait dans le labyrinthe en premier. Le lendemain, ce serait le tour de Teresa. L'un et l'autre avec leur mémoire intacte. Rachel et Aris feraient de même dans le labyrinthe du groupe B. Thomas avait obtenu tout ce qu'il voulait.

À présent, il ne restait plus qu'à se mettre au travail.

CHAPITRE 62

31/12/231, 23 h 24

L'heure fatidique était enfin arrivée.

Thomas s'y était préparé jusqu'à l'épuisement.

Il avait appris tout ce qu'il avait pu sur les Griffeurs, notamment leurs points faibles et leurs sources d'énergie. Considérant par ailleurs sa connaissance du labyrinthe et du fonctionnement de la trappe des Griffeurs, il se sentait raisonnablement optimiste quant à ses chances de sortir vivant d'une rencontre avec l'une de ces créatures. Grâce à la complicité de Teresa, il s'était procuré les codes d'une cache d'armes tout près de l'entrée du labyrinthe, d'où il comptait s'échapper avec les blocards. Ils avaient localisé une petite ville à moins de cinquante kilomètres où ils espéraient pouvoir trouver refuge. Aris et Rachel avaient été mis dans la confidence mais ne devaient rien tenter, juste attendre que Thomas et Teresa viennent les chercher. Tout était en place. Il ne restait plus qu'à patienter. Il ne se produirait plus rien tant qu'ils ne seraient pas dans le labyrinthe, à convaincre leurs amis de se joindre à eux.

Et voilà que le moment était venu.

Thomas se trouvait sur son lit. Teresa avait réquisitionné sa chaise de bureau et l'avait tirée près du lit. Ils discutaient depuis des heures, depuis leur retour de la cafétéria après le dîner. C'était la première fois qu'ils se retrouvaient ainsi depuis la Purge.

— Tu me promets de ne pas te dégonfler ? demanda Thomas. Que tu ne les laisseras pas changer d'avis à propos de l'Effacement ?

— Rappelle-moi ce qu'on s'était dit, déjà ?

Ils avaient pris l'engagement de ne plus reparler de leur plan d'évasion, au moins pour la soirée. Et pour l'essentiel ils avaient tenu parole. Ils s'étaient remémoré leur enfance, les bons moments passés en compagnie de Newt et des autres, ils avaient philosophé au sujet de l'avenir. Ils avaient même parlé de l'espace, de sciences, d'histoire. Des plus célèbres théories du complot. Des grandes guerres. De la vie telle qu'elle avait pu être autrefois. Ils avaient parlé, parlé et parlé encore.

Jusqu'à ce que Thomas vienne tout gâcher en les ramenant à la réalité.

— Oui, je sais, admit-il. J'étais à court de sujets de conversation.

— Eh bien, je te jure sur la tête de toutes les personnes que j'ai pu aimer que je viendrai te retrouver dans le labyrinthe, vingt-quatre heures après ton insertion, comme convenu et avec nos deux mémoires intactes. D'accord ? Je te le promets.

— Une promesse avec les petits doigts ?

Elle se redressa sur sa chaise.

— Holà. C'est du sérieux, ça.

Il lui tendit son petit doigt. Elle y accrocha le sien et ils les secouèrent, l'instant était solennel.

— Ouf, dit-il. Maintenant, je me sens mieux.

Elle n'avait pas lâché son doigt. Ils posèrent leurs deux mains jointes sur le lit.

— Par moments, lui confia-t-elle, il m'arrive d'oublier ton côté mignon. Tu devrais le faire ressortir plus souvent.

— Mon côté mignon ? Je ne savais pas que j'en avais un. Je dois prendre ça comme un compliment, j'imagine.

— Oui, c'est comme ça que tu devrais le prendre. (Elle rapprocha encore sa chaise de manière à se retrouver tout contre lui.) Je sais que je n'ai pas été très sympa ces derniers temps.

— Mais non, protesta Thomas, sans grande conviction.

Elle rit.

— C'est juste que… au fond de moi, je crois encore qu'il existe une chance de découvrir un remède. Pas toi ? Pas même un petit peu ?

— Si, bien sûr que si, avoua-t-il, gêné par le reproche. Mais il y a forcément un autre moyen. Tout ce que je sais, c'est qu'ils ne devraient pas avoir besoin de torturer mes amis pour y parvenir.

— Et on dirait que les choses ne vont pas aller en s'améliorant, reconnut-elle.

Thomas ressentit soudain une bouffée d'optimisme. Il s'assit sur le bord du lit, jambes ballantes, et se tourna face à Teresa, sa cuisse gauche pressée contre la sienne.

— C'est bizarre, dit-il. Je me sens tout excité. Je crois que c'est surtout du soulagement. J'en avais assez d'attendre ; attendre et toujours attendre. Alors que là, on y est, on a passé le point de non-retour. Il ne me reste plus qu'à… entrer dans le labyrinthe, et faire bouger les choses. Ça te paraît cinglé ?

— Non. Je ressens la même chose.

Elle lui sourit, puis vint s'asseoir sur le lit à côté de lui. Elle le prit dans ses bras, posant la tête contre son épaule.

— Tu comptes énormément pour moi, souffla-t-elle.

Thomas sentit une vague d'émotion l'envahir, le submerger et le brûler comme un soleil. Tout lui revint en bloc, toutes ces années, tous ces souvenirs, les mauvais comme les bons. Il éclata en sanglots et laissa tout sortir en tremblant. Elle le serra fort, pleurant elle aussi. Ils continuèrent ainsi pendant plusieurs minutes sans rien retenir. Malgré la tristesse, c'était une sensation agréable. Grisante. Thomas brûlait d'un sentiment de joie comme il n'en avait encore jamais éprouvé.

— Dis-moi qu'on va s'en sortir, murmura-t-il quand il put enfin parler de nouveau. Dis-moi qu'on va entrer là-dedans, et en faire sortir nos amis.

— Oui, lui assura-t-elle. (Elle lui prit le visage à deux mains pour le regarder droit dans les yeux.) Je te le promets.

Il hocha la tête, incapable d'ajouter un mot. Ils se blottirent dans les bras l'un de l'autre, ramenèrent leurs jambes sur le lit et s'allongèrent côte à côte. Ils restèrent ainsi toute la nuit, jusqu'à ce que l'aube pointe et que le labyrinthe les appelle.

CHAPITRE 63

01/01/232, 09 h 03

— Tout va bien ? demanda le Dr Paige. Comment te sens-tu ?

Installé dans un fauteuil de l'une des salles médicales, Thomas venait de passer un check-up complet. Paige était venue le voir une dernière fois. Elle tenait à la main une tasse fumante, de café ou de thé.

— Oui, je me sens très bien. (En vérité, il n'avait jamais été aussi nerveux. D'ici quelques heures, il aurait rejoint les blocards. Cela paraissait impossible.) Un peu excité, pour être honnête.

— C'est pour ça que je t'ai apporté ça.

Elle lui tendit la tasse.

Il la prit et huma son contenu. Il sentit une odeur de fruits des bois.

— Qu'est-ce que c'est ?

— Une tisane que j'ai préparée spécialement pour toi. Cela t'aidera à te détendre.

— Merci. (Il goûta prudemment le breuvage.) Hum, c'est bon.

Il but une autre gorgée et décida de jouer un peu la comédie pour égarer d'éventuels soupçons.

— Et de votre côté, demanda-t-il, comment se présentent les choses ? Vous êtes satisfaite de notre plan ?

— Tu fais partie intégrante de l'expérience à présent, Thomas. Nous ne pouvons plus partager nos informations comme avant. Pour que cela fonctionne, il faut maintenir un certain cloisonnement.

— Pourtant, je vous adresserai des rapports.

— Je sais. Mais comme tu l'as dit toi-même, il ne faut pas oublier que tu restes avant tout un sujet. Nous risquerions de fausser les résultats en t'en disant trop.

Il avait déjà bu la moitié de sa tisane ; la chaleur qu'il sentait se répandre dans tout son corps valait bien de se brûler un peu la langue. Il avait une sensation de fourmillement, de flottement.

— Allez, insista-t-il, vous pouvez au moins me donner un indice. Pour me mettre sur la voie. Y a-t-il une grande finale de prévue pour les épreuves du Labyrinthe ?

Il espérait montrer, par son enthousiasme naïf, qu'il ne mijotait pas de coup fourré.

— Tu sais tout ce que tu as besoin de savoir, rétorqua-t-elle un peu sèchement.

— Je vais vous manquer, quand même ?

Il s'attendait à la voir esquisser un sourire ; il fut déçu.

— N'essaie pas de résister, Thomas. Tout finira par s'arranger, tu verras.

— Que voulez-vous dire ? s'inquiéta Thomas, pris d'un début de vertige.

— C'est cette faculté incroyable à faire confiance aux autres qui m'a toujours touchée, lui avoua-t-elle en le dévisageant avec tristesse. (Ses traits commençaient à se brouiller.) Et je suis désolée d'en avoir profité si souvent. J'ai fait ce qu'il fallait, voilà tout.

Elle se leva, mais il voyait trois ou quatre silhouettes désormais, qui enflaient, s'agrandissaient puis se rétractaient.

— Qu'est-ce que vous… ? bredouilla-t-il.

Sa bouche ne lui obéissait plus.

— C'était moi, Thomas. Je sais que tu n'en garderas aucun souvenir, mais je tiens à te le dire quand même. À m'expliquer.

C'est moi qui ai infecté le chancelier Anderson et ses hommes de confiance. Ils voulaient tout arrêter après les épreuves du Labyrinthe. Ils allaient renoncer. Je ne pouvais pas les laisser faire, tu comprends ? Ce que nous cherchons à accomplir ici est beaucoup trop important.

— Que... ? essaya-t-il de demander.

Mais ses efforts étaient vains désormais. Il était déjà en train de s'affaisser dans son fauteuil, incapable de se tenir droit. La tasse lui échappa des mains pour se fracasser au sol. Il avait l'impression d'avoir les oreilles dans le coton.

— Tu as toujours été mon préféré, lui confia le Dr Paige. (Puis elle tourna son attention vers quelqu'un d'autre.) Allez, finissons sa préparation.

Trahi.

Thomas gisait allongé sur une table d'opération, de plus en plus faible, totalement incapable de bouger, les yeux braqués sur un instrument au-dessus de lui qui ressemblait au masque d'un robot démoniaque ; l'instrument qui actionnerait son mécanisme d'Effacement pour le priver de tous ses souvenirs. Il sentait déjà sa conscience se dissoudre, savait qu'il ne tarderait plus à perdre connaissance. Après quoi on lui appliquerait le masque sur le visage et le processus commencerait. La vie qu'il avait toujours connue disparaîtrait d'ici quelques minutes, peut-être quelques secondes. La panique le déchirait, crépitait à travers son corps et son esprit comme des éclairs.

Il ne pouvait pas esquisser un geste.

Bientôt, les souvenirs qui le hantaient et le rendaient si triste l'abandonneraient à jamais.

Il ne voulait pas y renoncer. Le WICKED l'avait piégé. Bien sûr ! N'avait-il pas toujours su à quoi il devait s'attendre ? N'était-ce pas précisément pour cette raison qu'il avait voulu se rebeller ? Parce que ces gens étaient des monstres, obsessionnels et manipulateurs ? Le Dr Paige n'avait fait que lui en donner la confirmation.

Si seulement il avait pu revoir Teresa une dernière fois. Les derniers mots qu'elle lui avait adressés – « On se voit demain… » – lui faisaient tellement mal. Car oui, c'était vrai, ils se reverraient le lendemain, mais privés de leurs souvenirs. Il ne la reconnaîtrait même pas.

Le WICKED s'était bien moqué d'eux.

Une angoisse insupportable l'étreignit.

Puis le soulagement du sommeil l'envahit et l'emporta.

Il ouvrit les yeux en ayant conscience de rêver. Il était couché au milieu d'une prairie verdoyante, irréelle, dont l'herbe se balançait dans le vent. Un grand ciel bleu brillait au-dessus de lui, traversé çà et là de nuages duveteux qui paraissaient flotter à portée de main. On lui avait raconté que ceux qui subissaient l'Effacement le faisaient chacun à leur manière. Lui se retrouvait là, mémoire intacte, immergé dans la beauté.

Une fois de plus, un sentiment de panique explosa en lui.

Mais il ne pouvait toujours pas bouger. Ni crier. Il voulut appeler Teresa, mais elle n'existait pas ici.

Une grosse bulle de savon s'avança dans son champ de vision, à sa droite, à un mètre environ. Elle ondulait et scintillait, couverte d'un film huileux, déformant le paysage derrière elle. Elle s'arrêta directement au-dessus de lui. Une image apparut à l'intérieur, une image mouvante. Une image tridimensionnelle complexe. Ses sens avaient beau lui signifier clairement que l'image se trouvait enfermée dans une bulle, elle semblait aussi l'englober, l'entourer de toute part. Il se sentait détendu, comme sous l'effet d'opiacés.

Il était encore petit garçon. Assis sur un canapé à côté de son père, un livre ouvert entre eux deux. Son père bougeait les lèvres en roulant de gros yeux, lisant une histoire qui fascinait manifestement cette version enfantine de Thomas. Une étincelle de joie s'alluma dans son torse. Il aurait voulu que la scène se prolonge. « Non, pensa-t-il. S'il vous plaît, ne l'effacez pas. Je ferai tout ce que vous voulez. S'il vous plaît, n'effacez pas ça. »

La bulle éclata.

Des gouttelettes jaillirent dans tous les sens, puis restèrent suspendues en l'air comme par magie, scintillant dans la lumière. Thomas plissa les yeux, confus. À quoi venait-il d'assister ? Il se rappelait la présence de son père. Et d'un livre. Les détails étaient flous, mais toujours là. Il s'efforçait de les reconstituer quand une autre bulle apparut.

Là encore, elle s'approcha dans un miroitement de couleurs, déformant les nuages au-dessus d'elle, avant de s'immobiliser près de Thomas. Une image s'y précisa, à la fois minuscule et occultant le monde entier.

Il marchait dans une rue, tenant la main de sa mère. Des feuilles mortes volaient sur le trottoir. Il avait l'impression d'y être. Le monde avait déjà subi les éruptions solaires, mais on pouvait désormais s'y promener sans traîner. Il savourait chaque sortie, malgré la tristesse et la crainte qu'il lisait dans les yeux de ses parents. Malgré le danger des radiations. Il avait été si heureux en ce temps-là…

La bulle éclata. D'autres gouttelettes jaillirent et se joignirent aux autres. Elles étaient désormais des dizaines à scintiller dans le soleil. La confusion de Thomas ne fit que croître. Il avait conscience de subir l'Effacement, mais ses souvenirs ne faisaient que s'estomper, sans disparaître complètement. Il s'efforça de lutter contre le sentiment de béatitude dans lequel il baignait, de s'emporter, de résister mentalement. Il hurlait en silence, dans sa tête.

D'autres bulles apparurent.

Et éclatèrent.

Lui en train de jouer au ballon. De nager. De prendre son petit déjeuner. Ou son dîner. De bons moments. De mauvais moments. Des visages. Des émotions. Des choses que le Dr Paige lui avait racontées. Il faillit fondre en larmes quand il revit son père succomber à la Braise.

Cette bulle éclata, comme les autres.

D'autres continuèrent d'apparaître, plus nombreuses. Elles arrivaient par vagues, submergeant sa conscience engourdie. Musique. Films. Danses. Parties de base-ball. Nourriture. Celle qu'il aimait (la pizza, les hamburgers, les carottes) comme celle qu'il détestait (le bœuf Stroganoff, le potiron, les petits pois). Les visages de ses souvenirs commençaient à se mélanger, les voix se brouillaient. Les bulles arrivaient si vite qu'il ne parvenait plus à suivre. Les gouttelettes en suspension se comptaient désormais par millions, masquant le ciel au-dessus de lui.

Il avait oublié ce qui l'avait bouleversé à ce point.

Un grand vent surgit. Un vent brutal. Il emporta les gouttelettes dans un tourbillon de rosée. Les bulles éclataient avant de l'atteindre à présent, déchirées par les résidus de celles qui les avaient précédées, laminées, oblitérées avant même que Thomas puisse voir ce qu'elles contenaient. Elles tournaient au-dessus de lui, de plus en plus vite. Elles ne tardèrent pas à se confondre en une tornade de brume grise, dépourvue de couleurs.

Thomas avait la sensation de se faner, comme une fleur privée de soleil. Il n'avait jamais ressenti une telle confusion, une telle impression de… vide. Le monde tournoyait au-dessus de lui. Et il continua à se vider tandis que sa conscience se faisait aspirer, se noyait dans la tornade qui le volait. Lui dérobait tout ce qui faisait de lui le garçon qu'il était.

Puis ce fut terminé.

Tout était terminé.

Il ferma les yeux. Il pleura sans larmes. Une immense noirceur consumait son corps et son esprit. Le temps s'étalait devant lui comme un océan infini, dépourvu d'horizon. Il n'y avait rien devant lui, il avait tout laissé derrière.

Quelques heures plus tard, il rouvrit les yeux.

Il était réveillé.

Debout.

Dans le noir et le froid, à respirer un air rance et poussiéreux.

ÉPILOGUE

Note de service du WICKED, 01/01/232, 03 h 12
À : Conseil de direction
De : Ava Paige, chancelière
Sujet : Félicitations

J'aimerais remercier brièvement l'ensemble du personnel du WICKED. Il nous aura fallu dix ans, mais le processus préalable aux épreuves est enfin terminé. Vous avez bien formé nos candidats d'élite, et à ce stade nous voilà prêts à aborder les derniers jours des épreuves du Labyrinthe – dont nous avons toujours su qu'ils seraient les plus importants.

Thomas et Rachel ont été soigneusement préparés. Chacune des étapes qui ont conduit à cet instant, l'insertion de nos élites dans les labyrinthes, n'aurait pas été possible sans vous. Il nous aura fallu de longues heures de travail, une planification méticuleuse et un dévouement sans faille pour en arriver où nous sommes aujourd'hui. Merci pour le labeur inlassable que vous avez fourni au cours des dix dernières années, les deux dernières en particulier.

Nous ignorions qui seraient nos derniers candidats, mais aujourd'hui nous sommes fiers de pouvoir compter sur Teresa et Aris, fiers de leur attachement à notre objectif. La Phase Deux est imminente, et je crois que l'avenir s'annonce plus radieux que jamais.

Une fois encore, merci.

Note de service du WICKED, 01/01/232, 02 h 01

À : L'ensemble du personnel

De : Teresa Agnes

Sujet : Un dernier mot

Je viens de dire au revoir à Thomas, et à présent il est dans le Bloc, sain et sauf. Demain ce sera mon tour. Le Dr Paige m'a demandé de vous adresser un dernier mot à tous, afin de partager mon sentiment. Ce que je fais avec plaisir.

Le plan qui consiste à nous laisser notre mémoire intacte, à Aris et à moi, ne me pose pas de problème. Vous avez besoin de quelqu'un dans chaque groupe avec qui communiquer pendant les différentes phases des épreuves. Aris et moi pourrons aussi coordonner les choses.

Je promets de garder le secret sur mon rôle. J'agirai autant que possible comme l'un des leurs et je n'interférerai pas avec leurs décisions sauf si vous me le demandez expressément.

Je suis au WICKED depuis plus de dix ans, j'y ai passé la majeure partie de ma vie. Je me souviens à peine de ma vie d'avant. La plupart des gens me considéreraient comme chanceuse d'avoir pu mener une vie de confort – j'ai toujours eu des vêtements propres, un abri sûr, de quoi manger. Je sais ce que je dois au WICKED. Je lui suis reconnaissante pour mes amis, qui comptent parmi les meilleures personnes du monde. Jamais je n'aurais accepté de faire ces choses si je n'étais pas totalement persuadée qu'un jour ils comprendront et me remercieront. Je lui suis reconnaissante pour l'enseignement que j'ai reçu, l'enfance que j'ai eue, les nombreuses expériences qui ont fait de moi celle que je suis aujourd'hui. Je lui suis reconnaissante d'être encore en vie.

Je tiens aussi à exprimer clairement que je crois en ce que nous faisons ici.

J'ai l'intention d'écrire trois mots sur mon bras avant d'entrer dans la Boîte, dans l'espoir que leur message plantera un germe dans l'esprit des blocards qui le verront. Qu'il leur rappellera, même inconsciemment, ce pourquoi nous luttons. C'est une phrase que j'ai lue par une nuit froide et sombre, il y a bien longtemps, dans la fosse aux fondus. Une phrase à laquelle j'adhère de tout mon cœur, malgré les horreurs que nous avons connues.

Je crois que vous devinez de quoi il s'agit.

Remerciements

Je me répète chaque fois, et pour une excellente raison. Les personnes suivantes ont fait de ma vie ce qu'elle est aujourd'hui, et je ne pourrai jamais leur rendre tout ce que je leur dois ni les remercier suffisamment. J'aimerais en citer quelques-unes – sans froisser les autres, je l'espère – pour leur montrer ce qu'elles représentent pour moi et pour ma carrière.

Krista Marino, mon éditrice. Ce livre n'a pas été facile et nous a parfois conduits à nous disputer un peu. Et comme beaucoup de frères et sœurs, nous en sommes ressortis en nous aimant plus encore. Signalons au passage qu'elle a toujours raison.

Michael Bourret, mon agent. Impossible de décrire à quel point c'est merveilleux d'avoir un agent qui vous donne également l'impression d'être votre meilleur ami. Cliché ou non, il est pour moi comme une île au milieu de la mer démontée.

Lauren Abramo, mon agent international. Si vous lisez ces lignes dans une autre langue que l'anglais, c'est elle que vous pouvez remercier. C'est grâce à ses efforts inlassables que nous sommes traduits aujourd'hui dans plus de quarante langues. En plus, elle adore le foot, ce qui fait d'elle quelqu'un de parfait.

Kathy Dunn, ma publicitaire. Comme vous l'imaginez, mon existence a pris une tournure un peu folle ces derniers temps. Et c'est Kathy qui m'épargne de devenir cinglé ou de me laisser submerger. C'est rare, une publicitaire qui se préoccupe davantage de vous en tant que personne que de votre succès en tant qu'auteur.

Enfin, et surtout, je veux mentionner ma famille : Lynette, Wesley, Bryson, Kayla et Dallin. Ces dernières années m'ont appris à les apprécier à un niveau que je n'avais jamais compris auparavant. Je les aime plus que je ne saurais le décrire, quel que soit le nombre de thésaurus que vous pourriez me jeter à la figure.

Et puis, il y a toi, le lecteur. Ce livre t'est dédié. Du fond du cœur. Merci.

Ouvrage composé par
PCA - 44400 REZÉ

Cet ouvrage a été imprimé
en Espagne par

Industria Grafica Cayfosa
(Impresia Iberica)

Dépôt légal : septembre 2017

FSC
www.fsc.org
MIXTE
Papier issu de
sources responsables
FSC® C003309

Pocket Jeunesse, une marque d'Univers Poche,
est un éditeur qui s'engage pour
la préservation de son environnement
et qui utilise du papier fabriqué à partir
de bois provenant de forêts gérées
de manière responsable.

PKJ• www.pocketjeunesse.fr
POCKET JEUNESSE

12, avenue d'Italie – 75627 PARIS Cedex 13